내 마음이
연두로
물든 들

2018년 제31집

내 마음이
연두로
물든 들

이화여자대학교
동창문인회

북치는마을

제31집을 내면서

아, 문득 창밖으로 바라보이는 가을 하늘이 참 맑고 곱습니다. 새하얀 새털구름 두어 개가 소나무 사이에 걸려 그대로 멈춰있네요. 유난히 무더웠던 지난여름을 깨끗이 씻어주기라도 하듯 오늘은 가을 기운이 선연하게 다가옵니다.

하나하나 작품을 읽으며 많은 인생을 경험할 수 있었습니다. 현재의 아픔을 겪는 상황에서도 힘차게 이기는 회원의 모습에서는 내가 힘을 얻고, 행복한 오늘을 얘기하는 작품을 읽으면서는 나도 덩달아 행복해지고 젊은 날의 추억 속에서 첫사랑을 회상하는 글에서는 나의 그 시절도 반추해 보기도 하고... 이렇게 알뜰하게 읽은 작품집이 드물었던 것 같습니다. 책임을 맡아 일을 하다 보니 이렇게 나 자신부터 많은 것을 익히고 배우게 됩니다. 회원들의 작품을 하루하루 알뜰하게 소화한 것만은 나의 삶에 따뜻한 자양분으로 채워질 것입니다. 그래서 힘들었던 시간들을 기억하기보다 마음의 양식을 얻었음에 감사합니다.

이 무더운 여름을 잘 이기고, 귀한 옥고를 제출해 주신 모든 회원님들께 감사합니다. 특히 바다 건너서 보내 온 회원님들과 견디기 어려운 아픔을 이겨내고 소중한 글을 보내준 회원님들께 더욱 감사합니다. 많다면 많은 여러 편의 이화 문학상 후보 작품들도 알뜰하게 다 정독하였습니다. 그래서 금년엔 단체 일을 보며 바쁜 가운데서도 평소에 잘 읽지 않던 소설을 몇

권 더 읽었습니다. 소설 속 등장인물들을 통하여 아직까지도 잘 몰랐던 세상을 좀 더 알게 되었습니다. 사람은 평생토록 배워야 한다는 말을 실감하기도 했습니다. 평론집을 읽으며 더 많은 타인의 작품들을 접하게 되었고 희곡을 읽으며 팝콘처럼 튀는 젊은 사람들의 아기자기한 대화에 미소를 머금으며 읽었습니다. 시집을 읽으며 시인의 고귀한 시심을 읽게 되었고, 에세이집을 읽으며 저자의 내면세계와 더욱 풍성한 지식을 머릿속에 더하게 되었습니다. 이 또한 감사합니다.

　이대동창문인회의 수필집은 작가가 속한 장르를 초월하여 각자의 진솔한 이야기로 꾸며진 수필집입니다. 작가들은 각 장르에서 원로 작가로, 중견작가로 일가견을 이루는 분들과 사회명사로, 신예작가로 자리매김을 한 분들의 톡톡 튀는 신선한 작품 등 다양한 구성원들로 한 사람의 이야기가 아닌 70여명의 이야기로 꾸며졌기에 여러 인생을 경험하고 여러 이야기를 배우고 즐길 수 있는 수필집입니다. 아무쪼록 독자님들이 즐겨 찾아 읽는 이대동창문인들의 작품집이기를 바랍니다. 감사합니다.

2018년 9월
이화여자대학교 동창문인회
제25대 회장 이정자

\5

차례

제2부 나의 삶과 문학이 머무는 그곳

제3부 내게 있어 문학은

제5부 한복은 수필이다

제1부

옷 이야기, 그 소소한 즐거움

미당^{未堂}의 연꽃빛 양복

김 현 자

그날 동국대 정문 앞에 들어서니 눈부신 정경이 펼쳐지고 있었다. 정문에서 서정주 시인의 고희古稀 기념 강연회장까지 500m가 넘는 언덕길에 여대생들이 한복을 입고 손님들을 맞이하고 있었다.

초록 저고리와 다홍치마, 노랑 저고리와 남색 치마, 색동 저고리와 보랏빛 치마. 한복 특유의 색채와 유연한 선들의 아름다움이 온 언덕을 수놓고 있었다. 그곳은 스승을 진심으로 경애하고 자랑스러워하는 그들의 상기된 뺨과 마음을 다하여 손님들을 맞이하는 정성스러운 태도에 덩달아 벌게진 하객들의 얼굴들이 조화를 이루면서 잔칫날의 기쁨과 흥분을 한껏 뿜어내고 있었다.

마치 고운 꽃들이 가득한 꽃밭 속을 걸어가듯 "조카딸 친구들의" "굉장히 질거운 웃음판"과도 같은 그 길을 걸어가야 했던 하객들의 얼굴은 쑥스러워 얼굴들이 벌게지면서도 덩달아 환해졌다. 그들과 몇 살 차이도 나지 않던 대학원생이었던 나는 겸연쩍고 송구해서 그들이 도열한 길을 걸어가는 내내 식은땀이 났다.

가을 날 투명한 햇빛과 함께 빛나던 한복의 아름다움과 그 옷을 입은 처녀 애들의 맑은 얼굴을 두고두고 잊을 수가 없다.

그런 분위기에 취해 어질어질, 우쭐우쭐 강연회장에 도착한 나는 또 한 번 놀랐다. 주인공인 칠순의 노시인이 부인 방옥숙 여사와 함께 단상에 앉아 계셨는데, 자홍紫紅 빛 양복에 나비넥타이를 맨 차림이었다. 정신이 번쩍 나게 하는 그 양복의 색깔은 붉은색에 가까운 1960년대 당시로서는 좀처럼 보기 힘든 '꼭두서니' 빛에 가까웠다. 아무튼 그 독특한 양복 색은 그날의 미당에게 아주 썩 잘 어울리는 느낌이었다.

강연회의 연사인 이어령 교수는 그 빛나는 통찰력으로 미당의 시 세계를 분석했다. "나 바람나지 말라고/ 아내가 새벽마다 장독대에 떠 놓은/ 삼천 사발의 냉숫물"과 "이마우에 언친 시의 이슬에는/ 몇 방울의 피가 언제나 섞여 있어"의 붉은 피가 상징하는 색채의 대조를 통해 물과 피의 이미지, 그 분리와 순환의 탐색 작업이야말로 미당이 이룩한 탁월한 경지라는 요지의 강연이었다.

그날 이어령 교수는 금빛 단추가 달린 더블 슈트를 입고 있었다. 남성복으로서는 평소에 잘 볼 수 없는 독특한 느낌이 들었다. 앞섶의 겹치는 면적이 넓고, 두 줄의 여밈이 있는 매우 격식을 갖춘 옷이었다. 시선을 끄는, 그런 옷차림을 하고, 한 시인의 시 세계를 거침없이, 그 특유의 탁월한 해석을 쏟아내는 그의 얼굴을 쳐다보며 나는 감동해서 목이 메었다. 기쁜 소식을 전해주는 우체부와도 같은 제복을 입고 시인과 청중 사이를 매개하고 있는 비평가, 그의 옷에 달린 금빛 단추가 실제로 진짜 금인 듯한 느낌이 들었다.

이윽고 답사에 나선 시인은 "에, 대한민국의 천재 평론가인 이어령 군

이 내 시를 과찬해주셔서 많이 고맙다"라는 얘기를 서두로 하여 자신의
시를 중심으로 한 시론을 펼쳐 갔다. 칠순을 기념하여 다녀온 미국 강연
에서 그의 시 낭송회가 열렸는데, 그 당시 우리나라 사람들의 애송시 1
순위였던 <국화 옆에서>를 낭송했더니 청중이 별다른 반응이 없었다
는 것이다. 그래서 다음 시 <내가 돌이 되면>을 낭송했더니 갑자기 청
중 사이에 감동의 물결이 일기 시작했다. 급기야는 감격에 겨운 몇몇 사
람들이 단상에 뛰어 올라와서 감탄사를 연발하며 시인을 껴안았다. 심
지어 텁석부리 영감님 한 분은 자신을 껴안고 뽀뽀까지 하더라는 것이
었다.

돌아오는 비행기 안에서 시인은 이 두 시에 대한 한국인과 미국인이
보여주는 반응이나 감동의 차이가 뭘까를 곰곰이 생각해보았다. 그 답은
감성적 경향이 강한 한국인은 인과관계가 잘 드러나는 <국화 옆에서>를 사
랑하고 반면 논리적인 서양인들은 선문답禪問答 같이 동양적인 시 <내가 돌
이 되면>을 더 선호한다는 것이었다.

칠순 잔치에서 미당이 피력한 이 답사는 그 후로 내게 문득, 문득 이 두
시 사이의 미학적 거리를 생각하게 하는 화두가 되었다.

내가
돌이 되면

돌은
연꽃이 되고

연꽃은
호수가 되고

내가
호수가 되면

호수는
연꽃이 되고

연꽃은
돌이 되고

　　　　　　　　　　　　　　　　-서정주, 「내가 돌이 되면」

　돌림 노래 같기도 한 이 시는 대상끼리의 연관에서 아무런 단서도 주지 않으면서 인간인 내가 광물성인 돌이 되었다가 식물성인 연꽃으로 몸 바꿈을 하고, 공간인 호수로 은유화되면서 꼬리를 물고 돌고 돌아 동일화된다. 나/돌/연꽃/호수를 연쇄적으로 순환시킴으로써 지속의 시간성을 구현하기도 한다. 또한 의미 차원에서의 연쇄와 이미지의 연쇄가 동시적으로 진행되면서 종횡무진한 순환적 상상력을 보여준다. 나는 이 상상력의 몸 바꿈을 들여다보면서 시는 결국 시인의 상상력을 통한 나와 타자와의 화해의 과정이라는 생각을 다시 해보았다.

　1985년 가을의 어느 날, 이 나라 최고 시인의 고희를 기념하는 잔칫날 "연꽃 만나고 가는 바람같이" 연꽃 색 양복을 입었던 노시인과 그의 시를 한결 빛나고 돋보이게 했던 금단추의 비평가, 이어령 교수를 만났던 날 그들이 주고받은 시와 비평의 언어들이 오묘한 조화와 화음^{和音}을 이룬 채 마음속에 남아있다. 그리고 그날 그들의 개성적인 옷차림은 늘 내게 깊은 인상으로 각인되어 있다.

　　　　　　　　　　　　　　　　　　　　　　　〈국문/66/평론〉

바람의 옷

허 숭 실

　인류 최초의 옷은 무화과나무 잎으로 엮은 치마가 아니었을까? 아담과 이브가 선악과를 따먹고 자기들이 벗은 것을 알게 되어, 나뭇잎을 엮어 둘렀다고 성경에 기록되어 있다. 아마존이나 아프리카 오지에 사는 사람들은 사적인 부분만 가리고 나체로 생활한다. 각양각색의 의상 디자인이 발달했지만, 아직까지는 은밀한 곳을 덮은 형태의 옷을 입고 있다. 부끄러움을 감추기 위해서, 또한 추위와 더위로부터 몸을 보호하기 위해 입기 시작한 옷이, 문명의 발달과 함께 활동하기 더 편하도록, 더욱 아름답게 보이게, 신분을 과시하기 위해, 수시로 참신한 디자인을 선보이고 있다.

　노출을 많이 한 옷보다는 몸매를 적당히 감싸는 옷을 입은 사람이 더 육감적으로 느껴지는 것은 무슨 조화일까? 내가 만난 옷 중에서 가장 우아하면서 관능적인 옷은 사우디아라비아에서 본 아랍 청년이 입었던 전통 의상이다.

　1979년, 남편 직장을 따라 간 사우디아라비아는 참으로 경이롭고, 이

색적이면서, 견디기 어려운 환경의 나라였다. 아라비아 땅을 처음 밟던 날, 어둠이 내린 그곳의 첫 인상은 토할 것 같은 울렁거림이었다. 한증막에 들어선 것처럼 피부를 덮쳐오던 후끈한 공기, 그리고 카레 냄새가 온 대지에 깔려있었다. 페르시아 만의 검은 바다에 영롱한 물결을 수놓는 오렌지색 가로등이 죽 이어져 있었다. 그 해안도로를 달리면서, 노르웨이 화가 뭉크(Edvard Munch, 1863~1944)의「절규」속으로 빨려 들어가는 느낌이었다. 붉게 물든 하늘 아래, 다리 난간 너머엔 검푸른 바다가 휘청대는 풍경 앞에서, 귀를 막고 절규하는 인물이 내 안으로 숨어드는 듯했다.

황금빛 설탕 가루가 하늘에서 춤을 추는 듯 휘몰아치는 모랫바람은 광적이면서 장엄했다. 잠시만 바라보고 있어도 모래알이 머리와 온몸에 들러붙고 입속에서 자금자금 씹혔다. 낮에는 섭씨 50도가 넘는 태양 볕이, 하얗게 빛나는 사막을 염전에서 소금을 굽듯 달구었다. 오랜 기간 소금기가 모래 속에서 형성된 샌드 로즈sand rose라는 소금꽃을 실제로 캐내기도 했다. 장미꽃 송이가 오롱조롱 달린 모양이나 기암괴석 형상인 샌드 로즈는 물에 녹지도 않고, 돌로 두드려도 깨지지 않는 천연 조각품이었다. 더운 낮에도 긴팔 옷을 입어야 화상을 입지 않고, 오히려 시원하지만, 해가 지면 몸이 오싹해질 정도로 써늘해서 겉옷을 걸쳐야 했다. 태양은 그렇게 위력을 과시하며 사막을 지배하고 있었다.

선지자 마호메트는 이슬람교가 다른 환경의 민족에까지 전파되기를 기대하고 다양한 색상과 여러 지역에서 기원한 옷을 입었다고 알려져 있다. 동지들이 공동체에서 지위를 확보해야 할 필요성을 주장하였음에도, 그는 흰색을 선호하였고 지나치게 화려한 재질을 거부하였다. 또한 남자들이 금장식이나 비단 가운 입는 것을 금지하였고, 그 부분은 여자들 몫으로 남겨두었다.

아랍 전통 의상은 그곳의 독특한 기후 조건과 종교에 깊은 관련이 있음을 볼 수 있다. 하루 다섯 차례의 정례定例 기도는 그들 신앙이자 삶의 실존이었다. 아랍 전통 의상은 마호메트 언행록인 순나Sunnah에 의해 기준을 정했다

남자가 입는 토브THOB는 정해진 기도문 동작과 지위에 걸맞게 만들었다. 모든 무슬림 전통 의상은 몸 전체를 가리든지, 일부분을 가리든지 간에, 몸 움직임에 맞추어 재단했다. 여름용 토브는 흰 면직물로 만든 원피스여서 통풍이 잘되어 더위를 견딜 수 있다. 겨울에는 회색이나 검정 모직물로 지은 옷을 입어 보온한다. 머리에는 직사광선과 사나운 바람으로부터 보호해 주는 고트라GHOTRA를 쓴다. 머리와 어깨를 덮어주는 보褓인 고트라는 유목 생활을 하는 베두인에서 유래되었다. 검은 실로 엮은 둥근 이깔을 고트라 위에 얹어서 바람에 벗겨지지 않도록 고정시켜준다. 모래폭풍이 휘몰아칠 때는 고트라를 얼굴과 목에 감아서 세찬 바람과 따갑게 달라붙는 모래를 막는다. 겨울에 쓰는 고트라는 붉은색과 흰색 체크무늬 모직물로 만든다.

아바야ABAYA는 아라비아반도에서 아랍 여인들이 입는 전통의상이다. 혹독한 기후로부터 피부를 보호하고, 부모와 남편 이외의 남성에게 머리카락과 가슴을 보이면 안 되는 율법에 따라 만들었다. 아바야를 보면, 히잡은 검은 천으로 얼굴만 내놓고 몸을 가리는 모양이고, 니깝은 눈을 제외한 온몸에 두르는 베일이다. 그리고 머리에서 발끝까지 몸 전체를 덮어쓰는 부르카가 있다. 부르카는 눈 부위에 망사 같은 얇은 천을 대어, 밖을 볼 수 있으나 인상을 식별하기는 어렵다. 부르카는 아프가니스

탄, 이집트, 베두인, 수니파 극단주의 무장단체의 여성이 주로 입는다. 외출할 때 반드시 입는 베일의 일종인 이 옷들은, 조선시대 여인이 쓰고 다니던 쓰개치마와 같은 역할을 한다.

그들의 주말인 금요일이면 선셋 비치sunset beach에 진기한 광경이 펼쳐진다. 하얀 토브를 입은 아랍인이 새까만 히잡을 둘러쓴 4명의 부인들과 올망졸망한 아이들을 데리고 해수욕을 하러 나왔다. 남자와 아이들은 수영복을 입고 물속으로 뛰어들었지만 여인들은 히잡을 입은 채 물속으로 들어가 덤벙거린다. 마치 까마귀 떼가 물 위에 둥둥 떠다니는 모습을 보는 듯했다.

사우디아라비아인은 극한의 풍토에서 종교적 제재를 받으며, 특이한 모습으로 살아가고 있었다. 그러나 종교 계율이 아무리 엄해도 인간의 타고난 욕망을 완전히 잠재울 수 없는가 보다. 구두를 사러 온 아랍 여인이 이 구두 저 구두를 신어보면서 다리가 보이도록 치마를 슬쩍슬쩍 들어 올리며 윙크하는 모습을 볼 수 있었다.

숨 막히는 더위에도 모스크에서 기도를 알리는 살라트가 울려 퍼지면, 아랍인은 차를 멈추고 그 자리에 기도용 카펫을 펴고 엎드려 기도한다. 푸른 물결이 넘실대는 바닷가에서 기도를 마치고 일어선 청년이 몸을 활짝 펴자, 눈부시게 새하얀 토브는 바람결에 벗겨질 듯 휘날렸다. 윤기 흐르는 검은 피부와 바람에 나부끼는 흰옷, 자연스럽게 늘어진 하얀 고트라 위에 얹힌 새까만 이깔의 대비는 원초적인 아름다움이었다. 청년이 미켈란젤로의 다비드상 같은 몸매를 다양하게 연출하던 모습은 종교적 경건함을 넘어 생동하는 남성의 자연스러움이었다. 어느 조각가가 그보다 아름답고 감각적인 조각상을 빚어낼 수 있을까.

<불문/64/수필>

내 나이에 찾아 온 모시한복

최 자 영

내 또래에 비해 나는 여러 벌의 한복을 가지고 있다. 남편이 아리랑을 본 격적으로 그렸을 때부터였는지, 내가 가곡歌曲 가사歌詞 시조時調에 심취하 여 정가正歌를 부르기 시작한 이후부터였는지 알 수 없으나, 어쨌든 80년 초반부터였던 것 같다.

아리랑 테마의 전시회가 열릴 적마다 나는 그 분위기에 맞는 한복을 입곤 했다. 화려함보다는 수수한 검정치마에 흰 무명저고리를 입었다. 그런가 하면 궁중 노래인 정가를 부를 적에 입는 복색은 달랐다. 그 단아하고 청초한 남색 치마에 흰색 저고리를 입을 때면 한복에 대한 애정과 기쁨이 나를 항상 설레게 했다. 비록 예전에는 아무리 고상한 노래라고 해도 일반 여인이 부를 수가 없었다. 대신 기녀나 궁녀 중에 훈련된 가인들만이 정가를 불렀다. 신분이 낮은 여인들이지만 이들에게 유일하게 정경부인의 옷차림인 남색 치마와 자주 고름 달린 저고리 옷을 입혔다고 한다.

일반 전수 발표와 이수자 발표가 있을 때 우리는 단체복으로 이 옷을 입었다. 보통 학생 전공자들은 단체옷으로 그저 저렴한 갑사 옷 정도로 했었다. 그러나 일반 중년의 이수자인 경우엔 색깔만 갖추면 마음대로 옷을 맞춰 입을 수 있었다. 그래서 나는 단체복 주문하는 한복 집보다는 일반 한복 집을 둘러보게 되었다. 한번 고급스럽게 맞추어두면 어느 곳에서나 입을 수 있도록 하기 위해서였다. 그러던 중 우리 집 근처를 산책하다가 큰 길 건너 아담하고 세련된 한복 집을 보게 되었다.

격자무늬의 작은 쇼윈도를 들여다보고 있으려니 안에서 "들어와서 보세요~" 하며 소녀가 정답게 나를 불러 세웠다. 안으로 들어서보니 눈앞에 펼쳐진 매장은 내 눈을 놀라게 했다. 자연색으로 물들여진 오색 한복과 돌돌 말아서 벽에 꽂아있는 옷감들이 어느 전시장보다 색채의 조화가 눈부셨다.

원목마루에 앉아보니 유리 판으로 된 테이블에는 골동품 떨잠 비녀며 정교하게 조각된 칠보 뒤꽂이, 정절의 표상이었던 은장도, 삼작노리개, 호박 자만 옥가락지가 옛 향취와 멋을 그대로 내게 전달해주었다.

한마디로 혼이 나갈 만큼 숨도 제대로 못 쉬고 오랫동안 그 여인들의 장신구에 빠져들었다.

그날 이후 시간이 날 적마다 한복 집을 들렀고 K 디자이너와 차를 마시면서 금방 친해졌다. 나는 한복에 대한 의논을 하러 자주 가서 디자이너가 추천해주는 옷을 종종 해 입게 되었다. 나중에 안 일이지만 명품에 익숙지 않았던 나는 그곳 옷이 얼마나 비쌌는지를 몰랐었다. 그녀가 나에겐 항상 옷감 가격만 받고 그의 높은 디자이너 값은 포함시키지 않기 때문이었다.

한국 전통을 지키는 유일한 한복으로 역사 드라마에 그곳 의상이 종종 선을 보였고 한복 애호가 사이에 최고의 순위였다고 들었다. 유달리 한복에 관심을 가지고 있는 나를 알고부터 그녀는 60년대 유행했던 자투리 옷감이 나올 땐 생활복으로 고름이 없는 매듭단추를 달아 간편한 옷으로 지어주었다. 남들이 화려한 정장을 입을 때 나는 K 디자이너의 간편 의상을 입고 나갔다. K 여사가 만든 옷은 내 마음에 잘 맞고 그렇게 편 할 수 가 없었다.

우리가 한창 친해질 무렵, 그 우아한 한복들 옆에 가야금이 하나 세워있는 것을 보았다. 그래서 내가

"어머나 누가 가야금을 하시나요?

제 딸도 지금 대학에서 가야금을 전공하고 있는데요."

했더니 K 디자이너는 내게 바짝 다가와 손을 잡으며

"지금 막 가야금을 하려고 하는데 기초만이라도

레슨 받고 싶어요. 제가 따님에게 배울수 좀 없을까요?"

그렇게 해서 우연치 않게 딸은 그 디자이너의 첫 번째 가야금 선생님이 되었다. (지금은 유명인에게 지도 받아 실력이 높아지셨을 줄 안다) 그 덕에 딸아이의 졸업연주회 때는 너무나 멋진 선녀 연주 복을 지어주어 그날의 연주를 빛나게 해주었다.

20년을 교류하는 동안 K 디자이너는 크게 발전해서 국내외 패션쇼와 작업 등으로 바빠졌다. 서로가 소원해질 무렵 어느 날, 그녀는 나를 불러 모시옷감을 보여 주면서 "기막힌 솜씨에요. 인간으로 어떻게 이런 베를 짤 수 있는지 딱 저고리 한 벌 감인데 작가님께 지어드리고 싶어요. 이 저고리보다 치맛감은 조금 거칠지만 옥색 물감이 아주 고와요. 이걸로 한 벌 해 두시면 따님에게도 대를 물릴 만큼 귀한 옷이 될 거예요."

이런 제안에 나는 입을만한 외출복도 제대로 없으면서 계획에 없던 옷을 한 벌 장만하게 되었다. 완성된 옷을 매장에서 입어보지 않고 혼자 입고 싶어서 싸안고 집에 왔다. 반 개량으로 지어진 치마는 끌리지 않게 복사뼈 길이로 지어있었다. 그러나 막상 옷을 입어보니...

그렇게 기대만큼 예쁘지 않았다. 마치 전설의 고향에 나오는 할머니나, 박정자가 출연한 연극 온달의 어머니처럼 너무 늙어 보였다. 크게 실망한 나는 그대로 접어 옷상자에 넣었다. 정성껏 지어온 옷에 대해 실망했다는 표현도 할 수 없어서 침묵할 수밖에 없었다. 우리는 서로 바빠 자연히 연락이 뜸해지고 잊고 지냈다.

작년 여름이었다. 남편이 갤러리에서 작은 초대전을 갖게 되었다. 날은 덥고 입고 나갈 옷이 너무 없었다. 장롱을 뒤적거리다가 우연히 선반에 옥색 모시 한복이라고 써놓은 상자가 눈에 띄었다. 무심코 상자를 내려 열어보니 한지 속에 깨끗한 모시 한복 한 벌이 눈에 들어왔다. K 여사를 다시 만난 듯 반가운 옛날 옷이었다. 나는 급하게 꺼내 입고 큰 거울 앞에 섰다. 접힌 자국이 선명했지만 '아 이렇게 나에게 잘 맞을 수 있을까' 그 긴 세월을 잠자고 있던 이 모시옷은 70이 넘은 내 나이에 그렇게 잘 어울릴 수가 없었다. 착착 넓게 접힌 치마 주름은 군살을 가려주었다. 어느 직녀織女가 짠 베일까 감탄이 나오는 모시 저고리는 내 몸에 금방 날개를 달았다.

전시 오픈 때, 곱게 다림질한 모시 한복에 고무신 대신 하얀 샌들을 신었다. 전시장에서 내 한복 차림을 보고 누군가 시조 한 수를 불러달라고 했다. 나는 다른 날보다 자신감 있게 나갈 수 있었고 거기서 황진이의 '청산리 벽계수'를 시조창時調唱으로 불렀다.

<기독/66/동화 작가>

마음은 가볍게
옷차림은 정중하게

이 미 연

　회갑을 지낸 동창들이 교내 박물관에서 모임을 가졌는데, 그곳에는 전통 자수를 더한 고전 의상들이 진열되어 있었다.

　박물관에는 해설을 위해서 현재 4학년 재학생이 기다리고 있었다. 잠을 잘 때 베개 양옆에는 남자의 것은 네모지고, 여자의 것은 동그란 것으로 만든 수장식이 있어 화려함을 더했다. 하늘을 뜻하는 네모와 땅을 뜻하는 원형에 무병장수를 기원하는 상징적인 동물이나 식물로 화사하게 수를 놓았다. 또 관직에 따라 하는 네모난 흉패는 유교의 질서를 존중하는 의미로 각각 허용되는 것이 달랐고, 그래서 왕의 의상은 용의 발톱이 다섯 개이어야 하고, 다른 왕족은 그 이하인 것으로 옷의 주인을 알아볼 수 있다고 했다. 서민들이라도 어려서 입는 의상은 화려한 색동옷을 허락했고, 결혼할 때만은 궁궐에서 입는 활옷의 간결한 형태의 혼례복을 허락했다고 했다.

스탕달의 소설 제목인 「적과 흑」은 군인의 의상 색깔과 성자 의상의 색을 나타내는 것이다. 그가 생각한 출세의 두 사다리를 색으로 드레스 코드를 표현한 것이었다.

초등학교 입학식에 입었던 옷은 아버지가 다니던 미군부대로 온 구호 물품에서 나온 것이었다. 시중에서 보기 어려운 예쁜 옷 들이었지만 그것이 누군가 입었던 옷이라는 것을 나는 나중에 알았다.

어려서 고전 무용을 해서, 무대의상으로 조명이 비치면 화려하게 빛나는 것이 달린 저고리와 치마를 입기도 했다. 학교에서는 현대 무용을 했기에, 나는 360도 회전하면서 펼쳐지는 치마를 입기도 하고, 뒤에 날개가 달린 흰 공단으로 만든 드레스 풍의 천사 옷을 입기도 했다.

외할머니가 손수 만들어 주시는 한복을 입기도 해서, 여름이면 갑사로 만든 치마저고리를, 겨울이면 공단으로 만든 치마저고리와, 토끼 털 조끼를 갖추어 입기도 했다.

아버지는 수입해온 옷감을 필 단위로 구입했었다. 같은 옷감으로 양복과 외투는 아버지의 것, 원피스와 투피스 정장은 어머니의 것을 해 입었고, 자투리로는 내 외투를 맞춰 입기도 했다.

두터운 외국 잡지에는 온갖 옷들을 주문하라고 사진이 있는데, 거기에서 맘에 드는 디자인을 골라 양장점에서 내 몸에 맞는 단 하나의 옷을 만들어 주셨다. 아버지는 그 옷을 입은 내 모습을 천연색 사진기로 찍어서 나의 어린 시절 모습을 남겨 주셨다.

박물관 투어를 설명하는 재학생인 학생을 바라보면서, 그 당시의 꿈만 많았던 나의 모습이 떠올랐다. 그녀의 눈에 비치는 이 말만 많은 나이 든 선배들도 젊었던 시절이 있었다는 것을 짐작조차 못하는 것 같아 씁쓸했다.

70년 대 학교 앞 양장점을 지나치노라면, 이즈음 외국의 명품 거리를 건는 것보다도 더 재미있었고 호기심이 일었었다. 학교 앞 많은 옷집은 학생들의 모습을 부러워하는 중년 여성들이 몰려오기 때문이라 들었다. 그러면서 학생들은 그 비싼 가게들의 예쁜 옷 때문이 아니라 청춘이란 옷을 입었기 때문에 아름다운 것이라는 것을 모르지는 않는다고 했다. 괜히 사치한 학교라는 별명이 따라다닌 셈이었다.

나도 마음먹고 졸업하기 전에 그 거리에서 바람머리 스타일로 파마를 하고, 원하던 옷집에서 원단을 고르고 샵 매니저가 스케치 북에 내 의견에 귀 기울여 가며, 디자인을 그려가면서 디테일을 완성한 나만의 옷을 입어본 추억도 있었다.

졸업 후 취직을 하고는, 백화점 폐점 시간 가까이에 달려가서 원하던 옷을 사고, 명동 거리에 즐비했던 구두가게에서 무릎까지 오는 부츠를 사기도 했다. 교복만 입던 나는 그 시간만큼 모양내는 일을 미뤄온 셈이라 그런지 막힌 댐이 터진 것처럼 한동안 신발과 가방 그리고 옷에 대한 사재기를 멈출 줄 몰랐다.

결혼 후 시댁을 방문할 때는 집에 들어서면 갈아입을 틈도 없이 시동생들과 시 부모를 위해 부엌으로 향해야 하니, 시어머니는 번거롭게 차려 입지 말고, 편한 차림으로 오라고 내 드레스 코드를 정했다. 반대로 엄마는 친정에 올 때는 외출복을 꼭 입고 오라고 내게 드레스 코드를 요구했다. 자동차에서 내려 집 마당에 들어서면, 이웃들이 볼 기회도 없으련만 엄마는 친정식구들도 보고 또 누가 볼 수도 있다고 했다. 남편과 아이의 옷도 거기에 준하여 입고 가게 되었다. 그리고 엄마는 우리를 손님처럼 맞이하기 위해서 남편과 아이가 좋아하는 음식들이 명절 음식 외로 입맛에 맞게 냉장고에 잘 준비해 두었다. 엄마의 의도를 알고 나니, 내가 상대를 대접하는 방법에 만나는 사람을 위한 예의가 필요하다는 것을 알았다.

지난해 런던 여행에서 딸은 맛있는 식사와 에프터 티를 대접한다고 몇 군데 예약을 했었다. 그 식당들은 드레스 코드를 요구했기에, 따로 준비를 해 가야 했다. 여행은 내게도 딸에게도 일탈이었다. 해외여행 가면서 굳이 드레스 코드가 필요한 곳을 넣어서 여행 계획을 짠 것이었다. 실제로 살짝 번거롭기는 해도 여행의 묘미도 살리고, 좋은 추억도 만들어 주었다.

나는 몸을 편하게 해 주는 게 좋은 옷이라 생각하지만, 친구들은 자신의 감성을 나타내는 옷을 다양하게 입고 왔다. 우리끼리는 격조 있게 서로를 대하고 싶은 마음이 있었으리라 짐작했다.

박물관에만 옷에 대한 자료들이 모여 있는 것은 아니었다. 교내에는 청춘이란 옷을 입은 후배들과 중후한 세월의 옷을 입은 우리들의 모습이 겹쳐지고 있었지만, 친구들은 자신들의 앳된 모습들을 떠올리면서 캠퍼스의 옛길을 찾아 누볐다. 맛있는 이탈리아 식사를 우아하게 마쳤지만, 학교 앞 오징어튀김을 먹을 생각에 들뜬 우리들은 문리대 문학관 앞 플라타너스 나무 아래서 새처럼 종알거리고 있었다.

서로의 감성을 이해할 수 있는 그 친구들을 때때로 만나고 싶을 때가 있다. 그 동지들을 만나기 위해 마음은 가볍지만, 옷차림은 정중하게 차려입기로 마음먹는다. 그러면 나는 나 자신을 대접하고 또한 친구들도 대접하는 것이 될 수 있을 것이기 때문이다. 우리끼리 소꿉장난 같은 그런 추억들이 모이면, 옷은 상상의 세계로 가는 날개가 될 수도 있을 것이다.

<영문/80/시>

사람은 무엇으로 사는가

서 용 좌

올해 2018년 1월 1일 기준 세계 인구는 7,591,860,074명이라고 한다. 오늘도 태어나고 있는 신생아를 생각하면, 사람은 무엇으로 사는가 싶어 아찔하다. 사람이 살아가는데 필수적인 3가지 요소는 의식주라고 일컬어진다. 이 3가지 요소를 충족해야 기초적인 생활을 할 수 있다고, 벌써 초등학교 3학년쯤부터 배우기 시작하는 개념이다. 그런데 그중에서도 왜 그 순서가 의식주인가. 옷과 음식과 집, 그중에서도 왜 옷이 먼저인가. 어려서부터 나는 그 순서가 싫었다.

어머니와 불화의 시작이 옷이었을까. 자라면서 옷에 치중하는 어머니에 대한 불신이 함께 자랐던 것 같다. 거추장스러운 한복을 벗어던진 활동성까지는 이해 못 할 것도 없었다. 다른 엄마들에 비해서 눈에 띄는 것이 살짝 부끄러웠던 기억, 그 정도였다. 한편으로는 사람들의 선망의 대상이기도 했던 것인지, 이웃 엄마들도 하나둘씩 한복을 벗어던졌으므로, 양장은 살짝 앞서는 경쾌한 무엇이었다. 하지만 서울의 명동이나 충장로 같으면 아스팔트를 닦고 다니는 판탈롱 바지는 그 먼지 때문에도 다툼의 근거를 만들었다. 엄마, 웬 먼지를 다 쓸고 오세요? 식구들 아무도 나서서 엄마에게 태클을 걸 생각을 못 했을 때, 큰딸인 나는 온 식구들 특히 아버지의 선봉장이 되어서 어머니와 싸웠다. 톱가수가 미니스커트를 입으면 다 큰 딸들에게 미니스커트를 입혀 데리고 다니려 했고, 거기까지는 또 괜찮았다. 파격도 파격으로서의 멋은 있으니까. 하지만 비키니라니! 반세기 전 시골 해변의 비키니를 상상해보라. 물론 요즘 개념으로는 핫팬츠에 얌전한 탑 정도지만, 한 뼘은 족히 드러난 배와 등을 가리려고 쭈그려 앉는 부족한 딸들에 비해서 어머니의 옷 선택은 가히 진보적이었다.

시집을 가자 친정에서 조실이라 불리게 되었다. 바로 독립된 가정을 꾸리면서 그렇게 내가 엄마가 되었다. 내 집에서는 의식주 우선순위를 완전히 바꾸기로 했다. 음식이 1순위다. 섭취하는 음식은 나를 내 몸을 만들기 때문에 나를 위한 것이고, 내가 입는 옷은 남들이 보기 때문에 남을 위한 것이다. 나는 이기적이기로 정했다. 맛있고 정갈한 음식이 먼저, 그다음은 포근하고 청결한 이부자리다. 이부자리는 옷이 아니라 집에 속한다. 그러니까 식주의 - 마지막이 옷이다.

하루는 어머니가 오셨다. 겨울이었고 둘째가 마침 옷을 갈아입는 참이었다. 털실로 짠 바지는 멜빵까지 있어서 내가 입혀주어야 했다. 바짓가랑이를 꿰려다 말고 아이가 뛰어갔다. 외할머니가 오셨으니까 반가웠던 모양이다. 아뿔싸! 어머니는 못 볼 것을 보셨다. 남자애들이 입는 면내의는 쉽게 무릎이 헤졌고, 나는 당연히 곱게 꿰매서 입히고 있었다. 어머니는 노발대발이셨다. "나는 너희들 그 수를 다 키웠어도 무릎

기워서 입히고 안 그랬다. 세상에, 어쩐다고 조 박사 아들들을 이리 키운다냐! 뭔 사내애들을 털실로 뜨개질해서 입히고 그런다냐, 조끼도 아니고 바지까지 떠서. 그라면 너 뼈골만 빠지제, 그냥 사서 입혀야! 이쁜 것들 천지구만."

딸들 시집갈 때 재봉틀을 해서 보내면 바느질해 먹고 산다고 혼수에서도 빼신 분이다. 하지만 손바느질을 어찌 막으실 수 있을까. 뜨개질을 어찌 막으실까. 돌아가실 때까지 큰딸이 못마땅해서 속이 안 편하시게 사셨다. 박사도 해봤고 교수도 해봤는데 그만하면 안 되겠냐? 남들처럼 너도 인생을 알아야 하는데….

어머니는 그런대로 천수를 다 하시고 돌아가셨다. 그리고 고아가 된 이제야 그것을 느낀다. 어머니로서는 성취보다는 여유를 바라셨는데, 나는 어머니가 말하는 인생은 놀고먹을수록 의미 있다고 생각한다고 오해했었다. 그래서 나는 아마 일부러 거의 죽어라 일하고 사는 모습으로 어머니에게 항의했던 것 같다. 그러는 사이 습관으로 굳어버려서 여가에 쉴 줄을 모른다. 여가가 심심하다. 그런데?

그런데 결과는 참담하다. 책상에 좀 앉아 있다가 화장실에 들어가다 보면 쓴웃음이 절로 난다. 구부정한 것도 아니고 완전히 기어가는 웬 늙은 여자가 큰 거울에 엉기적거리며 들어온다. 앉아있는 자세에서 그대로 굽어버린 허리 때문이다. 어머니는 충장로를 넘어서 설악산과 제주도를 일상처럼 누비시다가, 동남아며 호주를 건너, 뉴욕의 자유의 여신상까지를 섭렵하시고 돌아가실 때까지도 이런 처참한 몰골은 아니셨다. 화장실에는 왜 이리 큰 거울이 붙어있는 것인지, 처음으로 의아했다. 아예 안 움직여지기 전에 일단 허리를 펴야 한다. 완전히 뒤로 젖힌다고 생각하면 겨우 펴질까 말까. 어깨는 어깨대로 오그라진, 이 몰골의 주인이 너다. 어머니가 말리시던 일, 일, 일을 좀 덜하지 그랬냐. 너도 인생을 좀 알아라, 하시던 어머니를 좀 귀담아듣지 그랬냐.

그렇다고 사람은 무엇으로 사는가라고 물으면, 의식주, 그것도 옷부터 세지는 않을 것이다. 나름 그런대로 게으름 피우지 않고 내 일이라고 생각한 일들을 했고, 잘 못 했다는 후회는 있을지언정 너무 많이 했다는 후회는 없다. 일을 하지 않을 수 있었던 숱한 시간들이 나에게 무슨 의미였을까, 가정법이라 잘 모르겠다. 또 일의 과적이 요추 압박골절들의 직접 원인은 아닐 것이다.

톨스토이는 단편소설 「사람은 무엇으로 사는가」에서 추상적인 답을 냈다. 인간 세상에 내려와 살게 된 벌을 받은 천사 미하일의 입을 통해서였다. 사람의 마음에는 하느님의 사랑이 있고, 사람에게 주어지지 않은 것은 자신에게 필요한 것이 무엇인가를 자각하지 못한다는 것, 그리고 끝으로 사람은 사랑으로 산다고.

불굴의 소설가라서만 아니라 많은 존경할 점이 있는 톨스토이의 말이고 보니, 너무 잘 알려진 말이라고는 해도 다시 한 번 생각해볼 일이다. 인간은 자신에게 필요한 것이 무엇인가를 자각하지 못한다. - 이 말은 한 치 앞을 모르는 인간에게서 누차 증명된 사실이다. 하지만 '사랑'이 들어가면 나는 혼란에 빠진다. 몰이해의 극에 달한다. 사랑은 누구에게나 여전히 애매한 개념이 아닐까. 하느님의 사랑이든 감히 인간의 그것이든.

하지만 한 가지, 사람은 의식주만으로 살아가는 것이 아니라는 것은 분명하다. 그중에서도 글자의 순서상 앞서는 의복이 가장 중요한 가치는 아닐 것이다. 배가 고프면 사람들은 가장 가까이에 있는 것을 먹는다. 숲속 생활 체험기 『월든』을 쓴 헨리 데이비드 소로우가 그리 말했다. 또 춥고 졸리면 무조건 쉴 곳을, 꼭 격식을 갖춘 의복이 아니라 최소한의 가릴 것, 따뜻한 무엇을 찾는다. 미분양 아파트들은 늘지만 여전히 무주택자도 늘어나는 기묘한 통계의 나라가 한국이다. 50,982,212명의 한국인들 누구나 비싸지 않은 안전한 집에서 편히 잠들 수 있기를 기대해 본다. 넉넉한 음식을 나누며 편한 옷을 입고 뒹굴 수 있기를. 그렇게 되면 사랑이든 무엇이든 고차원적인 어떤 것들도 젖과 꿀처럼 넘쳐흐르리라.

〈독문/67/소설〉

'갑의환향 錦衣還鄉,

임 정 아

춘분이 지나고 꽃샘추위가 찾아왔다. 겨울이 그냥 가기 서운해 마지막으로 용을 쓰는 듯 하지만 그래도 봄은 오고야 말 것이다. 뜬 눈으로 밤을 새우고 새벽녘에 켠 티브이에선 봄 단장을 하라며 홈쇼핑의 호스트들이 고운 빛깔의 봄옷을 선보이면서 소비자를, 여인들을 유혹한다.

새 옷을 두 벌 장만했다. 차라리 지름신이 강림한 것이라면, 봄옷이었더라면 오죽 좋으련만. 근래에 구입한 옷 중 가장 비싼 돈을 치렀지만 색상도 재질도 디자인도 맘에 안 든다. 옛날 장수들이 전쟁터에서나 입었을 법한 디자인의 플라스틱 뿔 갑옷이다. 전생에 나라를 구한 것도 아닌데 갑옷은 웬일인지. 입으면 위풍당당은 커녕 불편하기 짝이 없다. 다른 한 벌은 레이스 장식 없는 코르셋으로 쇠막대와 고무천과 끈으로 엮은 전혀 로맨틱하지 않은 우울한 옷이다.

오랜 병원 생활로 걷는 것이 시원치 않아서인지 넘어지는 사고를 당하였다. 미련하게도 고통을 참다가 결국은 응급실 신세를 지고서야 세

군데의 허리뼈 압박골절이라는 진단을 받고 치료의 수단으로 장만한 것이다. 그러니 옷이 아니라 보조기구인 셈이다. 갑옷은 실내에서, 코르셋은 병원 갈 때의 외출용이다. 평소 옷을 좋아하였어도 이런 옷까지 원하지는 않았다.

바늘로 찌르는 듯한 고통 속에서 앉지도 서지도 못하는 자세로 거의 한 달을 보냈다. 신장 이식이 잘못 되었을까 하여 전전긍긍하고 겁을 먹다가, 그래도 원인을 알고 나니 한결 마음이 놓인다. 진통제로 통증을 다스리며 시간을 보내다 보면 낫는 날이 온다고 하니 그저 기다리는 수밖에.

수술이 잘되었다고 희희낙락하며 지나치게 교만했나 보다. 면역억제제와 스테로이드를 오래 쓰면 뼈가 약해진다고 낙상을 조심하라는 주의 사항도 들었지만, 귀에 담지 않았다. 그저 감염만을 주의하고 마스크만 챙겨 썼는데 그런 복병이 있을 줄이야. 더 큰 사고를 대비해 경고를 한 것이라 생각한다.

이런 극심한 고통은 난생처음이다. 수차례의 수술에서도 느끼지 못했던 통증이다. 그래도 조금씩 나아지고 있으니 감사하다. 침대에서 일어나려면 애벌레처럼 기어서 "주님 살려주세요."를 100번은 외쳐야 했는데 이젠 고작 10번만 외치면 일어날 수 있다.

일 년 만에 미국의 내 집에 돌아왔다. 작년 5월에 엘에이를 떠나 한국에 가서 수술받고 다시 돌아오기까지 꼬박 일 년이다. 간단한 줄 알았던 수술이 우여곡절을 겪었다. 항암치료에 투석을 거쳐 신장이식을 받았으니 살아 돌아온 것이 감개무량하다. 신장이식도 모자라 허리골절까지 당하여 '금의환향錦衣還鄕'이 아닌 '갑의환향鉀衣還鄕'인 것이 특별하다고 해야 할지.

남편은 나를 돌보느라 그사이 7번을 한국엘 다녀갔다. 다녀갈 때마다 나를 안심시키려고 그랬는지 살림을 잘하고 있다고 염려 말라고 몇 번이나 말했다. 식사도 알아서 척척 빨래와 집안 건사도 잘한다니 그렇게 믿었다.

비행기의 착륙정보가 목적지까지 600Km 한 시간 남았다고 화면에 뜨자, 그때부터 가슴이 더욱 뛰기 시작했다. 아이가 있고 정다운 친지들이 있는 곳. 나를 위해 간절히 기도해주던 이들이 있는 미국이 가까워져 올수록 눈시울이 뜨거워지는 것이다.

집 마당엔 살구도 단감도 초록 열매를 맺고 레몬이 노랗게 달렸으며, 복숭아도 가지가 휘도록 달리고 토마토도 무성하고 상추도 싱싱하게 잘 자라고 있었다. 내가 없다고 변한 게 없어 보였다.

그러나 집 안에 들어와 둘러보니 벽 모퉁이마다 거미줄이요, 마루 구석구석엔 먼지가 뭉쳐서 굴러다니는 중이었다. 냉장고 속엔 일 년 전에 장 봐다 놓았던 음식물들이 냉동된 채로 그대로 있는 것이 아닌가? 올해의 절반도 거의 지났건만 거실에 걸린 달력은 작년 내가 떠나던 달에 멈춰있었다.

살림하던 주부가 부재중이었던 우리 집은 지난 일 년의 메모리를 간직하고 있는 타임캡슐 같았다. 화장대에 쌓인 먼지도 욕실 타일 사이의 때도 그대로였다. 내가 돌아오기를 기다린 것은 사람들만이 아니었다. 주인을 기다리는 충성스러운 시종처럼 변함없는 미생물 무생물에 공연히 고마웠다. 언제 정지되었는지 모를 사발시계에 배터리를 갈아 넣었다. 자! 새로운 시작이다.

〈가정관리/78/수필〉

티.피.오.
(Time. Place. Occasion.)

정 영 자

　모임의 시간, 장소, 성격에 따라 엄격하게 지켜오던 옷차림이, 근래에 와서 많이 변화되고 있다. 그만큼 각자의 개성이 존중되는 시대이기 때문이리라. 하지만, 아무리 개인의 의사가 중요하다고 해도 사회적 통념으로부터 완전히 자유로울 수는 없으니 모임의 티.피.오.에 따라 적절히 예의를 갖춘 옷차림으로 참석함이 바람직하다.

　미국의 유명 의상 디자이너 오스카 드 라 랑따는 "입은 옷이 잘못된 것이 아니다. 사실은 그 옷을 적절치 못한 시간이나 장소에 입었다는 것이다. 다시 말하면 옷을 입을 때는 타이밍에 맞추는 기지가 필요하다" 고 말하고 있다.

　서양에서는 행사 초대장을 보낼 때, 옷차림에 대한 정보를 카드에 명시한다. '흰색 타이white tie', '검은색 타이나 정장 차림Black tie or formal', '준정장 차림Semi-formal' 등으로 표시한다. '흰색 타이'는 가장 격식을 차리는 모임으로, 연미복에 하얀색 나비넥타이를 매라는 뜻이다. '검정 타이'나 '정장 차림'이란 턱시도를 입고 검정 나비넥타이를 매거나, 정장을 하라는 것이다. 그리고 '준정장 차림'은 티셔츠나 진 바지를 입는 것은 삼가라는 부탁이다.

티.피.오.의 첫 번째 예로, 결혼식에 착용하는 신랑 신부의 예복과 하객의 옷차림을 들어보자. 요사이는 결혼 예식에 대부분 신랑들이 실용성도 고려하여, 연미복이나 턱시도 대신에 정장에 조끼를 덧입어서 예복이라는 느낌이 들게 한다. 서양에서처럼 남성들이 연미복이나 턱시도를, 여성들이 긴 드레스를 차려 입고 댄스 파티, 사교 모임, 성년식 등에 참석할 기회가 우리에게는 거의 없다. 때문에 우리 문화에 알맞게 절제된 결혼 예복이, 특히 신랑에게 자연스레 받아들여지는 모양이다.

현대 신부의 하얀색 결혼 예복은 19세기 초엽에 사랑받았던 흰색에서 유래되었다. 백색은 우리에게 순수함, 순결함, 여성스러움의 느낌을 강하게 주는 동시에, 오염되지 않고 깨끗하다는 느낌을 주기 때문이다. 그러나 1920년경, 흰색이 유행으로 번지기 전에는 각자의 취향에 따라 다양한 색상의 신부복을 착용했다. 그런데 흰색의 화려함을 돋보이게 하는 사건이 1930년에 발생한다. 당대의 대표적인 여배우 진 할로우가 햇볕에 바랜 듯한 옅은 금발 머리에 우아한 상아색 실크 공단 야회복을 입고, 그 위에 하얀 여우털 목도리를 길게 늘어뜨린 채로 대중 앞에 나타났다. 그 모습이 어찌나 황홀했던지, 이후로 '신부복은 흰색'이라는 것이 공식화되어 전해 오게 되었다.

우리나라에서도 저녁에 열리는 결혼식이 늘어나는 추세지만, 서양에서는 대부분이 저녁에 거행되며, 가까운 연회장에서 식사한다. 만찬이 끝날 무렵이 되면, 짓궂은 친지들이 번갈아가며 와인 잔을 두드려 주의를 집중시킨 후에 신랑·신부를 향해 키스, "키스해"를 연발한다. 친구들의 끊임없는 요구에 신혼부부가 웃느라 시간이 지체되기라도 하면, 학창 시절 부부의 비리를 폭로하겠다고 협박하며 놀려대는 바람에 하객들의 웃음소리가 그칠 줄 모른다.

식사가 끝나면 요란한 음악 소리가 들리면서 신랑이 신부의 손을 잡고 연회장 한가운데로 나와 시아버지에게 신부를 인도함으로써 댄스가 시작된다. 신랑이 장모와 신랑·신부의 친구들, 친척들이 합세하면서 요란한 춤사위가 벌어진다. 자정이 가까워져 신혼부부가 퇴장한 뒤에도 춤은 계속되며 새벽이 돼서야 끝난다. 그때문에 초대받은 결혼식에서 댄스에 동참할 의사가 있다면 롱 드레스나 우아한 실크 원피스, 또는 롱스커트의 정장을 많이들 입는다. 하지만 결혼식에서는 신랑·신부가 가장 돋보여야 하므로 축하객들은 가능한 한, 흰색이나 검은색 아래위는 피하는 것이 예의다. 지나치게 화려한 옷차림이나 튀는 화장은 하지 않도록 하되, 화사한 느낌의 색상을 선택해 옷과 얼굴을 다듬는 것이 좋다. 이러한 배려가 축하 분위기를 띄우는 데 도움이 된다.

나이 일흔이 넘다 보니, 이제는 부모보다는 친구나 그 배우자의 부고로 문상 갈 일이 자주 생겨 마땅한 옷을 고르느라 신경이 쓰인다. 문상객은 검은색, 감청색, 짙은 회색 정장이나, 앞서 언급한 짙은 색의 바지나 스커트에 흰색 상의를 입는 것도 무난하다. 넥타이는 검은색을 매는 것이 통례이다.

우리의 상복은 원래 흰색이었으나, 요사이는 남성의 검정색 양복과 더불어 여성도 검은색 양장이나 한복을 입는다. 특히 겨울에는 추워 보이지 않아서 좋다.

1960년, 존 휘츠제랄드 케네디 상원의원은 43세의 나이로 미국의 제35대 대통령에 역대 최연소로 취임했고, 그 옆에는 우아한 재클린 여사가 자리했다. 대통령 부부는 미국뿐만 아니라 전 세계의 관심을 집중시켰다. 두 사람은 미남, 미녀라기보다는 매력이 넘치는 부부였다. 1963년 11월 22일, 케네디 대통령은 46세의 젊은 나이에 텍사스주 댈러스에서 암살되었고, 전 세계를 경악과 깊은 슬픔에 빠지게 했다.

장례식 날, 재클린은 검은 상복에 검은 베일을 머리에서부터 길게 늘어뜨리고, 옆에는 어린 딸 캐롤라인을, 그리고 앙증맞게 상복을 입힌 케네디 주니어를 자기 앞에 세운 채로 손을 잡고 있었다. 아버지의 운구 행렬이 그들 앞을 지나가게 되자, 어리디어린 주니어가 마지막 길을 떠나는 아버지를 향해 거수경례를 했다. 그 장면을 지켜보던 전 세계 사람들은 애처로움에 눈시울을 붉혔고, 아직도 그 장면은 나의 뇌리에 또렷하게 새겨져 있다.

서양에서는 상복으로 남성은 검은색 정장을, 여성은 검은색 원피스나 투피스를 입으며 검정 베일은 필수다. 검은색 모자는 허용되나 보석 액세서리는 피하는 것이 상식이다.

취업을 위한 면접의 성패는 면접생의 자세나 옷차림 등으로 전해지는 이미지에 따라서 크게 좌우된다. 우선 긍정적이며 능률적이라는 인상을 주는 것이 중요하다. 유행의 첨단을 보여 주는 옷차림은 경솔해 보이거나 공허해 보일 수 있으므로 어떤 경우에도 바람직하지 않다. 옷차림은 약간은 보수적인 편이 무난하다. 특히 찾는 일자리가 보수적일 경우에는 더욱 그렇다. 남녀 구별 없이 검은색, 감청색 또는 짙은 청회색의 정장을 입는 것이 무난하다. 여성의 경우에는 흰색이나 아이보리 색상의 블라우스를 입고, 남성은 광택이 없는 부드러운 파스텔 블루나 파스텔 핑크 넥타이를 매 보면 어떨까.

그러나 창조적인 일자리의 면접이라면, 남성의 넥타이는 무늬나 색상을 좀 더 예술적이며 강렬한 것으로 선택함이 좋겠다. 여성의 경우에는 검정 투피스에는 그 대비가 예리한 인상을 주는, 흑백의 기하학적인 프린트 원단의 블라우스를 입으면 좋을 것이다. 감청색 투피스에는 기민함과 명랑함을 나타내는 노란색 중에 채도가 낮은 노랑이 섞인 블라우스를 입거나, 짙은 청회색 정장에는 상대방으로부터 차분함과 친절함을 유도해낼 수 있는 핑크색을 가미해 보면 어떨까. 그리고 스커트의 길이는 의자에 앉았을 때, 무릎의 살짝 위에 오도록 하면 무난하다. 앉고 보니 스커트의 길이가 너무 짧아 당황한 나머지 손으로 끌어내리는 일은 없도록 해야 한다.

내가 근무했던 패션 디자인 연구원에서는 매년 두 차례 졸업생들에게 취업 준비를 시키곤 했다. 그들에게 가장 강조했던 것은 취업을 원하는 패션 업체에 대한 철저한 지식과 분석이었다. 업체 사장의 성향, 디자인의 경향, 매장 수나, 가능하면 매출액까지도 파악하도록 했다. 면접 예행연습 때엔 적절한 의상까지 입고 실제 상황을 경험하게 했다. 학생의 성향과 재능을 가장 잘 아는 각과 학과장의 추천서와 더불어 90% 이상의 취업률을 달성할 수 있었다.

지금은 개성을 중시하는 시대다. 위에서 언급한 티.피.오의 기본 상식을 바탕으로 자신만의 특별한 매무새를 꾸준히 찾아 개발한다면 매력적인 이미지 메이킹에도 성공할 수 있으리라.

〈불문/64/수필〉

어머니의 유똥 치마

고 임 순

　소녀 적, 크리스마스가 돌아오면 나는 으레 천사로 뽑혀 무대 위에서 연극을 했다. 학교 학예회 때도 무대를 누비며 선율에 맞추어 유연하게 무용을 했다. 시종 박수갈채를 받은 것은 무엇보다 머리에 뒤집어써서 늘어뜨린 유똥 치마의 하늘거리는 아름다움 때문이었다. 철없는 딸의 욕심으로 늘 수난을 받았던 어머니의 단벌 외출복 유똥 치마.

　난초무늬 은은한 아이보리 빛 치마를 보물인 양 장롱 속 깊숙이 간직하신 어머니는 혼사가 있을 때나 학부형 회의 때만 입으셨다. 반듯한 이마에 흑단 머리를 앞가르마 타고 쪽 진 어머니는 옷이 날개여서 이 옷만 입으시면 귀부인이 되셨다. 교실 뒤에 앉아 있는 학부형 가운데 단연 학처럼 고고한 자태가 자랑스러워 자꾸 뒤돌아보곤 했다.

　이렇게 아끼시는 옷을 철딱서니 없는 나는 어머니 몰래 살금살금 꺼내어 무용복으로 이용한 것이다. 치마허리를 머리에 두르고 늘어진 치마폭을 양손으로 펴면 천사가 되었다. 그 활짝 편 너울로 빙글 빙글 돌면 내 무용 솜씨는 일급으로 모두 박수를 쳤다. 어린 마음에 금 쪽 같은 어머니 유똥 치마는 장차 내가 물려받아 입을 생각으로 한껏 뽐냈던 것이다.

'유똥'이란 실크 100프로 옷감으로 부유층 속옷에 사용했던 시절. 명주明紬 사건으로 짠 옷감으로 빛깔이 곱고 매끄러운 것이 특징이었다. 서울 동대문시장 대형 포목점에는 현금을 싸 들고 가 기다려야 할 정도로 인기 있는 옷감인데 전주에서는 구할 수 없는 물건이었다. 물 맑은 남강南江이 흐르는 경상도 진주 특산물로 아버지께서 출장에서 돌아오실 때 사 오신 어머니 선물 유똥 치마.

어느 날, 진주에서 돌아오신 아버지는 느닷없이 선물 꾸러미를 내밀었다. "칼자루 10년에 집안 여편네 유똥 치마 하나 못 해준 주변에 할 말이 무슨 할 말이유" 채만식 소설에 나오는 구절을 읽고 유똥 치마가 얼마나 귀중한지 알았던 나는 눈이 번쩍 떴다. 아버지는 두말없이 어머니 유똥 치마를 선물로 사오셨는데 기뻐하시는 어머니 모습에 나도 덩달아 기분이 좋았다.

여학교 졸업을 앞두고 6·25 한국전쟁이 터진 1950년. 우리 여학생들은 후방에서 일선 장병을 위해 위문주머니를 만드는 한편, 국군 장병이 모인 도립극장에서 위문 공연으로 무용하기 바빴다. '아름답고 푸른 도나우 강'의 선율에 맞추어 하늘하늘 춤추는 유똥 치마는 내 필수의 무용복이 되었다. 후방에서 애국하는 투지로 총칼 대신 위문 공연으로 최선을 다 했던 시절.

전세가 기울어 1·4 후퇴 시, 우리 가족은 제주도로 피난 가게 되었다. 아버지께서 배 한 척을 군산 항구에 정박시켜 떠나기로 한 날 밤, 나는 계속 위문 공연으로 바쁘게 지내면서 피난 가지 않고 무용으로 애국하겠다고 우겼다. 그러나 아버지의 불호령으로 유똥 치마를 머리에 두른 체 트럭에 올라타고 군산으로 직행, 통통배로 갈아탄 것이다.

망망대해에 뜬 일엽편주, 갑판 위에서 맞은 새벽은 눈부셨다. 나는 어제 밤 못다 한 춤을 추었다. 바닷바람에 너울대는 유똥 치마의 곱디고운 모습으로. 그래도 해가 남아 목청을 돋우어 노래를 불렀다. "잔잔한 바다 위로 이 배는 떠나가며…." 노을 지는 수평선을 바라보며 산타루치아를 불러댔다. 지금 가는 곳은 토머스 모어의 '유토피아'가 아니면 스티븐슨의 '보물섬'일지 모른다고 꿈꾸면서.

이러한 나를 본 선장은 배를 운전하면서 아직 갈 길이 아득하니 기운을 아껴두라고 했다. 이틀이 되고 사흘이 지나면서 뱃길은 어디에 있는 것일까 생각에 잠겼다. 차츰 우리 배는 표류하고 있는 것 같은 불안감이 인 것이다. 이데올로기의 대립으로 일어난 동족상잔의 비극, 반장을 했다는 이유로 자술서를 쓰라고 강요당한 날, 이승만 대통령의 사진을 짓밟는 좌익 선생을 바닷속에 지워버렸다.

닷새쯤 되는 날은 싸락눈이 내렸다. 뿌연 바다는 고뇌를 들이마신 듯다가와 더 불안해졌다. 조금만 더 참고 기다리자는 아버지는 꼭 목적지까지 무사히 갈 수 있다고 확신하며 위로하셨다. 일주일이 지났을까. 저녁 무렵 심상치 않게 강풍이 몰아쳤다. 점점 파도가 높아져 배가 흔들리자 선장은 갑판의 출입을 막고 모두 선실에 가만히 앉아있으라고 명령했다.

풍랑이 일어 배를 덮친 바닷물이 차츰 스며들기 시작했다. 선실에 차오르는 물을 바가지와 깡통으로 필사적으로 퍼내면서 오직 하나님께 매달렸다. 역풍에 밀려 표류하던 배는 목포 근방의 어느 갯벌에 박혀버린 것이다. 천운으로 위기를 모면하고 보니 몸에 걸친 유똥 치마가 흥건히 젖은 채 내 몸을 감싸고 있지 않는가. 한기 속에 오한이 난 나는 어지럼증이 일어 사방을 둘러보다 눈을 지그시 감고 말았다.

다음 날, 심한 뱃멀미로 지쳐 마신 물도 토해버리는 고통 속에 기진맥진한 나는 선실 바닥 구석에 죽은 듯이 웅크리고 있었다. 손등이 터져 피가 흐르고 어지러워 눈을 뜰 수 없었다. 한참을 마음 진정한 후 눈을 떠보니 옷이 다 젖어 추위에 떨던 나는 벗겨진 유똥 치마를 다시 몸에 두르고 웅크렸다. 아 나는 살아있구나. 나를 보호해준 것은 어머니 정성이 밴 유똥 치마였다.

<국문/58/수필>

옷에 대한 생각

천 양 희

　나는 한 벌 옷으로 세상에 왔습니다. 사람에 의해서 사람을 위하여 나는 태어났습니다. 태어나자마자 어떤 사람이 날 선택했습니다. 나는 그 사람을 위해 존재합니다. 누굴 위해 날 쓸 수 있다는 것이 나는 정말 좋습니다. 어느 땐 내가 대견하기도 합니다. 사람이 나더러 꼭 필요한 존재라고 말하기도 합니다. 누구에겐가 내 존재가 필요하다는 것이 나를 살게 합니다. 그 사람이 나에게 "너는 정말 멋져!" 할 때가 가장 행복한 때입니다. 나는 정말 그 사람에게 멋진 존재가 되고 싶습니다. 나 때문에 그 사람이 돋보일 때 나는 또 행복해집니다. 그때 나는 "세상은 정말 살만한 곳이야!"하고 말합니다. 그 사람은 나 없이 살 수 없고, 나 또한 그 사람 없이 살 수 없습니다. 내 일생은 그 사람을 위한 일생입니다. 그 사람과 함께 하는 생입니다.

　옷을 의인화해서 쓰고 보니 꼭 내가 옷이 된 것 같다. 나도 옷처럼 누구에겐가 필요한 존재가 된 적이 있나? 멋진 존재가 된 적이 있나?

내가 많이 좋아하는 것은 자연 빼놓고는 옷과 책이다. 또 내가 돈이 아깝다고 생각하지 않고 쓸 때가 옷과 책을 살 때이다. 어느 땐 물 쓰듯 옷과 책을 사고 싶을 때가 있다. 쓸 돈이 없어서 그 생각은 늘 생각만으로 그치고 만다. 그러나 옷을 새로 살 때나 아직 읽지 못한 책을 살 때, 그 설렘과 기쁨은 나를 들어 올려 준다. 그럴 때 옷은 내 몸을 지켜 주는 집이고, 책은 내 정신을 지켜주는 집처럼 느껴진다. 새 옷을 입을 때 마음은 구름을 입은 것처럼 부풀어 오르고, 새 책을 읽을 때는 봄 밭을 갈듯 정신 갈이를 하는 것 같아 무척 기분이 좋다.

새로운 것은 시를 쓸 때처럼 나에게 늘 가치가 된다. 낡은 옷을 새 옷으로 바꿔 입는 기분은 동어반복^{同語反覆}하던 시가 변모할 때처럼 나를 기쁘게 한다. 아무리 내가 옷을 좋아한다 해도 책과 옷은 그 가치가 같을 수는 없다. 책은 헌책이라도 가치 있는 것이면 그 책이 바로 새 책이 되지만, 헌 옷은 아무리 비싼 옷이라도 입을 수 없는 것이면 가치가 없게 된다. 그것이 정신의 양식인 책과 육체의 장식인 옷의 차이다. 그러나 둘 다 소중함에 있어서는 차이가 없다. 나에게는 책만큼 소중한 것이 옷이기 때문이다. 평생 동안 나를 지켜 주고, 나를 거듭 변화시켜 주는 옷은 언제부터 나에게로 와서 나와 함께 한 길을 가고 있는 것일까.

누가 나더러 "참 세련되게 잘 입으셨네요." 하면 나는 농담 삼아 "로마가 하루아침에 이루어졌겠어요?"한다. 새 옷을 입고 멋지게 걷고 싶은 날은 나는 약속이나 한 듯 책방으로 간다. 교보문고나 영풍문고에 들러 새로 나온 책을 고르다 보면 괴로움 끝에 시 한 편을 얻는 기쁨 못지않다. 새 책 한 권이 거뜬하게 하루를 살게 하고, 일주일을 살게 하고 한 달을 살게 한다. 그런데 옷이 주는 기쁨은 며칠을 살게 할까?

그 기쁨이 며칠을 살게 하지 못할지라도 새 옷을 입을 때의 기쁨은 그 새로움이 옷의 가치인 듯 존재의 한순간을 설렘의 순간으로 만들어 준다. 목소리와 눈매, 모습도 훌륭한 말이 될 수 있듯이 자신에게 잘 어울리는 옷을 입는 것도 멋진 자기표현이 될 수 있지 않을까.

<국문/66/시>

내 마음이 연두로 물든 들

서 지 문

지난 8월 초에 몽골에 다녀왔다. 현지인 가이드는 정말 성실하고 세심해서 참 마음에 들었는데 그녀에게서 공녀들의 이야기를 들었다. 풀스토리를 들은 것은 아니고 그냥 원에서는 고려의 공녀들을 무지개 처녀 라는 뜻의 단어로 지칭했다는 이야기와 나중에 기황후처럼 원에서 크게 출세한 여인도 있었다는 이야기 정도였는데 '무지개 처녀'라는 말이 가슴에 꽂혔다. 그때도 우리나라 사람들이 색동옷을 입었구나, 긴 몽고의 침입으로 피폐했던 고려의 13~14세기에 어떤 옷감에 어떤 물감으로 색깔을 내었기에 무지개처럼 보였을까? 처녀들이 앳되고 아름다워서 옷이 처녀들을 돋보이게 하기보다는 처녀들이 옷을 돋보이게 한 걸까? 잠시 가슴 짠한 생각을 해 보았다.

고려 말에 문익점 선생이 목화씨를 붓 대롱에 넣어갖고 와서 (붓 뚜껑 이야기는 역사기록에 있는 것은 아니라고 한다) 우리 불쌍한 백성에게 무명옷을 입게 해 준 것이 1360년이니 이미 공녀의 역사가 한 세기를 넘어 종말을 향해 갈 때인데, 당시 서민의 옷이었던 거친 베옷에 색동 물감이 곱게 들 리가 없었을 터인데 공녀 중에 비단 옷을 입고 간 공녀도 있었을까?

초등학교 시절에 색동 옷 설빔을 얻어 입고 기뻤던 일이 아스라하게 생각난다. 어머니가 설빔을 입혀놓고 좋아하신 것을 생각하면 부모님 께도 딸들의 설빔이 큰맘 먹어야 해줄 수 있는 옷이었던 것 같다. 고려 의 공녀들을 '무지개 여인'으로 불렀다면 원나라에는 당시 색동옷이 없 었던 때문이었을 것이니, 슬픈 공녀들은 그 색동저고리를 간직했다가 꺼내보며 고향 생각, 가족 생각을 하며 얼마나 눈물을 지었을까?

어쨌든, 충분한 근거가 될지는 모르겠지만 색동옷은 우리 민족은 생래 적으로 색감이 뛰어났다는 증빙으로 생각하고 싶다. 그러나 그 색감을 만 족시키면서 살 수 있는 백성은 전체 백성 중 극히 일부였을 것이다. 우리 민족이 '백의민족'으로 불리게 된 것은 상복을 하도 자주, 하도 오래 입으 니까 (부모, 시부모 상만이 아니라 왕실의 상사도 있고, 복상服喪의 의무가 없는 친척의 상중喪中에도 화려한 무색옷을 입을 수는 없지 않았겠는가?) 그냥 흰옷을 줄곧 입었다고 한다. 게다가 무색옷을 입으면 여유가 있어 보여서 관리들과 양반들의 가렴주구의 표적이 되기 쉬웠으니 그저 찌든 흰옷이나 입는 것이 싸고 만만하고 안전했을 것이다.

동시대의 일본이 제조업이 크게 발달하고 그중에 섬유산업의 발전은 극치에 달해서 길거리가 화려하기 짝이 없었던 것을 생각하면 우리 조 상들의 빈곤이 가슴 아프다. 18세기 초 일본에 통신사로 갔던 신유한은 일본의 거리 풍경을 이렇게 보고하고 있다:

구경나와 양쪽에 죽 늘어선 사람들이 모두 비단옷을 입고 있었다. 여자들은 검은 머리에 기름을 바르고 꽃 비녀와 대모 빗 (거북이 등

짝으로 만든 빗)을 꽂고, 얼굴에는 연지와 분을 발랐으며, 붉고 푸른
그림이 그려진 긴 옷을 입고, 보석 띠로 허리를 묶었다. 허리가 가늘
고 길어서 불화(佛畵) 속의 사람 같았다. 수려한 외모의 사내아이는
옷을 입고 단장한 것이 여자보다 예뻤다. 나이가 여덟 살 이상이 되
는 남자는 모두 보석으로 장식한 칼을 왼쪽 옷깃에 꽂고 있었다. 강
보에 싸인 어린아이들도 모두 보석을 두른 채 무릎에 안겨 있거나
등에 업혀 있었는데, 마치 울창한 숲과 온갖 꽃이 만발한 꽃밭에 형
형색색의 꽃과 나무가 피어 있는 듯했다.

이런 인파가 20리에 걸쳐 수풀처럼 빽빽하게 늘어서서 갈수록 더
욱 많아지니, 내 눈으로는 직접 본 것만 해도 일일이 셀 수 없을 정도
였다.

(『해유록』, 서울: 돌베개, 2011, 87~89.)

그러나 조선 백성들의 의생활은 빈약했지만 모든 여인들이 무채색의
의생활을 했던 것은 아니다. 양반집 아씨나 마님들은 한 근에 초가집 한
채 값이 나가는 염료도 열심히 구해서 아스라한 고운 색의 옷을 해 입었
다. 우리 민족의 애수를 너무나 선연하게 그린, 아마추어 민속사가였던
최명희 작가의 대하소설 『혼불』에 세 페이지에 걸쳐 소개된 붉은 염료
얻는 법을 잠시 같이 보자:

홍색 중에도 그 빛이 투명하면서도 깊고 선연한 색을 내는 홍화색
은, 누구라도 소원을 하는 색 중의 색이었다. 홍람이라고도 하며 홍
화라고도 하고, 그냥 잇꽃 혹은 이시라고도 하는 붉은 꽃, 여름이면

주황색 꽃을 가지마다 줄기마다 피우는 2년 초 국화인 홍화를 따서
만드는 이 홍화 색은 꽃잎을 도꼬마리 잎으로 덮어 구더기가 나도록
삭혀서 말린 다음, 항아리에 연수를 붓고 여기에다 말린 홍화를 넣
어, 짧게는 너댓새, 아니면 오래 둘수록 좋은 물이 우러나오니 길게
는 두어 달 가까이 담가 두었다가, 그 꽃물을 고운체나 무명 겹 주머
니에 밭쳐, 위에 떠오르는 누런 빛깔의 황즙을 걷어 낼 때, 끓는 물
을 조금씩 넣어가며 황미를 완전히 제거해야 붉은빛만 걸러지는 홍
화 색. 그러나 그것은 아직 홍화색이 아니다. 명아주나 쪽풀 대궁 혹
은 홍화 줄기를 태운 재나 콩깍지 재의 깨끗한 재즙을 꽃물에 넣어,
첫물은 빼버리고, 다시 끓인 맹물을 부어 따로 받았다가 두 번째 재
즙을 칠 때에만 비로소 고운 홍색이 나온다. 여기에 다시 또 끓인 맹
물을 넣어 홍색을 만드는데, 아직도 한 번 더 재즙을 넣어야 한다.
세 번째 재즙을 넣을 때는 끓인 물이 아닌 냉수를 넣은 후에, 끝으
로 오미자즙을 알맞게 넣으면 드디어 선명한 홍화색을 얻을 수가 있
는 것이다. 이 홍화색을 무명에 들이려 할 때는 먼저 엷고 맑은 담홍
색으로부터 시작해서 짙고 깊은 농색(濃色)이 될 때까지, 뜨거운 온
도로 몇 번이고 염색을 하면 되지만, 아무래도 홍화색은 곧바로 젖
은 물을 들이는 것보다는 연지로 만들어서 물에 풀어 염색하는 빛
깔이 더 곱고 선명하다….

(『혼불』, 서울: 한길사, 1996. 4권 69~71.)

이 홍화 연지를 풀어서 옷감에 물을 들이는 과정도 참으로 정치^{精致}
하다. 대감 집 아씨나 마님이 이렇게 고운 홍화씨 물감을 들인 옷을 입

은 것을 본 서민층 여인네들은 얼마나 부러웠겠는가.

　이제 다행히 모든 여성들이 마음껏 원하는 색깔의 옷을 입을 수 있고 염료도 무지개의 일곱 색뿐 아니라 몇 백가지라도 사람이 만들어내는 색이면 무엇이나 손쉽게 입을 수 있으니 얼마나 감사한 일인가. 우리 민족의 색감은 오랫동안 억눌려왔지만, 그래서 우리나라 여성들 의상의 색은 경제부흥 초기에는 좀 촌스럽기도 했지만 이제는 어느 나라 여성의 옷보다도 화려하고 세련되어서 우리나라 디자이너들은 세계의 명품 회사에서 다투어 모셔가는 귀하신 몸이다. 모쪼록 우리의 번영과 우리의 자유가 영원해서 우리나라의 모든 여성들이 무한히 다양한 색깔의 축복을 영원히 누릴 수 있기 손 모아 빈다.

<영문과/69/번역>

옷 이야기,
그 소소한 즐거움

김 남 순

옷은 인간의 역사를 나타낸다고 한다. 살아오면서 옷이 안겨준 몇 가지 일을 떠올리면 나도 모르게 입가에 웃음이 어린다. 옷에 대한 추억은 어떤 상황이었든 즐거웠던 기억으로 남아 내 삶의 여정을 함께 하고 있다.

하나, 젊은 날의 리폼 패션

집안의 물건마다 빨간 딱지가 붙어있을 때 나는 고등학생이었다. 살림이 기울어졌어도 생활력이 강한 언니 덕분에 나는 대학 새내기가 될 수 있었다.

조금은 철이 들었던지 철 따라 옷을 사겠다고 손을 내밀지는 않았다. 나름대로 궁리하여 입던 옷을 새롭게 만들어 입고 다니려 했으니 말이다.

당시 서대문 아현동을 지나다 보면 안쪽에 드럼통을 걸어놓고 염색하는 곳이 있었다. 내게는 즐거움을 주는 곳이었다. 얼룩무늬 코트를 까맣게 염색해 새것처럼 입기도 했고 앞 단추가 달린 옷은 뒤로 돌려서 입으면 다른 옷이 되어 겉옷 속에 받쳐 입을 수 있어서 좋았다. 블라우스의 큰 칼라는 줄여서 입기도 했으니 지금으로 치면 리폼을 한 셈이다.

내 사정을 드러내지 않아서 주변 친구들은 내가 헌 옷을 고쳐 입는 것을 잘 몰랐던 것 같다. 내가 직접 리폼한 옷을 입고 독서 클럽, 회화 클럽 등 각종 모임에 들락거렸다. 서투르지만 나 스스로 만들던 내 스무 살 무렵의 패션이었다.

창의성이란 필요에 의해 생기는 것이라 생각한다. 그때의 발랄했던 창의력이 나이 든 지금에 와서는 새 옷에 대한 열망으로 이어졌나 보다.

둘, 아들에게 꽃분홍 원피스를 입혀놓고

"딸이 셋인가 봐요." 지나가던 여인이 골목길에서 놀고 있는 우리 아이들을 보며 한 마디 했다. 나는 그냥 웃었다. 여인은 막내를 가리키면서 아들이면 좋았을 거라고 혀를 끌끌 차며 가버렸다. 남아선호 사상이 당연했던 70년대 초의 일이다.

나는 굳이 막내가 아들이라고 설명하지 않았다. 남들이 뭐라 하든 상관없이 누나 원피스를 입고 신나게 놀고 있는 아들아이의 천진한 모습이 어이없으면서도 마냥 웃음 짓게 했으니까.

그날따라 바지를 입지 않겠다고 떼를 쓰고 우는 아들아이를 달래느라 진을 뺐다. 누나들은 원피스를 입는데 왜 자기만 바지를 입느냐고, 똑같은 옷을 입겠다고 고집을 부렸다.

연년생 셋이라서 무엇이든 똑같이 해주었는데 유독 입는 옷만 다르다 보니 그것이 큰 불만이었던 모양이다. 결국 누나의 분홍 원피스를 입고 나서야 울음을 그치고 만족한 표정으로 밖에 나가 놀았다.

엉뚱하고 재미있는 장면을 놓치기 아까워 사진 한 장을 소중하게 남겼다. 지금도 네 살 때 분홍 원피스를 입고 배시시 웃음 짓는 아들아이의 사진을 보면 둥지 짓는 새처럼 바쁘게 움직이던 내 삼십 대의 씩씩했던 삶이 떠오른다.

셋, 옷 쇼핑은 언제나 즐거워

의복은 새것이 좋고, 사람은 오래 사귄 사람이 좋다고 한다. 나이 불문하고 새 옷을 살 때의 신나는 기분은 누구나 같을 것이다. 백화점 의류 매장에 가보면 신상품만 구입하는 귀부인 족이 있고 세일품만 찾는 나 같은 부류가 있다. 비싸서 구입하지 못했던 탐나는 옷이 70~80% 저렴하게 걸려있는 것을 보면 횡재한 기분이다. 그래서 옷을 사러 가면 세일 물건에 자연스레 눈길이 간다.

어느 날 단골 매장의 매니저가 내게 고객 모델이 되어달라고 부탁을 했다. 모델이라니. 나와는 거리가 먼 일이라 당황했고 더구나 모델과는 어울리지 않는 신체조건이라 민망하여 손사래부터 쳤다. 하지만 이런 기회는 내 생애에 두 번 다시없을 것이라는 생각이 스치는 순간 나는 용기를 내어 새로운 경험을 선택했다.

매장에 디스플레이 해놓은 신상품 옷을 입고 빨간 카펫 위로 한 번만 왔다 갔다 하면 되는 일이니 부담 갖지 말라며 매니저는 주눅 든 내게 힘을 주었다.

화려한 벨벳 코트와 검은 바탕에 꽃무늬를 수놓은 블라우스를 입고 옷에 맞추어 검은 벨벳 모자를 썼다. 키가 180cm에 달하는 장신에 날

씬하고 예쁜 모델들이 학 같이 긴 다리로 성큼성큼 걷는 뒤를 따라 붉은 카펫 위를 아장아장 걷는 내 모습이 마치 뒤뚱거리는 오리처럼 보였을 게다. 걷다가 중간 지점에 서서 코트 자락을 펼쳐 보이기도 하고, 블라우스를 잠시 내보이며 옷이 얼마나 아름답고 품위 있는지 관객들에게 보여주는 정신없는 순간이 지나 박수 소리를 뒤로하고 도착점에 와서는 나는 분위기에 압도되어 얼어붙듯 서 있었다. 생전 처음 한 경험은 그렇게 얼떨떨한 가운데 끝났다.

옷이 안겨준 이 우연한 경험들은 노년기의 삶에 추억거리를 하나씩 만들며 내게 새로운 활력을 준다. 나이가 들면서 주로 밝은 색을 입으려고 한다. 밝은 옷차림에서 밝은 마음도 생긴다고 하니 말이다.

'화이불치, 검이불루華而不侈, 儉而不陋'라는 말이 있다. '화려하나 사치스럽지 않고, 검소하나 누추하지 않다'라는 뜻을 염두에 두고 좋아하는 옷을 선택하고 입는 즐거움을 누리며 나의 역사를 쓰며 살아가고 싶다.

〈영문/61/수필〉

옷을 입는다는 것

홍 경 자

　계절이 바뀌니 지난해에는 무엇을 입었던가 하고 갑자기 건망증 환자가
되어 버린다. 건망증 환자가 되지 않으려고 매년 사진을 찍어둔다는 친구도
있지만 마음이 원하는 것, 눈이 보는 것, 몸이 느끼는 것이 매년 소위 유행
에 따라 달라지니 이들의 다툼에 골머리를 앓으며 하루에도 여러 번 옷장
을 여닫게 된다. 일기예보에 귀 기울이고, 길에서 만나는 여인들의 옷차림
에 눈길을 보내고, 옷집도 기웃거리다 보면 충동적으로 지갑을 열게도 된
다. 이렇게 옷장엔 옷들이 쌓여 터질 것 같지만 선택받지 못하는 괴로움을
하소연(?) 하는 것 같아 차마 버리지도 못한다. 도대체 옷이 무엇이기에 내
가 이렇게 스트레스를 받는가

　사전에 옷이란 한자로는 옷의衣 옷복服 자로 구성된 단어인 의복衣服을 줄
여 쓰는 말로 몸을 덮거나 감싸는 물건을 의미하며, 이것으로 덮거나 감
싸는 행위를 '옷을 입는다.'라고 한다고 설명하고 있다. 인류가 처음으로 입
은 옷에 대하여 구약성경은 금단의 선악과를 따먹은 아담과 이브의 "…눈

이 열려 자기들이 알몸인 것을 알고, 무화과나무 잎을 엮어서 두렁이를 만들어 입었다."(창세기 3장 7절)라고 기록하고 있다. 이들은 알몸인 것이 두렵다고 하였고, 주 하느님은 이들을 에덴동산에서 내치 시기 전에 "가죽옷을 만들어 입혀주셨다."(창세기 3장 21절)고 하니 옷이란 몸을 보호하기 위한 것이라고 할 수 있다.

옷을 입는다는 것이 당초엔 알몸을 보호하기 위하여 무언가를 덧입히는 것으로 시작하였지만 '이왕이면 다홍치마'라고 예쁘게 입히고 싶은 것이 사람의 마음이다. 추위나 더위로부터 몸을 보호하려 함은 생리적인 본능이요, 더 나아가 자신의 체형을 보정補正 하려 함은 자신의 약점을 감추려는 본능이다. 여기에 '옷 입기'를 통하여 자기를 들어내려는, 자아를 실현하려는 욕구가 '옷이 날개'라는 개념을 탄생시키고 사회적으로는 하나의 패션(유행)을 이끌어 내고, 선도先導 하는 패션문화가 자리매김하기에 이른 것이라고 볼 수 있다. 자신의 존재 이유를 드러내려는 노력은 도로변 야산이라는 척박한 환경에서도 계절에 따라, 숨어서 또는 드러내놓고 꽃을 피우며 자신의 존재를 알리는 이름 모를 야생화에서도 볼 수 있으니 아주 자연스러운 현상이다.

특히 여자들은 공작새처럼 자신의 날개를 한껏 아름답게 펴려고 한다. 유행을 따르거나, 아예 유행을 무시하고 조각보를 꾸미듯 자신만의 '옷 입기'를 하며 자신의 개성을 드러내기도 한다. 조각보의 각 조각들은 동질同質이어야 하고, 크기나 색상이 조화를 이루어야 한다. 이처럼 자신의 날개를 꾸밈에도 검은색 겉옷에는 검은색의 속옷을, 흰색에는 흰색의 속옷을, 몸에 붙는 스웨터 등에는 실루엣을 고려한 속옷을 입는 것과 같은 '옷 입기'의 기본을 갖추어야 한다. 사람들이 조각보에서 어떤 아름다움을 느끼며 조각보를 만든 사람을 만나게 되듯 잘 차려입은 사람에게서도 세련미와 안목을 보며 품위를 느끼게 된다.

'옷이 날개'라며 오늘도 옷을 입는다. 왜 옷을 잘 입으려고 하느냐고 묻는다면 '잘 입은 사람을 보면 내 기분이 좋아지니까, 비싼 것이 아니어도 계절에 어울리는 색깔과 디자인이면 보는 내 눈이 즐거워지니까'라고 답한다. 또한 '모임의 성격과 장소에 어울리는 깔끔한 복장은 모임의 분위기를 띄워주니까'라고도 한다. 그래서 친척이나 가까운 지인知人 댁의 결혼식장엔 평상복보다는 좀 멋스러운 옷을 입거나, 좀 번거롭더라도 유행이 지난 것이라도 한복을 꺼내 입게 된다. 초대받은 결혼잔치에 우아한 차림새로 나타남은 주인공과 혼주婚主에 대한 예의禮儀를 갖추는 것이기 때문이다. 다른 말로 타인을 위해 옷을 입는다고나 할까….

타인을 위해 옷을 잘 입으려 한다면 매일 만나는 직장 동료들에게 새로움과 활기를, 더 나아가 고객들에게 신뢰감을 줄 수 있는 옷차림을 연출하여야 하는 직장인들이 가장 스트레스를 받을 것이다. 전날과 같은 옷을 입고 출근하면 '외박하였느냐'는 질문과 눈총을 받기도 한다. 그래서 조직원으로서의 정체성과 단결을 강조하기도 할 겸 특히 여직원들에게 유니폼을 지급하는 회사도 있으니 '유니폼과 딱지 목거리' 패션이 나타난 배경인 것 같다. 단골 은행의 여女 행원들에게 유니폼 입기에 대한 생각을 물어본 적이 있다. 중고교 시절엔 자율성을 해친다고 그리도 벗고 싶어 하던 교복(유니폼)이 아니었느냐고… 이들에게 유니폼은 직장인 되었다는 자긍심을 느끼게 해주고, 매일 '옷 입기'로 인한 스트레스에서 해방시켜주고, 고객에게 자신을 돋보이게 해주는 날개가 되어주고 또 일하기에도 편한 작업복이 되어주기에 고맙게 생각하고 있었다. 이런 아이러니가 또 있을까 싶다. 하지만 '입은 거지는 얻어먹어도 벗은 거지는 못 얻어먹는다.'고 하는 말이 있듯이 취업난 시대에 유니폼을 입고 있음을 즐기며 감사하고 있음을 확인할 수 있었다.

말은 쉽지만 '옷 입기'란 실제로 복잡하고 어려운 일이다. 그러기에 때와 장소를 구분하는 '옷 입기'를 통하여 자신의 안목을 키우고 품위를 지킬 줄 아는 지혜를 어디에서 어떻게 구할 것인가는 이 세상을 살아가는 사회적 동물인 우리들, 특히 여자들의 숙제 중의 숙제이다. 어느 패션디자이너가 패션(유행)을 따르지 않는 자신의 스타일을 만들려면 책을 많이 읽고 사색하라고 했다는 기사를 신문에서 읽은 기억이 난다. '패션과 책과 사색'이란 단어의 조합인 생뚱맞은 것 같아 보이지만 조용히 들여다보면 그리 엉뚱한 것만은 아닌 것 같다.

곧 새로운 계절이 찾아올 것이며 '옷 입기'로 또 스트레스를 받을 것이다. 연중행사이지만 몸과 마음에 적당한 긴장감을 주기에 우리나라의 사계절 기후환경에 감사하게 된다. 이례적인 폭염으로 모임 장소와 모임의 성격은 기본이고, 땀이 많이 흐르니 교통수단까지 고려하여야 하는 올여름의 '옷 입기', 오늘 저녁에도 내일은 어떻게 입을까 옷장을 몇 번씩 열었다 닫는다. 그리곤 '내가 눈을 감으면 나이 들수록 옷이 날개라며 계절 따라 새로운 패션으로 멋 부리더니 겨우 수의壽衣 한 벌 입고 가네 하지 않게 하소서.' 하고 기도한다.

<약학/64/시>

패딩코트

최 양 자

해마다 돌아오는 연말년시. 심드렁하다. 자식 둘이 나라밖에 살고 있으니 올 사람도 갈 사람도 없다. 단출 하다못해 허전하기까지 하다. 이런 속마음을 니가타에 사는 아들이 읽기나 한 것처럼 제집에서 보내면 좋겠다고 했다. 그곳은 연말과 연초 열흘 동안 모든 기관이 휴무이며 대부분의 사람들은 어딘가로 떠난다는 것이다. 계획에 없던 나들이를 하게 되었다.

도착한 다음 날 오후 근처 쇼핑몰 구경이나 하자고 했다. 몰에 들어가 무심히 이리 기웃 저리 기웃 어슬렁거렸다. 대부분 스포츠 의류가 대세였다. 아들은 자기가 입어보니 가볍고 따뜻하다며 초콜릿색 패딩코트를 들고 와 입어 보라고 했다. 옷을 사주겠다는데 좋으면서도 야릇한 기분이 들었다. 가족이 보는 앞에서 옷을 입고 아이처럼 멋쩍게 서있었다. 내가 입는 걸 아들은 마치 제 자식에게 옷 사 입히는 것처럼 웃으며 매만지며 다독였다.

"잘 어울리네요. 이걸로 해요. 산책 할 때 입으세요. 가볍고 따뜻해요."

"정말 가볍네!"

주춤거리는 나에게 막무가내로 사라는 것이었다. 하긴 몇 년 사이 패딩 옷을 입지 않은 사람을 찾기가 더 어려울 정도로 많이 입고 다닌다. 거리에서나 전철 안에서 보면 거의 모두가 패딩 점퍼나 코트를 입고 옷 따로 몸 따로 걸어 다니는 것 같았다. 20여 년 전 무스탕 코트를 입지 않은 사람이 드물었던 시절도 있었다. 그 무거운 옷을 입고 다니기 힘들어 패션계에서 이렇게 가벼운 옷으로 바뀐 게 아닌가 하는 생각이 들었다.

평소 나는 패딩 옷이 별로 내키지 않았다. 옷이란 이불처럼 몸을 어느 정도 누르는 듯 감싸주는 무게감이 있어야지 너무 가벼우면 붕 뜰 것 같아 외출복이라는 생각이 별반 들지 않았다. 아버지도 하나 사시라며 모자를 권했다. 남편은 이미 몇 년 전부터 패딩 코트를 입고 있었다. 내가 입고 간 모직코트가 아들 눈에 춥고 무거워 보였을까. 건강을 위한 답시고 눈 쌓인 길도 마다하지 않고 걷기를 일삼는 어미가 제 안에 있었던 걸까. 가슴이 뻐근했다.

커다란 봉투에 패딩 코트를 들고 오면서 기분이 묘했다. 입어보니 가볍고 따뜻하다며 직접 골라 준 코트였으니. 내가 저에게 옷을 사주듯이 이제 아들이 어미 옷을 살피는 것이었다. 옷의 따스함만큼이나 아들의 마음이 나를 따뜻하게 감싸주었다. 가볍지만 커다란 옷 봉투. 아들 사랑을 크게 무겁게 듬뿍 들고 왔다.

집으로 돌아올 때는 입고 간 모직코트를 트렁크에 넣었다. 대신 패딩 코트를 보란 듯 입었다.

기념일에 불쑥 수표 한 장을 내민 다던가 뻣쩍거리는 백화점 드레스

숍에서 이 옷 저 옷 입어보고 옷에 매달린 가격표를 보며 신경을 쓰지 않은 것 때문일까. 패딩 코트를 사던 그날을 생각하면 절로 흐뭇해진다. 한 번 입은 패딩 코트는 이제 벗지 못하고 애 만지며 어디든 입고 다닌다.

산책길에 나선 초저녁 겨울 날씨는 목을 움츠리게 하지만 패딩 코트를 입으니 겨울이라도 봄날 못지않다. 봄 같은 따뜻한 겨울이라니. 아늑하고 포근하다. 차가움이 주는 역설의 따뜻함이랄까. 패딩 코트의 덕이리라.

<간호학/67/수필>

그 네

김 남 주

찜질방에 앉아 있는 것처럼 이마에, 등골에 물길이 생긴다. 7월 들어 이렇게 덥기는 몇 년 만이라는 신문기사가 아니더라도 흐르는 물줄기를 걷어내기 바쁘다. 집에 있는 것조차 힘든 이 시간에 둘째 동서가 전화를 했다.

"형님, 내일 시간 되시면 우리 집에서 점심같이 해요."

"그러지 뭐."

대답은 시원하게 했지만 속으로 '이 더위에?' 마땅치 않다.

손맛 좋은 둘째 동서의 점심은 조촐한 냉콩국수였다. 동갑내기 동서가 형님 대접을 톡톡히 한다. 얼음 동동 떠다니는 육수가 가슴속까지 시원하다.

"그런데 웬일이요?"

동서는 빙긋 웃으며

"형님 모시적삼 하나 해드리려고요."

시집올 때 함에 넣어온 모시 한 필이 그대로 있어 똑같이 지어 입고 싶어 서란다. 셋째 동서까지 셋이 함께 입으려 했으나 셋째 동서가 일본 큰아들한테 갔다고 한다. 엷은 계란색의 모시는 그대로 쨍쨍하고 수선화처럼 곱다. 오십여 년의 세월이 지났어도 변함없이 깔끔하다. 동서가 아는 한복 바느질집에서 치수를 재려고 거울 앞에 섰다. 거울 속에 비친 내 모습에 생전의 어머니가 웃고 계신다.

'아, 어머니!'

한여름이면 모시 한복을 즐겨 입으시던 어머니 생각이 스치듯 지나 거울 속으로 오셨나 보다.

세모시 옥색치마 금박 물린 저 댕기가
창공을 차고 나가 구름 속에 나부낀다
제비도 놀란 양 나래 쉬고 보더라

한 번 구르니 나무 끝에 아련하고
두 번을 거듭 차니 사바가 발아래라
마음의 일만 근심은 바람이 실어가네

김말봉 작사, 금수현 작곡의 가곡 〈그네〉의 노랫말이다.

〈그네〉는 내가 즐겨 부르는 첫 번째 노래다. 노래를 부르거나 들으면 그때마다 어머니가 떠오른다. 그리고 작사자의 마음을 표현한 것 같은 가사 내용이 어머니와 많이 닮았다는 느낌을 받는다. 신학문을 했어도 결코 평탄치 않았던 그녀의 삶을 헤아린다. 집안에 마련한 서당에서 글을 익히며 자란 어머니도 평생 고단하게 사셨다. 교육 환경의 차이만큼이나 다른 두 여인의 삶이 마치 그림을 보는 듯 선명하게 다가온다. '창공을 차고 나가 구름 속에 나부끼'는 댕기머리 소녀처럼 가볍게, 그러나 힘껏 날고 싶은 뜻이 아니었을까?

한여름, 어머니는 모시로 적삼을 짓고 옥색 물감을 들인 치마에 날렵하게 콧날이 선 옥양목 버선을 신으신다. 참숯 덩이보다 더 까만 머리는 동백기름으로 윤을 더하고 쪽 머리에 옥비녀를 꽂은 모습은 늘 애연哀然하다.

그날도 시원스레 모시로 단장한 어머니는 아버지의 모시 두루마기를 손질하셨다. 흰 모시로 지은 두루마기에 푸새하여 꾹꾹 발로 밟아주면 주름진 곳이 골고루 펴진다. 한낮의 햇살이 하늘을 덮고 금빛 여운을 일으키며 어두워가는 하루. 어머니는 그때까지 다리미 손질을 계속하지만 그날 밤 아버지는 집으로 오지 않으셨다.

동경 유학까지 다녀온 시대의 여성 선각자 김말봉. 신문기자로, 소설가로 활발하게 활동하던 그녀가 두 번의 결혼이 모두 재취 자리였으니 평탄한 생활은 아닌 듯싶다.

한 번 구르고 '두 번을 거듭 차니 사바가 발아래라'고 했다. 인내와 인고의 끝에서 '일만 근심은 바람이 실어'간다고도 했다. 작사자의 소망을 담아내고 배려한 결구結句가 처연하다. 말년에 믿음의 길로 들어선 그녀는 신여성답게 사회의 빛과 소금의 역할을 충실히 하였다. 더욱이 '바람이 실어'간 '일만 근심'을 되돌아보며 호수같이 잔잔하게 위로를 주는 노랫말 <그네>를 우리 곁에 남겨 사랑을 받고 있다.

어머니는 삼 년 동안 병석에서 아버지의 따뜻한 간호를 받으며, 코스모스 흐드러지게 날리던 날 남편을 가슴에 품고 편안한 얼굴로 떠나셨다.

모시를 보면 <그네>의 노랫말이 피어나고, <그네>를 부를 때면 흰모시로 단장한 어머니가 가슴 가득 안긴다.

<국문/63/수필>

나의 의식주 변천사

전 여 옥

폭염 속에서 이사를 했다.

찌는 듯한 더위도 문제였지만 48평에서 30평으로 짐을 줄이는 것이 큰일이었다.

4년 전 이사할 때 이미 책도, 그릇도, 가전제품까지 팍 줄였다. 그러나 이번 이사와는 댈 수 없었다. 거의 모든 것을 절반으로 줄여야 했으므로-

이런저런 사정으로 작은 평수 아파트로 이사하며 '가볍게 살자'고 결심했다. 굳이 거창하게 '미니멀리즘'까지 찾기는 뭐 했다. 그러나 나이가 들며 '켜켜로 쌓인 것' '한 개 이상 있는 것'들이 부담스럽고 숨 막히기 시작했다. 그렇게 좋아했던 책들로 가득 찬 책장도 보기 싫어졌다. "어우-저 허영, 지적 사치-" 그런 내가 싫어서 책도 화끈하게 버렸다.

그럼에도 불구하고 이사를 한 뒤에도 엄청나게 버리고 또 버려야 했다. 100리터짜리 쓰레기봉투를 수십 장 사서 버리고 또 버렸다. 이렇게 많은 것을 끼고 살았는지 몰랐다.

그래서 겨우 얻은 '내가 사는 집의 숨 쉴 수 있는 공간'-여유였다.

의, 식, 주라고 순서를 매긴다.

하지만 나의 삶은 철저하게 식-의-주였다. 그 이유는 집안 내력이었다.

이북 출신인 우리 아버지는 먹는 것에 목숨을 걸다시피 했다. 나의 어머니가 갓 결혼해서 손님이 오신다며 '돼지고기 수육 열 근, 빈대떡 세 채반, 주먹 만 한 만두 한 쉰 개' 정도를 빚었다. '손님이 열댓 분 정도 오시나 보다.'했다. 그런데 오신 시댁 어른은 단 다섯 분이었다. 더욱 놀라운 것은 그 다섯 분이 수육부터 만두까지 '올 킬'하고 가볍게 가셨다는 점이었다. 어머니는 내내 이 이야기를 하면서 자신의 고단했던 시집살이를 말씀하셨다.

이북 출신들은 많이도 먹지만 먹을 줄도 알았다. 아버지는 푹푹 찌는 여름에는 뜨거운 칼국수를, 찬바람 매서운 겨울에는 살얼음이 동동 뜨는 김치말이나 냉면을 드셨다. 또 온갖 귀한 생선과 다양한 고기를 드셨다. 사냥이 취미였던 아버지 때문에 나는 어린 시절부터 소, 돼지, 닭, 꿩은 물론이고 멧돼지, 노루, 메추라기, 고래 고기까지 즐겨 먹었다.

동네 고깃간에 좋은 고기가 들어오거나 과일가게에 달고 귀한 과일이 들어오면 당장 우리 집에 연락이 왔다. 그뿐 아니라 시내 일식집 주방장 역시 좋은 생선이 들어오면 당장 우리 집으로 전화를 했다.

그런 집안 분위기 속에서 자란 나는 유난히 '먹는 것'에 집착했다. '식탐'은 내 인생을 한마디로 관통했다. 아버지와 나는 휴일에 아침을 먹고 나면 점심을, 점심을 먹고 나면 저녁에는 뭘 먹어야 잘 먹었다고 할 수 있을까를 궁리했다.

반면 '옷'에 대해서는 무관심했다. 어린 시절 지금은 멸종된 '책벌레'였던 나는 대학시절에도 '옷'을 사 입으라고 용돈을 받으면 '책'을 사고 나머지는 평소 가고 싶었던 '식당'을 가서 양껏 먹었다. '옷'사는 돈은 정말 아까웠다. 그렇지만 맛있는 음식에 들이는 돈은 '생산적 투자'라고 생각했다.

이런 나의 '우선순위'가 변한 것은 30대 초반 도쿄 특파원 시절이었다.

당시 일본 도쿄의 주거 사정은 최악이었다. 일본의 물가는 '잃어버린 20년'동안 내리면 내렸지 오른 적이 없었다. 그때 원화 환율이나 우리나라 경제는 일본에 비할 바가 안됐다. 당연히 가난한 특파원들은 '비좁고 답답한 집'에 살 수밖에 없었다. 하기는 일본인들도 스스로를 '토끼장'에서 산다고 했으니까-

내가 살던 곳은 이름하여 '원룸 맨션'-맨션(저택)에 원룸이라는 매우 일본적인, 모순적 주거형태였다. 기껏해야 7~8평 정도 되는 집이라는 곳에 들어가면 숨이 막혔다. 음식 한 번 해먹으면 원룸에서 며칠 째 냄새가 배었다. 혼자 사는 단출한 살림이었음에도 불구하고 '갇혔다'는 느낌이 들었다. 나는 좁은 집으로 들어가기 싫어서 내내 도쿄 거리를 배회했다. 아니면 밤늦게까지 바로 집 앞에 있는 커피숍에서 있기도 했다.

"아-집이 이렇게 중요하구나. 식食보다 중요한 것이 집이구나"하고 철저히 깨달은 시절이었다.

그 뒤 한국에 돌아왔다. 당연히 내 인생의 우선순위는 '주-식-의'로 바뀌었다.

무조건 '넓은 집'에서 살기로 단단히 결심했다.

절간같이 휭~한 집, 집안에서 휘적휘적 걸어 다닐 수 있는 집을 찾았다. 당연히 '인 서울'은 불가능했다. 나는 경기도 신도시에서 '넓은 아파트'에서 살았다. 처음 60평짜리 아파트에 들어갔을 때의 기쁨과 해방감은 지금도 내 기억에 생생하다.

나는 원래 식당을 가더라도 이른바 '룸'같은 협소한 공간보다는 훤하고 널찍한 홀에서 먹는 것을 좋아했다. 동굴 같은 곳에서 갇혀 살던 '도쿄'대신 집값이 오르든 말든 '널찍한 공간'에서 마음 편히 살기로 했다. '주-식-의'의 길고 긴 나날을 보냈다.

그러다 30평으로 이사-

많은 짐을 버리면서 나는 반성하고 또 반성했다. 결국 '주-식-의'의 순서란 쌓아두고 모아두고 혹은 자신이 뭘 가지고 있는 지도 모르는 '과욕'이 넘치는 생활이라는 것을 깨달았다.

그렇다면 나는 앞으로 어떻게 살아야 할까?

이사 온 날, 좁은 방의 아담한 천정을 바라보며 생각했다. 내 침대 하나 놓으니 꽉 차버린 이 방에서 나는 앞으로 어떻게 살아야 하나?

'다시 식-주-의로 돌아가는 삶?'

그러다 피식 웃고 말았다. 남편과 다음 생에서 또 결혼하겠다는 여자처럼 미련한 짓 아닌가? 싶어서였다.

그렇다면 답은 정해졌다.

'의-식-주' 순서로 한 번 살아보기로 했다. 그렇게 살기로 결심했다.

이 결심을 내 친한 벗에게 말했다. 그 친구는 눈을 반짝이며 말했다.

"으흠-옷값이 술값이나 집값보다 더 들 수도 있을 텐데? 옷 좋아하는 날 봐라."

"걱정 마-나의 아저씨처럼 살 거 거든."

"??? 나의 아저씨? 그 드라마?"

"응-나의 최애 드라마 나의 아저씨에서 송새벽의 명대사가 있어."

"뭔데???"

송새벽이 주인공 이선균한테 그래. "형-나 너무 한심하게 생각하지 말아. 형이 보기엔 난 한심한 놈 같지만 나 그래도 팬티는 제일 비싼 오만원짜리 입어. 죽을 때 다른 것은 몰라도 팬티는 어떻게 할 수가 없는 거잖아? 나 죽을 각오를 다해, 죽을힘까지 다 짜내서 살고 있어. 그러니까 형, 나 너무 우습게 보지 말아-" 그러거든.

평소 조신한 내 친구는 그날 식당 안이 떠나가게 웃었다.

"참-너는 끝까지 뜨겁구나. 삶에 대해 웬 애착이 그리 많니? 더 죽을힘을 다해서 살겠다고?? 참 지치지도 않는다. 너는-"

그런데 나는 진짜 그런 생각으로 의식주로 순서를 정한 것이 아니었다.

"아니야-내가 의식주 순서로 산다는 것은 가장 가볍게 산다는 거지. 내가 옷에 대해 관심이 없으니까-옷치레를 좋아하지 않으니까 자연스럽게 비우고, 없이, 좀 심플하게 살 수 있다는 이야기라고-오해하지 말아."

그렇게 손사래를 치며 헤어졌다.

며칠 뒤, 나는 그 친구가 보낸 택배를 받았다.

택배 박스를 열어 보니 곱게 포장한 상자가 있었다. 그 안에는 하늘하늘한 레이스가 가득한 속옷이 한껏 자태를 뽐내며 들어있었다.

그리고 예쁜 종이에 적은 메모.

"의식주 순서가 맞아. 이 속옷이 너의 내면을 확실히 채워줄거야~"

<사회/82/수필>

제2부
나의 삶과 문학이 머무는 그곳

나의 삶과 문학이
머무는 그곳

김 선 주

　인간은 어디에서 와서 어디로 가는가. 나는 왜 태어났으며 그 존재 가치는 무엇인가. 이 물음은 언제부터인가 내 삶의 화두가 되었지만, 아직까지 아무런 깨달음도 없이 그저 묵묵히 살아가고 있다.

　글을 쓰려고 책상에 앉으면 내 존재의 근원을 찾아 헤매느라고 시간을 하염없이 흘러보내곤 한다.

　성경 속의 선지자 요나는 하느님의 명령을 어기고 바다에 던져져서 큰 물고기 뱃속에 갇힌다. 그는 3일 동안 간절히 회계하고 기도하여 육지로 나와 하느님의 명령대로 살아가게 된다. 하지만 물고기 뱃속에 갇혔던 기억은 좀처럼 잊을 수가 없다. 그것은 양수로 가득 찬 어머니의 자궁 속에서 유영하며 생명을 키우던 인간의 시원적인 고향처럼 선명하게 각인되어 있다. 그래서 인간은 물살의 흔들림을 보면 다시 돌아가고 싶은 욕망이 생긴다고 한다. 그러기에 물가에 살지 말라고 했던가.

수많은 사람들의 이야기를 소설로 엮어내면서 나는 결국 인간의 죽음 저편을 넘겨다보기 시작했다. 아무도 가보지 못했던 그곳을 살아있는 자들은 홀로 어떻게 가는 것인가. 죽어가는 사람의 마지막은 과연 어떤 생각을 하며 생을 마감할 것인가.

　어느 날 갑자기 나는 신들린 듯이 소설 「요나의 기억」을 쓰기 시작했다. 바로 죽어가는 사람의 하루 이야기였다. 한 남자가 이승을 떠나면서, 살아온 삶을 거꾸로 달려가면서 차츰차츰 어린 시절로 돌아간다. 남자는 결국 어머니의 자궁 속으로 들어가서 함께 강을 건너 아득한 빛의 세계로 간다는 이야기였다.

　죽음을 '돌아간다'라고 말하는 깊은 의미를 나는 비로소 알 것 같았다. 우리들은 자신이 살아온 삶을 가슴 밑바닥에 깊숙이 담고 살다가 언젠가 그 길을 거꾸로 되짚어가면서 생을 끝내고 죽음의 문턱을 넘는다는 것을 깨달았다. 나는 그 소설을 쓰면서 요나 콤플렉스(모태 귀소본능)에서 헤어나지 못하는 나를 발견했다.

　삶이 깊어갈수록 까마득한 유년시절이 가슴 밑바닥에서 고개를 들고 일어난다. 부모님과 형제, 친척, 친구들의 모습이 선연하게 살아난다. 그때 함께 뛰어놀던 풍경들은 추억의 배경으로 언제나 눈앞에 생생하다.

　나는 청주라는 아름답고 평화로운 도시에서 어린 시절을 보냈다. 그곳에서 초등학교 6학년이 되던 4월에 서울로 왔으니 평생 동안 나를 지배하는 정신세계가 그곳에서 싹이 트고 자리를 잡은 셈이다. 나는 매사에 엄격하고 성실한 아버지와 자애롭고 현명한 어머니와 같은 피를 나눈 형제자매들과 함께 오순도순 살았다.

가정교육과 학교교육이 빈틈없이 반듯하고 철저했던 나의 유년시절은 인간으로서 지켜야 할 규칙과 도리와 절제를 가슴속 깊이 익히는 과정이었다. 하지만 나는 그 과정 속에서 삶의 질서를 깨달아가며 한껏 자유로웠다. 생에 대한 강한 호기심과 푸른 희망 속에 마냥 순수했던 청주의 기억을 나는 언제나 잊지 못하고 있다. 그것은 잔잔한 호수에 조약돌을 던지면 멀리멀리 퍼져나가는 물살처럼 내 가슴속에서 끝없이 일렁거리곤 한다. 청주는 나에게 「요나의 기억」에 버금가는 귀소본능을 일으키는 고장이다.

서울로 이사를 온 뒤에 나는 한동안 안정을 찾지 못하고 헤매곤 했다. 학교에 전학했을 때, 서울 친구들은 어찌 그리 똑똑하고, 냉정하고, 이기적이었던지…. 그들의 발랄하고 거침없이 활발한 행동 속에서 나는 영락없이 소극적이고 내성적인 시골뜨기일 뿐이었다. 나는 갑자기 변한 낯선 환경에 허둥거리면서 인정 많고 순박하던 청주의 친구들을 그리워하며 혼자서 남몰래 울곤 했다.

그래서였을까. 나는 의례건 방학 때마다 청주의 친척 집과 옥천의 큰댁으로 달려가곤 했다. 고향을 찾아가는 길은 나의 원초적인 모습을 만나러 가는 것 같아서 매번 가슴이 설레곤 했다.

옥천의 큰댁은 조상 대대로 살아오던 종갓집이다. 넓고 운치 있는 고택에 들어서면 할머니와 큰아버지 내외분이 나를 반겨주셨다. 각각 흩어져 살던 친척들도 모두 당연한 듯이 그곳으로 모여들곤 했다. 우리는 마을 곳곳에 사시는 어른들을 찾아뵈며 인사하고, 그분들이 살아온 경륜과 추억담을 듣곤 했다. 그리고 나서 내 또래의 친척들과 함께 들판을 지나 강이며 산으로 놀러 다니기 바빴다.

그때, 우리들은 보리밥을 바구니에 담고, 막걸리로 버무린 빵을 찌고, 부추와 호박, 고추, 깻잎을 넣어 장떡을 부치고, 옥수수를 삶고, 수박과 참외를 짊어지고, 맑은 물과 숲이 있는 곳으로 소풍을 가곤 했다. 또한 그물망이며 통발 등 낚시도구들을 가지고 가서 맑은 강물 속에 던져놓고 고기를 잡아 매운탕을 끓이며 하루 온종일 물가에서 놀곤 했다. 언니, 동생, 오빠, 조카, 아저씨 등 모두 한 조상의 피를 이어받은 친척들과의 여름 한낮은 마냥 즐거웠고, 태고적 인간의 모습 그대로였다.

그렇게 내가 나고 자란 고향에 가서 친척들과 어울리며 여름방학을 보내고 와야 나는 비로소 활력을 찾고 힘이 솟아나는 것 같았다.

지금 와서 생각하면 그때의 추억은 나의 인격과 감성을 형성해준 보석같이 소중한 자산이었다. 또한 작가가 되어 소설을 쓰는데 가장 중요한 문학적 형상화의 밑거름이 되기도 했다. 그곳은 퍼 올리고 또 퍼 올려도 끝없이 솟아나는 샘물 같은 나의 글밭이 되었다.

소설 「요나의 기억」 속에는 주인공이 누비며 뛰어놀던 청주의 무심천과 옥천의 산야가 고스란히 담겨 있다. 언젠가 내가 이승을 하직할 때, 나도 고향산천을 한 바퀴 돌고 돌아서 가지 않을까 하는 생각에 젖어보곤 한다.

나는 유년시절, 그곳에서 형성된 지극히 인간적이고 섬세한 감성과 훗날 터전을 옮긴 서울에서의 논리적이고 이성적인 사고가, 씨줄과 날줄처럼 어우러져서, 끝없는 글감을 자아내고 있음을 새록새록 깨닫곤 한다.

나의 삶과 문학이 머무는 그곳이 있기에 나는 더없이 행복하다.

〈불문/65/소설〉

별나라의 어린왕자

조한숙

어느 날 서점에서 책 한 권을 샀다.

고속 터미널 근처에 있는 단골 서점에 들렀다가 판매대 위에 올려있는 책 한 권을 집어 들었다. 반가웠다.

문학 평론가 황현산이 옮긴 『어린왕자』였다.

나에게는 이 책 말고도 다른 출판사에서 나온 『어린왕자』가 서너 권이 더 있다.

프랑스 소설가 앙투안 드 생텍쥐페리가 쓴 동화 같은 이 소설은 전 세계 독서인들이 사랑하는 아름다운 이야기다. 일억 부 이상 팔렸고 260여 개의 언어로 번역이 된 수많은 독자들이 따라다니는 그런 인기 때문에 그 책을 좋아하고 반가워했던 것은 아니다.

우선 이 책에서 내 마음을 끄는 것은 책 속에 작가가 직접 그린 여러 개의 삽화다. 주인공 어린 왕자는 천사가 입는 것 같은 폭이 넓은 망토를 두르고 어깨에 별을 달고 머리는 곱슬머리고 누가 보아도 개구쟁이인 듯한 모습으로 당당하게 서있다.

작가에게서 그런 창조적이고 어린이다운 그림이나 글이 나올 수 있었던 것은 글을 쓰면서도 하늘을 마음대로 날 수 있는 비행기 조종사였기에 가능하지 않았을까.

어린왕자는 어느 작은 별에서 지구로 내려왔다.

아주 작은 별, 집 한 채보다도 클까 말까 하다는 소행성 B612에서 내려온 것 같다고 했다.

그런데 내가 이렇듯 어린 왕자를 좋아하는 데는 이유가 있다.

그것을 설명하자면 나의 유년시절, 여섯 살 때로 돌아가야 한다.

그때는 피난 시절이라서 서울서 내려간 우리 가족은 시골에 계신 할머니 댁에서 피난살이를 했다. 할머니가 사는 곳은 충청도 아주 작은 농촌마을이었다. 해가지면 등잔불을 켰다.

어느 날 저녁, 나는 엄마께 꾸중을 듣고 울면서 문밖으로 나갔다. 어린애가 갈 곳도 딱히 없어서 울면서 담장 밑에 쪼그리고 앉았다.

그 시절 토담 위에는 눈비를 막기 위해서 짚으로 엮은 지붕을 했고, 나는 토담 아래 앉았다. 사방은 점점 어두워오는데 나는 내 편이 되어주는 아빠를 한없이 기다리고 있었다. 날이 어두워지자 밤하늘에 별이 하나 둘 떠올랐다. 보통 때는 무심히 보아보던 그 별들이 그날따라 그렇게 슬퍼 보였고, 사방이 고요해지자 무섭기까지 했다. 나는 별을 세다가 그만 깜빡 잠이 들였던 것 같다. 밤이 이슥해지자 이웃에 마실을 다녀오던 아빠가 담 밑에 쪼그리고 앉아 잠들고 있는 나를 안고 집으로 들어오셨다고 했다. 그날 밤 나를 찾아 나섰던 엄마는 담 밑에 쪼그리고 앉아 잠들어 있는 나를 미처 발견하지 못했던 것 같다.

그때 내 나이가 여섯 살 밖에 안 되는 어린이였지만 그 이후로 밤하늘의 별을 좋아했고 별을 바라보는 습관이 생겼다. 나는 별에서 내려온 공주가 아닐까 하는 그런 상상을 가끔씩 하곤 했다.

학교에 다니면서 교내 도서관에서 『어린왕자』를 처음 읽었다.

별을 바라보던 소녀가 별에서 내려온 왕자를 처음 만나던 날, 나는 말할 수 없이 기뻤다. 어린왕자는 작은 별에서 혼자 지구로 내려온 우주의 시골뜨기였기에 언제나 외로웠다. 그러나 왕자는 마음이 따뜻하고 순수하고 호기심 많고 때로는 엉뚱하기조차 하고 남을 의심할 줄 모르는 순진무구한 소년이었다.

어린 왕자는 호기심 가득한 엉뚱한 질문을 하곤 했다.

"양들이 작은 떨기나무를 먹는다는 게 사실이야?"

"그럼, 정말이야"

"아! 그럼 됐네!"

"그러면 양들은 바오바브나무도 먹겠네"

"나는 어린왕자에게 바오바브나무는 작은 떨기나무가 아니라 교회당만큼 커다란 나무이며 코끼리 한 부대를 몰고 간다 해도 바오바브나무 하나를 해치우기 힘들 것이라고 일러주었다. 코끼리 한 부대라는 말에 어린왕자는 웃었다."

"그럼 코끼리 등에다 코끼리를 포개 놓아야겠네."

어른들이 상상할 수 없는 어린이다운 질문이 이 책에 가득하다.

생텍쥐페리의 『어린왕자』는 맹수를 삼키려고 하는 보아 뱀 이야기부터 시작한다.

이 글을 이끌고 가는 화자는 여섯 살 소년이다. 보아 뱀 그림을 보고 감명을 받은 여섯 살 소년은 색연필을 들고 코끼리를 이미 먹어버려 배가 불룩해진 보아 뱀을 그렸다. 마치 모자를 엎어놓은 것 같은 그림이었다. 모두들 그 그림이 모자를 그린 거라고 했다. 자기 그림을 이해 못 하는 어른들이 너무 답답해진 어린이는 다시 그림을 그렸다. 보아 뱀 속에 들어가 있는 커다란 코끼리를 보이게 그렸다. 코끼리를 소화시키려고 잔뜩 긴장하고 있는 보아 뱀을 그린 것이다. 그 그림을 보고 어른들은 경탄 하기는커녕 집어치우고 공부나 하라고 했다.

어린이는 자기를 이해 못 하는 어른들이 너무 원망스럽고 말도 안 통하고 이야기할 사람이 없어서 너무 외롭게 지냈다. 그런 여섯 살 어린이가 자라서 작가가 되었고 비행기 조종사가 되었는데 어쩌다가 비행기 사고로 사하라 사막에 추락하게 되었다.

어느 날 사막에 내려온 어린 왕자와 만나면서 말이 통했고 많은 말들을 나눴고 그 말들이 모여 빛나는 책 한 권이 세상에 나온 것이다.

나이가 든 지금에 이르러서도 나는 서점에서 반가운 마음에 『어린왕자』를 또 한 권 샀다.

네 번째 책이다 책을 사들고 서있는 내 마음은 여섯 살 어린아이로 돌아가서 마음이 따뜻해지고 있었다. 따뜻하고 순수하고 맑았던 내 유년 시절을 다시 만날 수 있어서 나는 그날 한없이 행복했다.

<국문/69/수필>

평범한 날을 위하여

김 국 자

'아 오늘도 살았네.'

예까지 무사히 살아온 것에 감사하며 눈을 뜬다.

원시 시대부터 이어온 수 억 만년 동안 나의 종^種에 대해서 기적이라 생각한다. 자연재해, 전쟁, 그리고 질병을 이겨내며 오늘까지 살아서 이어온 나의 조상님께 경이와 찬사를 보낸다.

요사이 오늘이라는 화두를 생각하고 있다. 긴장되던 오늘, 슬펐던 오늘, 기뻤던 오늘 행복했던 오늘, 하지만 무심히 지냈던 오늘이 대부분인 것 같다. 이렇게 오늘을 보낸 것이다. 지난 오늘 보다 남은 오늘이 턱 없이 적기 때문에 오늘을 소중히 여기며 오늘 속에서 순간을 아끼려 한다. 다른 말로 시간이라 생각해도 좋다.

눈을 뜨고 살면서 생각 없이 흘려보낸 시간이 얼마나 많은가?

근대 철학의 아버지 데카르트의 '나는 생각한다. 고로 존재한다^{cogito ergo sum}.'는 말을 생각하면서 프로이트의 무의식을 동시에 생각해본다.

잠이 푹 들었을 때 의식이 없고 생각이 없으면 나는 존재하지 않는 것인가? 불교에서는 "空卽是色色卽是空"이라고 한다. 공이 색과 다르지 않고 색이 공과 다르지 않으며 색이 곧 공이고 공이 곧 색이다. 세상에 존재하는 모든 사물의 참모습은 공일뿐 실체가 아니다.

시간관념으로 볼 때 지금 내 앞에 있는 것 존재하는 것이 언젠가는 변하므로 공으로 생각하라는 것인가?

어찌 이런 일이?

산다는 것은 참 눈물겹고 가여운 일이라 생각된다.

내 인생에는 좋은 일만 있고 안 되는 일은 없으며 슬픔 고통 상실 실패는 인정하지 않았던 생각으로 힘들어했고 원망과 실망으로 고통스러워하며 살아온 것이다.

이제 인생 칠십 중반을 넘어 생각해보니 인간을 늘 문제를 가진 존재이고 그 문제의 해답을 찾아가는 것이 인생이었다는 것을 알게 되었다. 그리고 그 해답의 해결은 바로 '시간'이라 생각되었다.

라디오에서 베토벤의 운명 교향곡이 나오고 있다. 운명은 앞에서 오기에 바꿀 수 있지만 숙명은 뒤에서 오기에 어쩔 수 없이 받아 들여야 한다고 누가 말했던 것 같다. 이제 나에게는 숙명만 남은 것 같다. 바꿀 수 있는 힘이 없다. 세상을 헤치고 사는 것이 아니라 세상을 바라보며 사는 나이가 됐다. 바다를 저만치 바라보는 것처럼….

세상일이 잘 되지 않았다고 실망하거나 좌절하며 가슴 아파하지 않고 그런대로 받아들이게 된다.

나는 요사이 지난 일기장을 다시 읽어보며 중요한 대목을 적고 있다.

인생 칠십 나는 잠시 멈추고 있다.

미국에 살던 인디언들은 말을 타고 달리다가 문득 말을 멈춘다고 한다. 말이 달리는 속도가 너무 빨라 자신의 영혼이 쫓아오지 못하는 것 같아서다. 그들은 말을 멈추고 영혼이 오기를 기다린 다음 자신의 육체가 영혼을 만났다고 생각되면 다시 말을 달린다는 것이다.

바로 지금 이 시기가 내 영혼을 다시 점검하는 시기인 것 같다.

뜰은 가을로 가득하다.

75회의 가을을 어떻게 살아왔단 말인가 앞으로 몇 회의 가을을 볼 수 있을까? 자리에서 일어나 마루로 나왔다. 가을을 몸으로 맞으려고 분합문을 열었다.

늙는다는 것이 꿈과 이상을 저버리는 것이라고 누가 말했던가?

다른 사람이 몹시 바라는 행복을 내가 지금 누리고 있다고 생각하고 있는가?

사람들은 아름답고 소중한 순간을 그냥 지나친다. 아름다운 곳, 아름다운 사람, 좋은 환경을 곁에 두고 모르고 지내는 수가 있다.

그리고 실은 평범한 날이 행복한 날인 것을 잊고 지낸다. 특별한 날보다 평범한 날이 행복한 날인데….

가장 멋진 생활이란 평범하고 인간적인 삶을 질서 정연하게 사는 것이라고 철학자 몽테뉴도 말하지 않았던가.

오늘 내 감정이 우울하더라도 하루를 가치 있게 보냈다면 행복한 날이라 생각하며 평범한 날을 위해서 살아보려고 한다.

<가정/66/수필>

맛과 인식의 세계에서

심 상 옥

　인간은 전통에서 도망갈 수는 없다. 전통에서 도망하려고 생각해도 신체 속에 흐르고 있는 피가 허락하지 않는다. 많은 사람들이 자신의 전통문화를 버리고 미국화된 소비문화를 받아들이고 있다. 미국화된 관습을 자신의 전통문화와 함께 선택한다. 일부 사람들은 세계화로부터 자신의 전통문화를 보호하기 위해 맛과 인식의 세계에서 전쟁도 불사하겠다고 한다.

　이 어려운 시점에서 살고 있는 우리들은 오늘날의 세상이 돌아가는 이치가 불가사의하다고 느낀다. 세계화의 심장부에 위치한 핵심은 바로 인터넷에서부터 위성통신에 이르는 기술 진보라고 한다. 독특한 전통과 더불어 저마다 다른 소망과 꿈을 안고 살아가는 인간들로 이루어져 있다.

　예전부터 일본은 우리나라와 비슷한 문화를 가지고 있으면서도 가깝고도 먼 나라라고 불리어 왔다. 생김새와 가치관, 문화들이 한국과 비슷하기 때문에 일본 사람들은 마음을 쉽게 열었다가도 어느 순간 이해하기 어려운 문화의 벽을 높이곤 했다. 서로 간의 정서 차이에서 오는 선호도와 분위기 자체가 다르기 때문에 그런 것 같다.

젊은 세대의 패션 문화는 독특하고 개방적이다. 그 전파력은 한국 젊은이들에게도 큰 영향을 미치고 있다. 지금 도쿄의 젊은 층 사이에서 유행하고 있는 복고적인 패션이 우리 젊은이들 사이에 파급되고 있다. 일본 문화 형성에 중요한 역할을 한 기모노가 창출한 것이 자연에 대한 감정의 이해가 오늘날까지도 일본의 패션문화를 지탱해 주고 있다. 중세와 근세 복식의 문양은 일본 특유의 미의식을 만들어 오늘날 일본 패션의 국제화를 선도할 수 있는 계기를 마련하였다고 할 수 있다.

록본기 지역에 새로 생긴 미드타운 도쿄는 근처에 위치한 록본기 힐즈와 마찬가지로 오피스와 쇼핑센터, 미술관과 호텔이 모여 있는 복합단지이다. 중앙에 높이 솟은 미드타운 도쿄가 다소 단순한 느낌을 주지만 뒤편의 넓은 녹지가 멋진 풍경을 이루고 있다. 에도시대 어느 무사의 정원이었던 공간이 녹지를 통하여 공원으로 연결이 되었다고 한다. 이렇게 형성된 공원은 세월을 넘는 역사성이 부여됨에 따라 특별한 휴식 공간으로 탈바꿈하게 된 것이다.

미드타운 도쿄는 현대적이면서도 일본의 전통에 의거한 디자인과 공간이 어울려지도록 설계되었다. 거기에 실용성까지 갖춘 공간에 특색 있는 제품들을 판매하는 상점들이 들어섬으로써 4층으로 된 갤러리는 멋진 실내 공간을 만들고 있다. 이 상점에는 유럽 디자이너의 브랜드와 명품 브랜드들이 입점하고 있으며, 지하 공간에서 4층까지 자연광이 들어오게 하여 물이 흐르는 이미지를 연출하고 있다. 다양한 문화 공간과 어울리는 또 하나의 공간이 도심 속에 문화적인 요소를 즐길 수 있도록 설계가 되어 있다.

미드타운을 구성하는 6개의 빌딩은 호텔과 주거 공간, 미술관과 쇼핑센터, 오피스와 병원으로서 도시생활에 필요한 모든 것이 다 망라되어 있다. 4층은 생활과 밀접한 기획전을 통해 회화와 도예, 칠기와 염색으로 된 디자인의 세계를 보다 가깝게 접할 수 있다.

이곳은 디자인을 위한 전문 리서치 센터로서 이세이 미야게와 사토타구, 후카자와 노리코 등 테마성이 붙은 전시회를 열고 있다. 일본과 세계적으로 유명한 레스토랑들이 대거 입점해 있어서 도심 속에서 럭셔리한 일상을 접할 수 있으면서 도쿄의 미식을 만끽할 수 있다. 나는 이곳에서 식사와 쇼핑을 즐긴 후 이세이 미야게 작품들을 들러보았다.

이세이 미야게는 젊고 경쾌한 패턴을 조화시켜 보다 젊은 층의 지지를 받는 의상 브랜드이다. 독창적인 소재와 진화된 기술, 신비로운 색상을 통해 예술적인 세계를 아름답게 표현하고 있다. 한 장의 천으로 옷을 완성하는 기법으로 패션의 진화를 선보인다. 이 분은 패션과 예술을 접목하는 '패션 실험주의'로 평가받고 있다. 우리가 살아가는 지구에서 엿볼 수 있는 자연의 풍요로운 모습을 패턴과 색상으로 표현한 것이 특징이다.

일본의 전통 우산에서 볼 수 있는 촘촘한 주름과 사원의 순수한 선들을 표현하고 있다. 그의 옷들은 동양과 서양, 예술과 유행이 순간과 영원 사이에 끝나지 않는 공간 속에서 자유로운 형태로 만들어진 것이다. 그러면서 움직임을 통해서 하나가 된다. 그는 철학과 정신을 토대로 하여 현대적인 서정성을 표현하고 있다. 그리고 주름의 재단사로 사람에게 옷을 맞추는 격을 추구하였다.

이런 개념으로 만들어지는 플리츠가 입는 이에게 편안한 착용감과 자유로운 움직임을 만들어 준다. 가볍고 구김이 없으면서도 세탁에 용이하다. 이런 개념으로 만들어진 옷이 주름진 옷감으로 만들어진 플리츠 플리츠 패션이다. 때로는 날카로운 사무라이의 갑옷을 연상케 하는 이미지와 함께 유럽적인 실용주의를 강조하고 있다.

날이 서있는 일본적 형태를 떠올리게 하는 라인과 실용적인 섬유가 조화를 이루어 창조적인 명품으로 완성했다. 그의 작품은 일본뿐만 아니라 전 세계적으로, 한국의 여성에게까지도 사랑을 받고 있다. 주름이 어깨에서 가슴라인까지 독특한 주름으로 몸의 단점을 보완해 준다. 누구나 자신이 하릴없이 늙어 간다고 생각하면 허무하기 마련이다. 무엇보다 어쩔 수 없는 세월의 속진 앞에서 무기력해지는 자신에 대한 실망이 더 클지 모른다.

삶의 모든 맛은 깊은 성찰의 소산이다. 이 순간 인식의 세계는 무엇일까. 어느 때부턴가 돌직구만을 선호하고 그것에 충족될 수 없는 것이 많다. 누구나 갈망하는 인간의 맛은 자신이 스스로 느끼고 창조해야 한다. 거기서 나를 희생할 수 있어야 우리 자식 세대의 앞날을 위해 자신을 희생하는 것이다.

<교육/67/시>

내가 살던 집

김 행 숙

집을 지은 지 오 년 밖에 되지 않았는데 다시 이사를 하게 되었다. 이사란 원래 마음을 을씨년스럽게 한다. 이번에는 갑작스럽게 생긴 일이어서 더욱 그랬다. 이삿짐 차에서 짐을 내려 정리를 하는 둥 마는 둥 나는 다시 역삼동 집으로 갔다. 살림살이를 모두 빼내어 썰렁하긴 했지만, 집은 고운 때가 묻어 있는 정겨운 모습으로 나를 맞아주었다.

'미안하다. 너와 함께 오래오래 행복하려 했는데 ….'

나는 진심으로 집에게 미안하였다.

그 집을 짓던 일들이 생각난다. 나는 설계도를 한 부 복사해서 공부하듯이 처음부터 꼼꼼하게 하나하나 점검했다. 벽지의 색깔과 무늬가 아직 살아있는 집, 방의 문짝, 창틀, 바닥재와 천장, 전등까지 내 손으로 고른 집. 거실에는 벽난로를 만들고 실내 환기를 위해 굴뚝도 만들었다. 빛이 조금이라도 더 들어오도록 줄자를 가지고 다니며 방을 배치하였다. 실내는 내가 좋아하는 연한 푸른색과 회색 톤으로 배색을 하였다. 그곳은 순전히 나의 취향으로 이루어진 공간이었다.

그렇게 지은 집을 얼마 살지 못하고 팔다니…. 더구나 집은 며칠 후 헐릴 것이며, 거기에는 우람한 30층 빌딩이 서게 될 것이라고 하였다.

나는 거실 기둥에 기대 가만히 눈을 감았다. 이 집에 살던 지난 오 년은 어쩌면 내 생애의 가장 중요한 때였는지도 모른다. 아들이 결혼을 하였고, 나는 20년간의 제조 사업을 마감하고 문학으로 돌아와 시에 빠져 살았다. 하고 싶던 일을 다시 시작하는 마음은 희망 그 자체였다. 시인의 눈으로 바라보는 하루하루는 경이로웠다. 옥상정원에 열리던 오이와 조롱박이 주던 행복, 하얀 박꽃이 피어나는 여름 저녁의 뜰은 나를 충분히 풍요롭게 하였다. 새로운 감성으로 모든 사물을 바라보자 전에 안 보이던 세상이 보였다.

당시 강남에는 여기저기 건축 붐이 일고 있었다. 자고 나면 새로운 건물이 생기곤 했다. 어느 날 오후 초인종 소리에 나가보았더니 동네 부동산에서 왔다고 했다. 그는 매우 조심스럽게, 집을 팔 생각이 없느냐고 물었다. 나는 엉뚱한 질문에 펄쩍 뛰며 그 집이 얼마나 공들여지었는지는 동네 사람들도 다 알 것이라고, 그런 집을 팔다니 무슨 말씀이냐고 했다. 그는 아무 말 없이 그냥 돌아가더니 며칠 지난 후 다시 찾아왔다. 집을 사려는 측에서는 근처의 건물 십여 동을 이미 다 샀고 이 집만 사면 곧바로 30층 건물을 올릴 재벌회사라고 하였다. 가격은 시세보다 많이 줄 것이고 자기가 최선을 다해서 이사할 집도 상담해 주겠으니 파시는 편이 좋을 거라고 하였다. 그리고 그는 이렇게 덧붙였다.

"집을 끝내 팔지 않으셔도 빌딩은 들어설 겁니다. 그렇게 되면 이 집은 높은 건물에 가려 햇빛도 제대로 볼 수 없고 바람도 통하지 않는 볼 품없는 집이 될 것입니다. 새로 짓는 높은 건물이야 모양을 좀 바꾸면 되겠지요. 그러나 집 한 채가 높은 건물 아래 깔려 있다고 생각해 보세요. 그때는 팔고 싶어도 살 사람이 없을 겁니다."

그는 간곡하게 말했지만 내 귀에는 협박처럼 들렸다. 우리 내외는 며칠 동안 고민하고 또 고민하였다.

집을 넘겨주고 이사한 다음에도 나는 연일 허탈감에 시달렸다. 날마다 살던 집에 가서 벽을 쓸어보고 창문을 만져보고 층계를 걸어봤다. 그리고 닷새가 못 되었을 때 집은 차일 속으로 숨고, 자욱하게 흙먼지를 피워 올리며 내려앉고 있었다. 아! 짧은 비명이 터지면서 내 가슴도 덜컥 내려앉았다. 그것은 찢어지는 파열음으로 이어졌다. 포클레인이 포효할 때마다 지난 오 년 동안 겪었던 일들이 빠르게 지나가면서 윙윙거리는 기계음이 마치 나를 원망하는 집의 울음소리처럼 들렸다. 나는 흘러내리는 눈물을 막을 수가 없었다.

지을 때는 일 년이 걸렸지만 허무는 데는 불과 삼십 분도 걸리지 않았다. 떨리는 마음으로 집으로 돌아온 다음에도 일이 손에 잡히지 않았다. 마치 꿈을 꾸고 있는 것 같았다.

지금도 그 앞을 지날 때면 천천히 둘러보면서 걷는다. 내 생애 가장 희망이 가득했던 오십 대, 열정으로 세상을 살고자 했던 그때를 기억한다.

내가 살던 집의 흔적이 남아있을 리 없지만 여기쯤이야, 속으로 계산하며 사랑하던 사람의 추억을 생각하듯 쓸쓸하고 그리운 마음이 된다.

<교육심리/66/시>

삶

이 명 환

번뇌 많은 삶이다.
겪을만큼 겪지 않고
번뇌를 넘는 방법은 없다.

이렇게 시작되는 19행으로 된 송운^{松韻} 성찬경 ^{成贊慶}의 시 「삶」.

2014년 4월 「공간 시 낭독회」의 20여 명 시인들 앞에서 맨 처음 내가 암송^{暗誦} 한 시다. 여기 소속된 시인들이 남편 송운의 1주기^{週忌} 행사에 와서 애도해 준 답례로 시간 들여 외워 보니 그냥 보고 읽던 때와는 그 맛이 아주 달랐다. 시인의 시심과 내가 혼연일체 되는 느낌이랄까.

「공간 시 낭독회」는 1979년 4월 9일에 한국의 큰 시인 구상(1919~2004) 선생이 박희진(1931~2014) 성찬경(1930~2013)에게 제안하서서 발족한 우리나라 최초의 시낭독회다. 건축가 김수근(1931~1986) 선생이 설계한 「공간^{空間}」이라는 특이한 검은색 벽돌 건물 지하 소극장 공간 사랑^{空間舍廊}에서 처음 시작하면서 「공간 시 낭독회」라는 명칭이 붙었으니 어언 40년 동안이나 이어오고 있는 시 낭독 모임이다. 송운도 2013년 4월 공간시낭독회 400회 기념행사를 KBS 등 매스컴을 통해 홍보하려고 애쓰던 중 2월 별안간 타계했다.

송운은 시 「삶」에서 이 생生을, 겪을 만큼 겪을 수밖에 없는 '번뇌 많은 삶'의 현장으로 봤다. 송운뿐만 아니라 석가모니께서도 이 속세를 고해苦海라 이르지 않았나. 그렇다면 지금 내가 살고 있는 이 시점의 삶에서 나의 가장 큰 번뇌는 무엇인가? 내 안에 깊이 잠겨 무심해지려는 지향으로 나를 들여다본다.

달마대사의 제자 고승 혜가慧可가 맨 처음 스승께 법문法問 할 때 "어찌하면 번뇌 망상에서 초연해질 수 있겠습니까?" 하니 "그 번뇌 망상을 여기 가져와 봐라." 했다는 유명한 일화가 전한다. 번뇌란 기실 실체가 없는 뜬구름과 같다는 가르침일 것이다.

다시 내 안을 곰곰이 살펴보니 바로 여기 번뇌의 덩어리가 보인다. 이것은 실체가 없는 뜬구름이 아니다. 내 평생 삶의 총체적 결과물이라 할 수 있는 보기에도 민망한 과체중 덩어리가 거기 있다. 혈관에 낀 기름때와 비계에 둘러싸인 이 몸뚱이가 나의 구체적인 번뇌의 실체임을 깨닫고 아연실색한다.

몇 년째 내게 똑같은 용량의 콜레스테롤 약을 처방해 주는 종합병원 내분비내과 의사는 전날 밤부터 굶고 와서 잰 내 혈액 검사 결과를 모니터에 띄워 내게도 보여준다. 지방脂肪의 한 종류인 콜레스테롤이 혈관 벽에 달라붙어 동맥경화 유방암 전립선암 등을 생기게 하는 무서운 병폐에 대해 설명하다가 결론적으로 "체중을 줄이라" 한다. 나는 언제나처럼 건성으로 "네" 하고 일어선다. 내 뒤를 따라 나온 간호사는 3개월 후 병원에 올 날짜를 정하고 그때까지 먹을 약 처방전을 건넨다. 그야말로 다람쥐 쳇바퀴 돌듯 몇 년째 반복되는 나의 병원 행각이다. 오랜 기간 약을 먹는데도 왜 콜레스테롤 수치에 변동이 없는가? 하는 생각은 하지도 않은 채 으레 그러려니 하면서 지낸다.

> 번뇌와 슬픔을 떠밀지 말고
> 오냐 오냐 하며 다 받아들이며
> 또 한 편으로는 해야 할 일을 하는 수밖엔 없다.
>
> 오냐오냐 다독거리며 이승을 떠나는 날까지 함께 하려면 이 몸을 어떻게든 정비해야 할 시점에 이른 것 같다.
>
> 고통의 제물을 많이 바치는 삶이
> 참으로 귀하다는 생각이 든다.
> 까닭은 역시 신비이리라.

9행부터의 시구다.

참으로 귀하다는 생각이 든다는 이승에서의 고통의 신비. 한동안 고통이 없는 편안한 날이 지속되면 "하느님이 날 사랑하시지 않는가?" 하고 걱정했다는 클레멘스 성인 이야기도 있기는 하지만, 누구나 멀리하고 싶은 것이 괴로움이다. 헌데 지금 이 시점의 나에게 제물로 바쳐야 할 값진 고통은 무엇일까? 그것은 평생을 두고 고치지 못한 악습에서 벗어나는 일일 것이다. 정리정돈과 탐식食食에서 벗어나는 일. 인생의 막바지에 접어든 내 생의 마지막 매뉴얼을 만들어 보자.

오래전에 읽은 헤르만 헤세의 소설 『싯다르타』에서 지금도 생각나는 구절이 하나 있다. 그가 가족을 벗어나 도를 닦는 떠돌이 탁발승托鉢僧

의 무리에 합류했을 때 하루 한 끼, 그것도 익힌 음식은 먹지 않는 수행修行을 시작했다는 대목이다. 절식과 단식이 극기의 첫걸음임을 누가 모르랴.

> 즐거움은 날아가 버리고
> 슬픔은 남아 가라앉는다.

내가 가장 많이 혼자서 중얼거리는 남편의 시구다. 즐거움과 슬픔을 이렇게 절묘한 대비로 읊은 송운의 솜씨에 감탄하고 깊이 공감하면서.

> 틈틈이 정성으로 빚은 황홀만은
> 주변에 뿌릴 일이다.
> …………
> 슬프고도 황홀한 삶이다.

그는 이렇게 틈틈이 정성으로 빚은 황홀송恍惚頌을 주변에 많이 뿌리고 슬프고도 황홀한 삶을 단숨에 마감했다. 나도 고통의 제물을 많이 바쳐 이 영혼과 육신이 깨끗해지는 날이 오기를 염원해본다.

〈영문/64/수필〉

마음부자들의 선택

우리는 순간순간 선택을 한다. 혹자는 지금 우리의 모습이 과거 선택의 종합 선물 세트라고 한다. 한편 지금 이 순간 선택이 미래 우리 모습을 결정할 것이라 한다. 그렇다면 우리는 선택을 잘 한 편일 것이다. 우리는 모두 미래를 위해 보다 더 현명한 선택을 하고 싶어 하는 것이다.

오래전 미국 미주리에 있을 때 일어난 일이다. 미주리 주와 아이오와 주를 잇는 시골마을에서, 길가에 세워놓은 차가 도난을 당한 일이 있다. 주 경계선을 넘어 아이오와로 도망가려던 차 도둑과 경찰 사이에 흔치 않는 헐리우드 급 추격전이 벌어진 일이 있다. 폰과 인터넷을 통해 이 소식을 알리는 뉴스가 빠르게도 퍼져나갔다. 어느새 경찰차 사이렌 소리가 가까이서 들려오는 듯하다. 그 순찰차 앞엔 훔친 차를 몰고 달아나고 있는 차 도둑이 있겠지. 그들이 가까워지고 있다. 이 순간 어떻게 할 것인가?

보통 때면 차로 뛰어가 차 문이 잠겼으면 집으로 달려가 숨었을 것이

98 / 내 마음이 연두로 물든 들

다. 하지만 도둑이 훔쳐몰던 차가 우리 집 앞마당에 와서 멈췄다. 휘발유가 떨어진 것 같다. 다급해진 도둑은 타고 왔던 차를 버리고 우리 집 차를 훔쳐타고 달아날지도 모른다. 그러나 내 차는 문이 굳게 잠겨있지 않은가. 차 열쇠를 구하려 집안으로 들어올지도 모를 일이다. 도둑의 손에는 권총이 들려있다. 쫓는 경찰에 당황한 도둑은 내 손에 쥐어진 차 열쇠를 봤다. 혹시 이 도둑이 나를 쏘고 열쇠를 훔쳐 가면 어쩌나.

이제 보통 사람과는 다르다는 어떤 백만장자의 얘기를 한번 펼쳐보자. 그녀는 라디오로 추격전이 벌어진다는 소식이 들려오자마자 밖으로 뛰어나가 차에 열쇠를 꽂아두고는 창문까지 그냥 열어뒀다. 왜 그랬을까? 혹시나 있을지도 모를 총기 사건으로 목숨을 잃거나 다치기보다는 차라리 도둑이 자기 차를 훔쳐타고 멀리 달아나주는 것이 더 안전하다는 생각이다. 차는 어차피 보험에 들어 있다. 보험 회사로부터 피해 보상은 충분히 받을 수 있을 것이다. 차쯤이야 굳이 목숨을 위태롭게 하면서까지 지켜야 할 가치가 없는 것이 아닌가.

추격전 이후 마을 유지들이 모여 추격전에 관한 후일담을 나누었다고 한다. 추격전이 벌어졌던 날 마을 유지들은 마치 사전에 짜기라도 한 듯 다들 밖의 차 문을 열어둔 채 일부러 열쇠를 그냥 두고 왔다는 것이다. 이 날 모인 유지들의 성토는 차 도둑을 향한 것이 아닌 추격전을 일으켜 마을 사람들을 위험에 빠트릴 뻔한 경찰에 대한 성토가 더욱 거셌다. 차를 훔친 것이 중한 죄에 속하기는 하지만, 실은 차 도둑들이 다음 주유소에 닿기 전이나 얼마 가지 않은 곳에 버려둔 채로 달아난 예가 보통이다. 그보다는 추격전으로 인해 이 마을 사람들에게는 더 위험한 상태와 손실이 발생했을 수도 있지 않았을까. 그것이 더 큰 문제가 될 수 있다.

우리는 종종 우리에게 묻는다. 과연 우리가 신중하게 생각해보고 제대로 된 선택을 한 것일까를 묻는다. 짧게 생각해보면 그렇다. 눈앞에 있는 차나 재산을 지키기 위해서는 문을 잠가놓는 것이 당연하다. 하지만, 좀 더 길게 내다보고 생각했다면, 오히려 나와 가족의 목숨까지 위태롭게 만들 수 있는 선택일 수도 있다. 물론 만약이라면 말이다.

어떤 순간이나 완벽한 선택은 있을 수 없다. '새옹지마'라는 말이 있는 것처럼, 눈 앞에 보이는 작은 이득이 큰 해를 가져올 수도 있다. 바로 눈앞에 상처가 언젠가는 약이 될 수도 있다는 것이다. 그럼에도 불구하고 무엇을 지키기 위해 다른 것을 버려야 한다는 것은, 가슴 아픈 일이지만 피할 수는 없는 선택이 아닌가. 그런 의미에서 선택은 '보통 명사'가 아니다. 무엇을 버리고 지켜야 할지, 내가 진정으로 소중하게 여기는 것이 무엇인지, 사실인지 아닌지 또한 그렇지 않은지를 행동으로 보여주는 '동사'이다. 그 동사들이 모여서 나를 만들고 있고, 나를 만들어주고 있는 것이다. 우리는 늘 깊이 있게 선택하고, 늘 현명하게 선택을 하고 있는 것일까, 다시 한 번 나 자신을 뒤돌아보면서 잠시 생각해 볼 일이다.

<영문/69/시조>

회상의 늪

백 영 자

봄이었는데 오월이었을까 후배와 그 아이를 만나려고 갔다가 뜻밖에 아이 아빠를 만나게 되었다. 어렵게 맺은 인연이었던 만큼 아이를 꼭 보고 싶었다. 아이는 만나지 못했으나 인간적인 우의라도 유지하고 싶었다. 적어도 가슴에 못을 박지는 말아야 한다. '운명의 실체는 이유가 없다'.라고 생각했기 때문이다. 그 이후로 서류 한 장을 접하게 되었고 그녀의 결혼 생활은 사실혼으로 일단락 매듭지어졌다.

처음에는 이런 만남도 일어날 수 있는 것이라고 생각할 만큼 마음의 동요가 없었다. 그러나 그 생각은 일시적 이었다. 일방적인 이별 즉 설득과 감동이 아니라 하더라도 이별의 절차도 없는 연역과 귀납의 논리 같은 그가 드디어 다른 사람을 만나게 되었다는 식이었다. 의자를 탈선한 탁자 신세로 변신한 그녀의 인연은 분명 규범으로부터의 일탈이었다. 그대로 혼자 살다가 죽을 것인가 과감히 선택해야 했다 아니면 재회가 이루어질 수 있을지 의문이었던 무력한 사랑의 몽매주의를 감추고 있는 것은 아니었을까? 아니면 의기투합하는 우정 관계로 이끌어 나간 다는 일은 두 사람을 맺고 끊는 것 없이 결박하기 때문이었다.

어느 날 저녁 아이를 돌려달라는 간청으로 아이 아빠가 방문했다. 응당 아이 아빠가 데려가는 줄 알고 쾌히 승낙했다. 그러나 아이는 할머니와 함께 살고 있었다는 사실을 뒤늦게 그녀는 알게 되었다. 아이 걱정때문에 가끔 잠을 못 이루는 적이 많았다. 버림받는 이별을 두려워하고 있음이 내재해 있기 때문이다.

한편으로는 이별의 책임을 그에게 전가 시킬 사정이 있으려니 생각하는 그녀의 식구들과 가족들에게 미안함을 금치 못하였다.

그 이후에 세례를 받고 천주교에 입문하면서 고해성사와 스스로 복음이 되고 성령의 증인이 되어야 한다는 신부님의 말씀에 고민하고 과거에 대해 괴로워했다. 성령의 계시를 통하여 두 사람이 부부였음을 간증해야 한다는 에로틱한 착각, 행복한 착각을 방해하는 신앙 감각이었다. 문학이 공격적이지 않음이 마음에 이르는 병이라면 의학은 죽음이 끝이며 끝이 있는 싸움이다.

산부인과에서 보호자를 찾는 의사가 있었다. 처음으로 남편이 아닌 닥터로서 관능적 환상에서 깨어나 의식되는 수술이었다. 퇴원 이후 아이가 돌이 되었을 무렵에 가방에 옷가지를 담으며 동생 집으로 사라졌다. 의무장교 요원이라는 병역 수첩을 남겨둔 채로 도피하였다.

처음에는 당황하였으나 그 아이를 잘 부탁한다는 뜻으로 받아들였다. 아이와 함께 유치원에 다닐 때까지 행복하게 살았다. 문학이라는 작업이 미래적이지 않으면 정체성에 이르고 이 정체성을 조사 해부하는 것이 의학이다.

결혼과 사랑 문제로 귀청한다며 그녀에게서 가장 소중한 언어와 음성을 빼앗아 버렸다고 하면 관능적 존재감만으로 그녀는 심한 우울증과 자폐증에 빠졌을 것이고 그 사람의 법적 구속력에까지 호소하여 두 사람 사이를 얽매이게 하고 싶었을 것이다.

문학이 형이상학적 서술이라면 의학은 형이하학적 충돌인 것이며 모든 노력을 다해야 할 뿐이다. 한때 다정했던 친구와 그 사람의 공통점을 생각해 볼 때 그녀의 결혼식은 환상이 아니라 접속에 불과하며 신고되지 않은 화를 자초한 자유는 책임이라는 결론을 내린다면 그녀를 또 한 번 때리는 격이 되는 것이다.

초등학교 중고등학교 대학교 휴교 때까지 큰 사고가 없었고 모범생이었던 그녀는 평탄치 않은 결혼생활에서 마음이 상했고 딸과 사는 동안은 삶의 고비이고 인정받지 못했지만은 언젠가는 부재중인 남편이 돌아올 줄 알았다.

그 마음의 상처가 점점 커져 초등학교 이학년 때의 시간 경험인 가학적 화풀이 즉 본래적 경험의 의미로 회복 시켰다. 프로이트의 정신심리와도 같은 소외되고 격리된 그녀의 편견에 사로잡혀 마음의 포로가 되는 에토스적 추억의 사랑이 이것이다. 그녀는 타인을 위하여 존재하는 침착 신뢰 선의의 친절 같은 영혼의 유형이다.

과도한 이상주의나 이념에 치우친 행동을 거부해야 하고 현실주의와 물질주의적 관점을 지켜나가야 하는 육체주의 영혼의 유형이다. 이때는 문학인의 마음이 직면까지 머무르고 있으므로 청산적이라면 의학인의 마음은 단계적이며 확산적이며 직면하면 가슴에 영향을 가져다준다.

팔 년 전 그의 동생이 찾아와 아버지가 돌아가셔서 생활이 곤란하다

하였다. 그때부터 아이는 할머니와 헤어져 혼자가 되었다는 것이다. 할머니가 치매전문병원에 입원하였기 때문이었다. 비일상적인 관능미가 전부였던 그녀는 생각이 충만한 때가 아니기에 보통 사람들이 누리고 있는 만남이라는 것도 허락되지 않았다. 이때도 문학인이 고통적이며 사전 예감적이라면 의학인은 사후 처방적이며 문학인이 복잡 미묘하다면 의학인은 저항적이고 단순하다는 표현이 된다.

그녀의 본성이 몸 안에 성령의 성전을 가지고 있었음을 몰랐으리라. 그래도 한국에 돌아가야 한다는 그녀에게 이국의 밤하늘은 신비스러웠고 오히려 또렷해지는 것은 정신이었다. 그녀의 몸은 영원한 생명으로 향하였다. 공항에서 고속도로를 달리면서 긴 시간 동안 두 사람은 아무 말이 없었다. 메카든에 들어서면서 아름다운 주택가들이 눈에 들어왔다. 담장은 없으나 잔디가 정원처럼 펼쳐진 벽돌로 지어진 캐슬이었다. 예언자의 캐슬 같은 분위기였다.

문학인은 현재에서 미래로 나아가는 현상학적 진행이고 의학인은 시각적 증상이 미래를 위한 정지이며 진행은 고난 중이라 할 수 있다. 캐슬을 바라보며 그 문제는 분단 이데올로기 때문일 수도 있다고 생각되었고 빛으로 오는 붉은 의미는 그리스도인 자체인 그 사람을 탐욕스러워 하지도 증오를 품은 것도 아니었나 싶었다. 더더구나 무식이나 경솔로는 돌릴 수 없는 실존적 불안에서의 만남, 하느님의 불편한 영육 간의 만남이었다 생각되었다.

캐슬의 정원에서 사진을 찍으면서 이층으로 되어있는 거실과 키친 침실 등을 구경하면서 신비스럽고 영광스러운 그러나 의미 있는 비밀한 시간 경험을 하였다.

올림픽 시가에 개인 진료실을 두기도 한 주소가 두 개인 치유의 명소이기도 하였다.

한국에 돌아온 후 할머니께는 아이 안부로 연락을 가끔 하였으나 공적 활동의 복귀가 시작되었기에 초등학교만 다닌 고향에서 근무처를 갖고 상속인의 길을 걷게 되었다. 그녀는 광주사태 때 서울에 있었기 때문에 그 상황을 잘 모르지만 그 이듬해에 광주에서 결혼식을 올렸고 광주 사태가 일어난 지 육 개월이 지났을 무렵이었다. 만남과 헤어짐의 결과가 한 가족의 해체와 사실혼과 법률혼의 차이라면 삼십 년이 지난 현재는 그 당시 긴장의 땅에 대한 애증 병존의 기억을 남겨둘 필요가 있다고 생각되었다.

<국문/76/소설>

숲 속으로 난 좁은 길

이 경 숙

차를 타고 한참을 달려도 사방이 평평해 어디서나 하늘과 땅이 맞닿은 지평선을 볼 수 있는 오하이오에서 40년을 살다 최근에 코너티컷으로 이사 왔다. 주택가를 벗어나면 길이 쭈욱 곧아 운전대에서 잠시 손을 놓아도 괜찮을 정도인 오하이오와 달리 여기는 산이 많아 주로 숲 사이로 난 좁고 꾸불꾸불한 길을 오르락내리락 달려야 한다. 커브 진 언덕길을 롤러코스터처럼 달려내려가면 마주 오는 차와 부딪칠 것 같아 보통 신경이 쓰이는 게 아니다. 은퇴를 하면 플로리다나 캘리포니아로 이사 가기 마련인데 왜 하필 눈 많이 오고 추운 코네티컷이냐 묻는 사람들이 종종 있다. 심지어 주소변경을 위해 관공서와 인터넷 회사에 전화를 하자 직원들조차 걱정스럽다는 듯이 그렇게 물었다. 그런 질문을 받을 때마다 딸이 이곳에 살기 때문이라고 하면 그제서야 아주 좋은 이유라며 이해가 된다고 했다. 몇 번 그런 질문을 받다 보니 내가 이곳으로 이사 온 게 잘못된 선택이 아니었나 잠깐씩 걱정이 되기도 했다.

이삿짐 정리가 다 끝나기도 전에 한국행 비행기를 탔다. 고등학교 졸업 50주년 행사에 참석하기 위해 6개월 전에 미리 비행기 표를 사놓았기 때문이다. 한국에 도착한 다음 날부터 바빠지기 시작했다. 맞물려 돌아가는 톱니바퀴처럼 내 의지와 상관없이 짜인 일정을 소화하느라 정신없는 나날들이었다. 그렇다고 해서 내가 유명인사처럼 공적인 일을 했다는 게 아니다. 미장원에 가서 머리를 자르고, 찜질방에 가서 한나절 시간을 보내고, 그동안 먹고 싶었던 냉면을 먹으러 다니고, 명란젓을 사기 위해 광장시장을 헤매고, 남대문 시장과 고속 터미널을 수시로 드나들며 옷과 양말을 사고…. 이런 일들이 무척 재미있고 신이 나는 건 사실이지만 한편으로는 보통 피곤한 일이 아니었다.

　아침에는 지하철역까지 씩씩하게 걸어갔건만 저녁나절 양손에 물건을 들고 집으로 돌아오는 길은 두 배로 늘어난 것 같이 멀게 느껴졌다. 그렇게 석주쯤 지내자 드디어 몸이 신호를 보내기 시작했다. 몸살이 난 것이었다. 그도 그럴 것이 그 사이에 여행을 세 차례나 다녀왔고 돌아와서도 하루도 쉬지 않고 나가 다녔으니 당연한 결과였다. 보험이 없으니 병원에 갈 수도 없어 누워 끙끙 앓으며 나름대로 분석을 좀 해봤다. 나는 왜 언제나 한국에 왔다가 돌아갈 때쯤 되면 아플까, 피곤하게 많이 돌아다녀서인가? 그것만이 이유는 아닌 것 같았다. 물론 미국에 비해 공기가 나쁜 건 사실이지만 그 외에도 내 몸이 적응하기에 한국은 너무 현대적이지 않나 싶었다. 지하철을 타려면 땅속으로 깊이 내려가야 하고, 머물고 있는 언니 집이 고층 아파트라 하루에도 몇 번씩 땅속으로 들어갔다 하늘 높이 올라갔다 하고 나면 방에 가만히 서 있어도 몸이 조금씩 흔들리는 것 같았다.

코네티컷으로 돌아와 시차 적응도 다 되기 전에 맨해튼에 갈 일이 생겼다. 고등학교 뉴욕지구 총동창회 모임에 참석하는 것보다 기차를 타고 뉴욕 그랜드 센트럴역까지 간다는 사실이 더 매력적으로 다가왔다. 알아본 결과 우리 동네에서 센트럴 역까지는 두 시간이 걸린다고 했다. 나는 아침 일찍 일어나 기차에서 읽을 책과 간식을 챙겨들고 기차역으로 갔다. 집에서 차로 5분쯤 거리에 작은 역이 있었다. 그런데 암만 둘러봐도 표를 파는 곳이 없었다. 역사라고 생각되는 건물 안에는 커피와 간단한 샌드위치를 파는 카운터와 화장실만 있을 뿐이었다. 철로 옆에는 서너 사람이 서서 기차를 기다리고 있었다. 그중 한 사람에게 묻자 표는 일단 기차를 탄 다음에 역무원에게 사면 된다고 했다. 역 근처 아무데서나 잔 사람처럼 허술한 차림의 그 사람 말을 믿어도 좋을지 몰라 다시 둘러보았지만 표를 파는 곳은 눈에 띄지 않았다. 설마 표가 없다고 기차에서 내리라고는 안 하겠지 싶어 철로 앞의 벤치에 앉아서 기차가 오기를 기다리기로 했다. 좌우를 둘러보니 벤치는 그것 하나뿐이었다. 단선 철로 건너편의 얕은 언덕바지에는 잡풀 사이에서 삐죽 자란 옥수숫대 두어 개가 바람에 흔들거리고 있었다. 그 주위로 참새들이 포로롱 포로롱 날아다녔다. 새들이 재재거리는 것 외에 아무 소리도 들리지 않는 한적한 그곳에 앉아있노라니 기차가 두어 시간쯤 후에 와도 좋을 것 같았다.

기차를 타자 빈자리가 너무 많아 오히려 좋은 자리 고르기가 쉽지 않았다. 나는 해가 들지 않는 창가에 자리를 잡았다. 기차는 철컥철컥 달리기 시작했다. 얼마 안 되어 모자를 쓴 역무원이 우리 칸으로 들어와 사람들과 농담을 주고받으며 표를 팔기 시작했다. 그는 나에게 출퇴근 시간대에는 시니어 디스카운트가 안 된다는 말을 몇 번씩이나 하며 안타까워했다. 간간이 기적을 울리며 기차는 개울 옆을 지나고 나무숲 사이를 달리다 작은 역에 잠깐 멈춰 서서 몇 명을 태우고는 또 철컥철컥 달렸다. 청량리역에서 강릉으로 가는 KTX를 탔던 생각이 났다. 굴속에서 나왔나 싶으면 금세 또 들어가며 얼마나 빨리 달리던지 휙휙 소리가 나는 것 같은 착각이 들 지경이었다. 중학교 때 같은 반 친구는 여름방학이면 하루 종일 걸려서 강릉에 사는 이모 집에 간다고 했었는데, 이제는 두 시간도 안 걸린다니. 무척 편리해졌다는 생각에 감탄스러우면서도 한편으로 이렇게 세상이 빨리 변해도 되는 가 겁이 나기도 했었다.

철컥철컥 이 마을 저 마을에 멈추며 여유를 부리던 기차는 코네티컷을 벗어나자 쉬지 않고 달려 순식간에 뉴욕에 도착했다. 그랜드 센트럴역은 얼마나 크고 번잡한지, 나는 시골 쥐처럼 두리번거렸다. 역까지 데리러 와준 친구 덕에 무사히 버스에 올라 맨해튼 거리를 활발하게 걷는 사람들을 내다보며 나는 다시 서울 쥐가 된 것처럼 흥분하기 시작했다. 마치 얼마 전 한국에서 느꼈던 것처럼.

집으로 돌아오는 길은 갈 때처럼 쉽지 않았다. 그랜드 센트럴 역을 떠나 한 시간쯤 왔을 때 제법 많은 사람들이 내릴 준비하는 걸 보며 읽던 책을 덮는데 기내 방송이 들렸다. 우리 동네 쪽으로 가는 사람들은 여기서 갈아타야 한다는 안내 방송이었다. 너무 놀라 앞사람에게 물으니 내려서 다리를 건너야 한다는 것이었다. 서둘러 내려서 다리를 건너 기차를 갈아탄 것까지는 좋은데, 이 기차가 조금 가더니 웬일인지 거꾸로 역 쪽으로 돌아가는 게 아닌가. 슬금슬금 역으로 돌아간 기차는 잠시 후 다시 앞으로 가기 시작했다. 나중에 생각하니 선로를 바꾸기 위해서였던 것 같았다. 불안한 모습으로 자주 바깥을 내다보는 내가 안돼 보였던지 건너편에 앉은 사람이 제대로 가고 있으니 걱정 말라며 안심시켜 주었다. 그때부터는 책이 눈에 들어오지 않았다. 표지판도 제대로 없는 작은 역에 잠깐 멈췄다 떠나는 기차가 언제 우리 동네 역을 지나칠지 몰라 수시로 고개를 빼고 창밖을 내다보지 않을 수가 없었다. 아침에 정다웠던 개울이나 숲은 눈에 들어오지 않았다. 역시 우리네 인생살이에는 즐겁고 좋기만 한 일이 계속되는 건 아닌가 보다.

며칠 후, 열한 살짜리 손자 녀석의 야구 게임을 보기 위해 좁은 커브길을 돌며 달려가는데 울창한 나무들 사이로 작은 간판이 보였다.

'마크 트웨인 도서관'

흘끗 고개를 옆으로 돌려 보니 차가 서너 대 서 있는 작은 주차장 너머로 아담한 이층 건물이 서있었다. 어디선가 마크 트웨인이 코네티컷에 살았었다는 기록을 본 기억이 났다. 어린 시절 미주리 주에서 자란 그가 결혼 후에 코네티컷으로 이사 와서 톰 소여의 모험을 비롯하여 대부분의 작품을 여기에서 썼으며 그때가 가장 행복했던 시절이었다고 회상하는 글이었다. 얼마쯤 지나야 이런 숲길을 운전하는 게 편안해 질지는 몰라도, 톰 소여와 허클베리 핀이 뛰어다녔을 것만 같은 이 동네를 좋아하는 데는 시간이 많이 걸리지 않을 것 같은 생각이 들었다.

<의직/72/소설가>

기대가 크면 실망도 크다

박 선 자

하나, 플리트 비체

수풀은 다양한 색깔의 초록 옷을 입었다. 높은 절벽 위로 하얀 물보라를 피우며 크고 작은 폭포수가 마구 떨어진다. 그 폭포를 쳐다보며 나무다리 위를 걸어가는 여행객의 사진이 크로아티아의 국립공원인 플리트비체다. 아름답고 신비한 풍경 사진 한 장이 나를 발칸반도로 불렀다.

호텔에서 2시간 30분가량 가야 하는 플리트 비체로 향한 마음은 벌써 꿈꾸는 천상의 비경으로 날고 있다. 날씨는 잔뜩 흐리다가 개이고를 반복한다. 하얀 바위산이 기기묘묘하게 펼쳐진다. 석회암 산이다. 플리트비체는 카르스트 지형에 빗물과 바닷물이 땅 위로 흐르면서 빚어낸 곳이다.

물에 잘 녹는 석회암의 성질 때문에 지반이 약하여 웅덩이가 생기면서 여러 개의 크고 작은 호수가 생겨났다. 석회석이 녹아 형성된 호수의 바닥은 석회로 에메랄드빛과 아름다운 비췻빛을 띠며 하얗게 들여다보여 깊은 곳도 얕게 보이고 호수 속까지 훤히 볼 수 있는 멋진 풍경을 이룬다.

비가 내리는 차창 밖으로 드넓은 벌판과 가로수들이 낯선 풍경으로 자리매김을 한다. 휴게소에도 비 때문에 편하게 내릴 수 없는 우리를 위하여 가이드는 노르웨이의 작곡가 그리그의 솔베이지 송을 들려준다. 고즈넉하고 애잔하게 흐르는 선율을 따라 노래에 얽힌 슬픈 사랑 이야기가 흐른다. 방랑의 길을 떠난 페르 귄트는 늙어서 지친 몸으로 애타게 기다리던 애인 솔베이지가 있는 고향으로 돌아온다. 백발이 되어서야 상봉한 그녀의 무릎에 엎드려 평화로운 죽음을 맞이한다. 솔베이지의 슬픈 사랑, 사랑은 누구에게나 슬프고 긴 기다림이다. 북유럽 여행에서 본 아름다운 꽃동산 속의 그리그 박물관 풍경을 되새기니 창틀에 흐르는 빗물마저 낭만적이다.

비가 부슬부슬 내리는 공원 입구에 내렸다. 많은 여행객이 차례를 기다리고 있다. 현지 가이드를 따라 들어가니 전망대 위다. 발아래에 공원의 산야와 호수가 옅은 구름과 안개가 걷히며 서서히 민낯을 드러낸다. 그다지 멀지 않은 곳에 사진에서 보았던 여러 폭포가 수풀 사이로 흰 물거품을 뿜으며 흘러내린다. 와~, 병풍 속 한 폭의 수채화다. 안개가 걷히기 시작하니 폭포수 아래로 나무다리의 굽잇길이 길게 놓여 있다. 저곳에 내려가면 사진 속에서 보았던 그 아름다운 풍경을 볼 수 있을 것 같다. 하필 지금 비가 많이 내려서 위험하므로 출입 금지구역이 되어 내려갈 수 없다 한다. 손에 잡힐 듯 보이는 신비한 풍경을 가까이 갈 수 없는 안타까움에 실망이 컸어도 멀리서 바라보는 것으로 아쉽지만 만족해야 했다. 많은 시간과 비용을 들여서 온 곳인데 하는 생각의

미련을 떨칠 수 없었다.

세상의 모든 일을 하고 싶다고 다 할 수 있고 보고 싶다고 모두 볼 수 있는 게 아니지 않은가. 사랑이 슬픈 기다림이 듯이 모든 일에는 인연이 있고 환경과 여건이 허락해야만 이룰 수 있다는 체념을 하였다.

트래킹 코스를 따라 산책을 했다. 가면서 호수도 만나고 호수 위로 다니는 배를 타고 선착장에 내려 주위의 경치를 감상했다. 순수한 자연 그대로의 크고 작은 호수와 환히 보이는 수면 밑의 흔적들, 주위의 아름다운 경치에 취해보았다. 그래도 가이드북에서 본 경치를 날씨 때문에 놓쳐 아쉬웠다. 떠나기 전 꿈꾸었던 환상의 경치는 아니었다. 패키지 여행이라 찬찬히 볼 수 없어 더 좋은 곳을 놓쳤는지 아쉽다.

둘, 바다 오르간의 해변 자다르

바다에서 오르간 선율이 들린다는 자다르로 향하였다. 가는 동안 내내 비가 내렸다. 비를 주제로 한 음악을 들려주니 괜히 우울한 감상에 빠져든다.

고대 로마 시대부터 형성된 도시 자다르에 바다 오르간이 있다며 그 소리를 들으러 가고 있다. 파도 소리가 어찌 오르간의 선율로 들릴까. 어부들을 유혹한 로렐라이 바위의 인어 요정이 불렀던 전설 같은 아름다운 노래를 들을 수 있을 것 같은 상상을 하였다. 마침내 바다 오르간 소리가 들린다는 바닷가에 내려주었다. 바로 신비한 오르간 선율이 들릴 것을 상상하고 내렸더니 넓은 바닷길을 따라 조성해 놓은 광장이었다. 비가 내릴 듯 잔뜩 찌푸린 바다와 파도 소리만 넘실거렸다.

가이드의 설명을 들으며 해안 광장에 설치한 계단에 앉았다. 우리가 앉은 자리가 설치미술가 니콜라 비사치의 작품 안이란다. 그는 "태양의 빛과 바다 오르간" 작품을 자다르 바닷가에 설치하였다. 해안가에 설치한 계단을 파이프 오르간의 형태로 제작하여 계단과 계단 사이에 원통형의 빈 공간을 뚫어 바닷물이 바람과 파도에 밀려와 넘나들며 오르간 선율을 내게 하였다. 관광객은 계단에 앉아 넓게 펼쳐진 바다 위로 반짝이는 태양에 취하고, 파도 소리를 오르간 선율이라 귀를 쫑긋 세우고 듣는다. 바다가 들려주는 음악에 몸을 맡기며 지구 건너편 고향 땅을 생각하며 보헤미안의 낭만에 젖어 보아도 초등학교 시절 선생님이 연주하시던 그 은은한 오르간 선율은 들리지 않았다.

발상이 참으로 기특하고 신비롭다. 창조적 발상이 지구 건너편 관광객을 불러들이는 창조 경제일 거라 생각해본다.

기대가 크면 실망도 크다는 말이 맞다. 플리트 비체와 바다 오르간 자다르 관광에서의 느낌이다. 여행에서뿐이겠느냐. 사회생활을 하면서 바랐던 마음, 자녀에 대한 기대, 미래에 대한 동경 등등. 어느 것 하나 자신의 희망을 채울 만큼 이루어진 게 있었던가. 그래도 늘 희망과 동경에 목숨을 걸고 달려온 우리가 아니었던가. 발칸 여행에서 슬픈 사랑의 기다림을 생각하고 세상의 모든 일이 뜻대로 되지 않을 때에 참을 수 있는 힘과 바다 오르간의 독특한 발상으로 자연을 감상하는 방법을 배웠다.

〈국문/66/시〉

정지된 시간을 찾아서

홍 애 자

조용한 숲길을 걷는다. 나뭇가지 사이로 빗겨든 햇살이 채 마르지 않은 이슬방울에 내려앉는다. 오랜만에 만나는 나무들의 정적과 함께 걷는다. 나무 예찬자는 아니어도 늘 그의 고고함을 바라보며 자신을 제어한다.

까만 밤을 지새우고 0시가 넘어 찾아온 새날이 어스름한 새벽안개의 군무가 산 중턱에 휘감겨 삼베 치맛자락처럼 걸려있다. 창문을 여니 싸한 산바람이 내게 손을 내민다. 손을 잡은 바람은 자연의 신비를 속삭여준다. 어제의 지친 시간은 무구한 자연 속으로 묻혀가고 빛나는 새 시간이 열리기 시작한다. 그 시간 속으로 흘려보낼 때 묻은 나의 실체를 버리기 위해 이 새벽 다른 존재로 태어나고 싶어 새벽 산 김을 마시러 간다.

눈부신 첫날을 받기 위해 마음을 다스려 외로운 자신과의 투쟁을 끝내고 눈을 뜬 순간 생명의 연장을 위한 화두를 찾기에 여념이 없다. 그간의 내 일상은 어두운 그림만을 선호하며 그리는 어느 화가처럼 찬란함보다는 가라앉은 수묵화였다. 색조가 없어 지루하지만 이렇다 할 희열도 없이 계절을 찾아 비상하는 기러기의 자유를 꿈꾸는 화폭일 뿐이다.

얼마 전 정신박약아가 살고 있는 곳엘 방문했다. 천진난만한 얼굴로 찾아 간 우리 일행을 반긴다. 유아들로부터 소년기의 아이들이다. 어쩌다 한번 찾아와 손길을 건네며 아이들을 대할 때면 부끄러운 생각을 떨칠 수가 없다. 벽처럼 앉아있는 아이들, 꿈조차 꿀 수 없는 아이들을 향한 연민, 유리 상자 속 인형처럼 우리에게 하얀 웃음을 보내는 아이들. 긴 외로움을 동반하며 정지된 시간조차 느끼지 못하는 아이들의 말간 미소를 가슴에 받으며 흐느꼈다.

언제가 될지 남은 해^日바라기, 한 걸음씩 사유의 뜰을 거닐며 조용히 기다린다. 나에게 주어진 고뇌와 좌절의 시간들, 농축된듯하나 속이 텅 빈 구겨진 삶을 피할 수는 없기에 비록 정지된 시간일지라도 거역하지 않으려 한다.

차츰 서쪽 하늘이 감빛이 되더니 어스름 그늘이 내리기 시작한다. 아카시 꽃술이 부풀어 올라 진한 향기를 날리는 길고 좁은 길로 접어들었다. 외로움을 탈 때 찾는 작은 길이다. 기약 없이 하루를 기리는 풀꽃이 배시시 웃어준다. 휘어진 솔가지가 흔들릴 때마다 언 듯 언 듯 얼굴을 내미는 수정 같은 하늘을 향해 내 안에 고인 삶의 앙금을 씻어내는 상쾌함이 좋다.

바다는 여전히 하얀 이빨을 드러내며 호탕하고, 산야^{山野}에 나무들도 햇살을 받아 윤기가 흐른다. 이곳저곳 꽃들이 빨갛게, 노랗게 색색의 웃음이 환하다. 어디를 보아도 절규와 통곡은 없이 생명이 있음에 최선을 다하는 모습뿐이다. 자신의 생을 이어가느라 경쟁 대열에 서 있기에도 벅찬 우리네 삶, 그러나 주위에 그늘진 어느 한 귀퉁이를 돌아 볼 가슴이 열려있음은 그래도 미미한 관심이 남아있기 때문이 아닐까.

지금 이 자리에 있다는 것, 정지된 시간 속 확인이다. 언젠가는 서서히 침잠되어 정체성을 잃어가는 초라한 모습이 되어갈지라도 이곳에 다시 오려 한다. 소외의 그늘 속에서도 맑게 웃어 줄 아이들의 웃음을 찾아서.

<국문/60/수필>

겨울 창가에서

류 선 희

　대학 졸업과 동시에 경성대학교 전신前身인 한성여자초급대학 음악과 강사로 취직이 된 나는 주저 없이 곧바로 짐을 꾸려 부산에 내려와 그리던 가족과 같이 살게 되었다. 서울에서 지낸 지 4년밖에 안 되었으나 부산에서 어렵사리 가지고 간 피아노 (하숙생들에게 방해가 될까 봐 제대로 치지도 못하고 옮길 때마다 애물단지였던)와 전공서적은 물론 틈틈이 사서 읽었던 여러 권의 수필집과 시집들, 게다가 라디오를 포함한 묵은 잡동사니와 그동안 입었던 옷들로 이삿짐이 꽤 많았다. 나는 그 짐들 중에서도 내 몸과 함께 했던 옷가지를 가장 소중하게 여겼다.

　낯선 서울 생활을 하는 동안 마침 내 어머니를 많이 따르던 사촌 이모가 명동에서 주로 영화배우들이 드나드는 '트로이카'라는 유명한 양장점을 하고 있었기 때문에 그 이모로부터 옷 선물을 자주 받았고, 차분하시면서도 유달리 자존심이 강한 어머니께서 "너는 키가 작으니 옷을 잘 입어야 한다."라고 넌지시 주입시키며 나에게 어울릴 양품점 옷을 수시로 사주셨기 때문에 나는 지방 학생으로는 적잖이 멋을 내며 배꽃 동산을 누비고 다녔다. 이모가 입학 기념으로 해준 겨자색 모직 반코트, 처음 과 미팅에 입고 나갔던 주름치마와 재킷, 하얀 레이스 칼라가 달린 비취색 원피스와 자잘한 꽃무늬의 원피스, 멋스러운 바바리코트며 리사이틀 때 입었던 검정 드레스, 졸업사진을 위해 마련한 드레시한 투피스 등등, 피아노 지도 교수도 내가 입은 옷에 관심을 보일 만큼 내게는 좋은 옷이 많았다.

그런데 부산에 온 그 해 가을, 안채와 떨어져 있는 내 방에 도둑이 들어 그 많은 옷을 한 벌도 남기지 않고 몽땅 훔쳐 갔다. 누군가 내 옷에 잔뜩 눈독을 들인 것이다. 당장 입고 나갈 옷이 없어 얼마 동안은 동생 옷을 입고 다녔다. 나는 어이없이 잃어버린 추억, 돈으로 살 수 없는 추억들을 접느라 한동안 마음이 편치 않았다. 졸지에 도둑맞은 그 옷들을 생각하면 반세기가 넘은 지금도 울화가 치민다. 요즘은 예전과 달리 사는 형편이 좋아져서 입었던 옷을 훔쳐 가는 도둑이 거의 없지만, 그땐 입에 풀칠하기 급급했던 시절이라 거지와 도둑이 곳곳에 들끓었었다.

추억이 묻어 있는 옷들을 모두 잃어버린 후, 나는 남의 눈에 띄는 옷이나 값비싼 옷은 절대 사지 않겠다고 단단히 결심했으나 그것도 잠시 잠깐일 뿐, 견물생심은 도무지 줄어들지 않아 오며 가며 사들인 옷과 장신구가 부지기수다.

나에게 의복은 삶의 추억이고 또한 치유의 묘약이다. 팍팍한 삶의 행간에서 종교나 예술, 특히 음악과 문학으로 피폐해진 영혼을 충전시키기도 했지만 때로는 구하기 손쉬운 물품 (옷이나 핸드백)으로 내 영육의 고통을 치유하기도 했다. 나는 몹시 괴롭거나 억울할 때, 그리고 특별히 기쁜 일이 있을 때면 내가 나에게 선물을 주는데, 이젠 그 일이 습관처럼 되었다. 비록 내가 사서 내게 주는 선물이지만 특별한 의미가 있는 그 물건은 내 삶의 활력소가 되기도 했다. 그런저런 이유로 내 옷장은 언제나 비좁았다. 핑계 같지만 생김새와는 무관하게 때와 장소를 가려 나름대로 차림을 품위 있게, 아름답게 치장하는 것도 하나의 예술이라고 생각한다.

나의 고교 은사님 한 분은 올해 97세인데 아직도 운동 삼아 재미 삼아 종종 백화점에 가신다.(아마도 젊게 사는 비결인 것 같다.) 주일이면 언제나 단정한 옷차림으로 미사에 참례하시는 은사님을 뵐 때마다 부러움과 존경심이 절로 우러나온다.

나는 여행 다음으로 옷을 보러 가거나 사는 것을 즐긴다. 그렇지만 나이 드니 몸도 비대해지고 나갈 일이 줄어들어 예전만큼은 옷을 사지 않는다. 내가 가지고 있는 옷 중에서 가장 오래된 것은 오십 년 전 남편을 처음 만났을 때 입었던 물결무늬 원피스로, 한 번씩 꺼내 볼 때면 푸른 그리움이 넘실거린다. 니트라도 살을 빼지 않고는 입을 수 없게 된 그 옷을 나의 애장품 1호로 간직하고 있다.

내가 그동안 샀던 옷의 대부분은 여중 때 단짝이던 친구가 받아 입는다.(평소 내가 입고 다녀야 할 옷과 꼭 가지고 있어야 할 이유가 있는 옷은 제외하고) 천성이 착한 친구 수산나는 내 옷을 입으면 그리 편하다며 수십 연간 거의 옷을 사지 않고 내 옷만 입었다. 대신 옷값의 일부를 자선단체에 기부한다고 했다. 오랜 당뇨병으로 애들 집이나 성당 외에는 잘 다니지 않는 친구, 나보다 내가 입었던 옷을 더 사랑하는 그 친구가 얼마 전에도 "네가 준 멋진(?) 옷을 입기 위해서라도 더 오래 살아야겠다."라고 말해주니 얼마나 고마운지….

몇 년 동안 얌전한 치매를 앓으시던 어머니가 갑자기 쓰러져 팔순을 넘기지 못하고 피안彼岸으로 가신 후, 모시고 살던 올케에게 맡기지 않고 큰딸인 내가 어머니 유품을 정리했다. 여러 자식들에게 선물 받은 속옷과 겉옷이 포장도 뜯지 않은 채, 농 구석구석 쌓여 있었고 오래된 한복이며 양장 그리고 보자기로 싼 새 옷감들까지, 아까워서 버리지 못한 것이 너무 많아서 처분하는데 무척 힘이 들었다. 얼마 안 되는 패물은 그동안 수고한 올케에게 주고 나는 어머니 유품 중 낯익은 양산 하나와 손으로 두드리는 작은 안마 기구를 가져와서 지금까지 곁에 두고 있다. 일생을 자식들에게 헌신하신 내 어머니는 살아생전에 복을 많이 쌓으셨는지 돌아가시기 전까지 집에 편안히 계시면서 효자인 의사 아들과 천사 같은 며느리 시중을 원 없이 받으시다 참으로 수월하게 돌아가셨다.

나는 어머니의 유품을 애써 보내면서 사람이 살다가 세상을 뜨면 무엇보다 우선 입었던 옷부터 누군가에 의해 가차 없이 버려진다는 것을 새삼 알았다.

어느새 내 인생도 겨울 문턱을 넘었다. 노을이 일렁거리는 창밖에는 겨울나무들이 홀가분한 나목裸木을 꿈꾸며 분주히 옷을 벗고 있다. 더는 머뭇거릴 시간이 없어 내 주위를 서서히 정리해야겠기에 얼마 전부터 오래 간직했던 사진(중요한 것 몇 장은 스마트폰에 저장하고)과 낯익은 표제의 책들, 시나브로 모아두었던 편지와 스크랩한 인쇄물과 즐겨 듣던 음반까지 거의 처리했지만, 이따금 찰거머리 같은 외로움을 걷어내는 신통한 묘약이었고 절절한 추억이 얽혀 있는 옷이나 장신구들은 아직까지 한 점도 들어내지 못하고 있다. 겨울이 등을 보이기 전에 집착의 늪에서 그만 허우적거리고 켜켜이 쌓았던 욕망의 비늘들을 모조리 긁어내야 할 텐데….

마지막 꿈인 가벼운 날개를 위하여.

<기악/68/시>

행복하지 말기를

임 혜 기

　최근 오래 사귀던 친구 A에게 작별을 고했다. 서로 위로가 되고 즐거움을 함께 나누고 그리고 다른 친구가 필요 없을 만큼 둘이서 많은 시간을 함께 보내던 사이다.

　A를 통해 어려운 시간 위로받을 수 있었고 가장 먼저 즐거움도 슬픔도 알리면서 함께 나누던 관계였다. 감출 거 없이 모든 것을 털어놓았고 비밀이 없었고 서로의 약점과 장점과 단점까지 캐치하면서 편한 사이였다.

　그러나 더 이상 만나지도 말고 타인으로(타인이라면 미움도 사랑도 관심도 없다) 돌아가자고 내가 선을 그었다. 충격을 받았다고는 했지만 상대도 순응하고 받아들여서 작별을 분명히 했다.

　절연한 이유는 상대가 내게 숨기고 싶은 사연이 생겼기 때문이다. 나와 가까울 수 없는 사람과 인연이 생기면서 끊임없이 거짓말로 이를 커버하려고 했다. 내가 싫어할 것이라고 생각되는 사람과 가까워진 것을 이중적 태도로 숨기려는 거짓말이 대부분이었다. 내게는 그쪽의 단점을 이야기하면서 가깝지 않다고 보이려는 시도는 처음에 대수롭지 않게 여겨지기도 했다. 그럴 수도 있겠지 내가 싫어할까 봐 숨기려는 거짓말이겠지 하는 이해로 넘기려 했다. 그러나 정직과 진실한 태도는 어떤 어려움도 뛰어넘을 수 있다는 단순한 원칙을 무시하고 있었다.

거짓말을 하고 거짓이 들통날 때마다 솔직히 시인하고 사과하기보다는 또 다른 거짓말을 보태고 다른 핑계를 대었다. 그런 상황이 생기고 부정할 수없이 탄로가 나면 앞으로 그런 일 없을 것이라는 맹세는 A 쪽에서 했다. 아주 쉽고 간단하게 맹세를 했다.

그러면서 정말 할 필요가 없는 거짓말을 계속했다. 본인도 속아 넘어갈 정도로 날조의 치장이 그럴싸했다. 그러나 철저하지 못해서 금방 드러나는 것이 또한 비일비재했다. A는 태어날 때 사마귀를 달고 나온 사람처럼 거짓말도 달고 나온 걸로 여기자고 나는 그 모습 그대로 이해하며 방관하기도 했다. 그러나 신뢰감이 없어졌고 우습게 여겨지기 시작했다.

거짓말은 사실 아주 유치한 것들이다. 몸이 많이 아파서 쉬고 있다고 했는데 놀러 간다거나 교육 때문에 여행을 간다며 구체적 조목까지 설명을 했는데 단체 유람 여행을 갔다거나 가족과 피서 중이라 했는데 가족이 아니라 다른 사람과 떠났다던가 하는 것들이다. 있는 그대로 이야기할 줄을 모르는 것 같았다. 사과를 먹으면서 "수박을 먹고 있다고 이야기 해보자" 식으로 진실을 변형하고 싶은 모양이었다. 할 필요 없는 말들을 허세나 과시로 거짓말을 꾸며대는 것을 계속 간과하다가 드디어 절연을 선언한 건 계속 속는 것이 지겨워서였다.

그러려니 하던 마음이 변하며 이렇게 신뢰감을 안주는 A와 더 이상 만나고 싶지 않다는 생각이 커졌다. 친구가 내게 주던 위로와 기쁨, 그리고 함께 나누는 즐거움보다 거짓말이 드러날 때마다 느끼는 실망과 분노와 그리고 감정적 소모의 불편이 더 크다고 결론을 내렸다. 저울질을 하지 않을 수 없었다. 친구와 함께 하는 행복의 비중이 큰가, 없어서 느낄 수 있는 편안함이 큰가? 결국 나의 편안함이 우선이라고 여겨 절연했다.

떠나면서 A는 좋은 친구를 잃었고 나를 통해 가졌을 편함과 즐거움과 약간의 기쁨은 사라진 것이라고 단정했다. 나라는 친구를 통해 느끼던 행복은 이제 소멸된 것이고 이것이 친구의 거짓말이 받는 처벌이라고 생각했다. 내게 거짓말하는 것이 괴롭지 않고 즐거웠다면 그 재미도 끝난 것이다. 그 부분의 행복을 내가 빼앗은 것이다. 나와의 결연은 앞으로의 작은 행복을 지운 것이 된다. 행복하지 말기를….

요즘 논픽션을 다룬 책을 주로 읽는다. 소설보다 더 드라마틱 하고 인간의 다양하고 리얼함이 픽션보다 더하기 때문이다. 세상을 살고 간 사람들의 일대기나 현실 세계에서 특이한 인생을 살고 있는 때로는 범죄자의 삶을 선택해서 논픽션을 읽는다.

최근에 읽은 스토리 중에 십 년이 지난 어느 사건을 추적하여 기록한 책이 있다. '브릿지로^{To the Bridge}'라는 제목의 이 책은 오리건 주에 사는 아만다라는 32세의 엄마가 자신의 두 아이를 다리 위에서 강으로 던져 살해를 시도한 사건을 추적하는 책이다. 사건 추적 작가가 정확한 사실과 원인을 찾아보기 위해 오랫동안 여러 주위 사람을 인터뷰하면서 이 책을 써서 사건 발생 거의 십 년 만에 올해 책으로 출판되었다. 이 사건을 다루면서 자기 자식을 학대하고 살해하는 부모들을 따로 추적하여 덧붙이면서 자식을 죽이는 부모들이 드물지 않은 것도 알려주고 있었다.

우리는 가장 큰 사랑이 부모의 자식에 대한 사랑이라는데 어떻게 자기 자식을 죽일 수 있는가라는 의문을 가지지 않을 수가 없다. 자신의 독생자 예수를 십자가에 달려 죽게 만드신 하나님께 손가락질을 한다면 그 죽음을 통한 믿는 자의 구원이라는 더 큰 사랑으로 대답할 수 있지만 (물론 비기독교인은 이해하기 힘들 것이다) 신의 영역이 아닌 인간사에서의 자식 살인은 보통 사람으로는 받아들일 수 없는 사연일 것이다.

왜 엄마가 제 아이를 죽이기까지 했는가.

이 의문의 답은 남편의 행복을 빼앗기 위해서였다. 남매를 다리에서 강으로 던진 아만다라는 여자는 소위 배운 것 없는 무식한 사람은 아니었다. 대학 교육까지 받았고 재학 시절에 이미 싱글 맘이 되어 아들을 키우고 있었다. 두 번째 임신도 남자의 자살로 입양을 보낸 사연 많은 여자이다. 그녀의 처지를 딱하게 여긴 동정심으로 만난 남자와 결혼을 했고 두 남매를 낳으며 몇 년을 살았다. 그러나 사랑이 식고 남편의 마음도 변하면서 결국 이혼을 당하게 됐다.

홀로 남은 아만다가 택한 남편에 대한 복수심은 남편의 행복을 빼앗겠다는 결심이다. 직업도 없고 삶의 대책이 없으니 아이들은 남편과 할머니가 부양하게 되었는데 주말에만 아이들을 볼 수 있게 된 아만다는 아이들을 다리 위에서 강으로 던지는 끔찍한 범행을 저지른다. 내 행복을 빼앗은 것처럼 나도 당신의 행복을 빼앗겠노라라는 결단이 자식 살해로 나타난 것이다. 가장 좋아하는 장난감을 없애버리듯 살아있는 두 아이를 강으로 던진 정신 상태가 온전하다고 볼 수는 없을 것이다. 애지중지하는 화초를 장등 잘라버리고 쾌재를 부르듯 쉽게 제 자식을 물속에 던져 버린 것이다. 남편의 행복을 빼앗아 버리겠다는 복수심이 자식의 생명보다 크고 강렬한 것이었다. 결코 행복하지 말라는 큰 메시지는 그렇게 치열하고 확고한 것이었다.

　남에게 행복을 나누는 일은 쉽지 않다. 행복을 빼앗는 일은 참으로 간단하고 쉽다. 헛된 말로 거짓된 행동으로 못된 말로 야비한 태도로 무수히 상대의 작은 행복을 앗아갈 수 있다. 행복의 반대말은 불행이 아니고 불편이라는 것도 맞는 말 같다. 평화를 깨는 불편함은 행복감을 줄 수 없기 때문이다. 나의 행복은 상대가 주는 것이고 상대의 행복이 나의 고통이 된다고 여기는 순간도 있을 수 있다. 인간의 본성이 주체되는 자신에게 집중되어 있고 수없이 많은 단련과 교습과 배움을 가져도 이 죄된 본성은 멈추지 않고 들고 일어나는 것을 알 수 있다.

　내가 A와의 결별로 "이제 우리 더 이상 친구가 아니다."라고 선언한 것은 상대의 행복을 깨려는 목적은 아니고 내 자신이 편안해지기 위해서였지만 행복을 빼앗는다는 효과는 무시하지 못한다. 오랜 관계가 깨어지는 것은 당연 불편하고 행복한 일은 아니기 때문이다. 아만다같이 끔찍한 메시지는 아니지만 행복하지 말라는 소극적인 몸짓의 작은 메시지는 도사리고 있음을 시인하지 않을 수 없다.

　그렇게 행복을 빼앗으면 행복한가?

　35년간 형무소에서 지내는 아만다가 행복한 수형생활을 보내고 있을지 궁금하지 않을 것이다. 또한 친구와의 단절로 인해 내 마음속에 앙금처럼 남겨진 슬픔도 결코 빼앗은 행복을 상쇄할 수 없을 것이다. 그래도 행복하지 말기를, 나의 메시지는 알리고 싶었고 충분히 전달되었다.

〈정외/73/소설〉

제주 할망

권 민 정

하나, 제주의 색깔을 만드는 사람

제주에서 가지고 온 마늘을 쏟아보니 거의 두 접이나 되었다.

"참 많이도 주셨네!"

우선 먹을 것 조금만 남기고 다 까서 냉동실에 저장을 해야 할 것 같았다. 힘들게 농사를 지어 이웃에게 일 년은 족히 먹을 만큼의 마늘을 주신 제주 할망 고 권사님을 생각한다. 권사님은 남편 고향인 제주 시골 집의 이웃이고, 남편이 어릴 적 다니던 교회의 권사님이다.

며칠 전 제주에서 지내고 있을 때, 동네에 새로 생긴 갈비탕 집에서 점심을 먹었다. 갈비탕은 맛이 있고 양도 푸짐했다. 일 인분 포장을 하여 이웃에 사는 고 권사님 댁에 들렀다. "권사님" 하고 현관문을 열어보니 주인 대신 고양이가 "야옹" 하고 맞았다. 갈비탕을 식탁 위에 올려놓고 집에 돌아왔다.

다음 날 아침, 권사님은 커다란 모자 위에 타월을 걸치고 헐렁한 바지에 낡은 셔츠 차림으로 농사용 엉덩이 방석을 깔고 밭에 앉아 벌써 일을 하고 계셨다. 주일날 깨끗하고 좋은 옷을 입고 교회에 갈 때와는 달리 남녀 구분도 잘 되지 않는 모습이다. 평생을 그렇게 일을 하며 네 명의 자녀를 다 대학까지 공부를 시켰다. 권사님은 나를 보자 갈비탕 잘 먹었다며, 덧붙여 서울 갈 때 밭에서 마늘을 뽑아 가라고 했다.

우리 집 가까이 권사님 밭이 있다. 300평 좀 넘는 밭인데 양파, 마늘 등을 재배한다. 이곳 말고도 몇 군데 더 권사님 밭이 있는데 부지런한 분의 밭이라 잡초 하나 없다. 언제나 싱싱한 초록의 작물과 제주의 검은 돌담이 조화를 잘 이뤄 보기가 좋다. 여든이 넘으신 데다 워낙 밭일을 많이 해서 허리가 굽었지만 건강하신 편이다. 힘들게 농사를 지었는데 마늘을 많이 뽑아오는 게 마음에 걸려 서울 오기 전 날 20개 정도 뽑아 비닐에 싸 두었다. 그런데 밤중에 권사님이 마늘을 가득 담은 큰 박스를 카트에 싣고 오신 것이다.

언젠가 TV 방송에서 유명한 관광지는 아니지만 제주의 경치 좋은 마을을 소개하는 프로가 있었다. 마을 구석구석을 보여주며 주민과 만나는 내용이었는데 고 권사님 집이 방송국 PD의 눈에 띄었는지 꽤 긴 시간 인터뷰도 하고 집도 소개되었다. 그날 사회 보는 분의 말이 걸작이었다.

"할머니, 집이 너무 예뻐요. 이런 집에서 사시는 걸 보니 전생에 나라를 구하셨나 봐요."

나는 그 말에 웃음이 터져 나왔다. 그 집이 그렇게 예쁜 것은 권사님의 부지런함 때문이라는 것을 알아서다. 잡초 하나 없는 초록의 잔디와 사시사철 꽃들이 예쁘게 피어 있는 것은 시간 날 때마다 땅에 엎드려 있는 집 주인의 노력과 비례한다.

비행기를 타고 제주 가까이 오면 나는 하늘에서 제주 섬을 내려다보기 좋아한다. 꾸불꾸불한 밭담과 그 속에서 자라는 작물들이 너무나 아름다운 조화를 이루고 어느 곳에서도 볼 수 없는 색의 향연이 펼쳐지고 있기 때문이다. 제주의 색은 유채꽃의 노랑, 동백의 빨강, 억새의 흰색이 코발트빛 바다와 어울려 떠오르지만 검은 돌과 초록의 조화가 나는 가장 좋다.

비 오는 날 올레를 걷다 보면 평소에는 조금 거무튀튀하게 보이던 현무암이 비에 젖어 새까맣게 윤을 내고, 시원한 빗방울에 식물들은 더욱 싱싱해져 짙은 초록을 띠고 있어 검은색과 초록의 조화가 더욱 아름답다.

제주에 있는 동안 많이 걷게 되는데 잘 가꾼 조그마한 밭들을 보는 즐거움이 크다. 그 밭들을 가꾸는 이는 대개 할머니들이다. 부지런한 제주 할망들, 여든 넘는 나이에도 농사짓고, 구부러진 허리를 펴기 위해 물질 나간다는 할망들이 제주에는 많이 있다. 시간이 지나 그분들이 안 계시면 어떤 모습이 될까 염려된다.

길가에 있는 큰 밭들이 잡초로 황폐해져 있는 것을 종종 본다. 이건 한 뼘의 땅도 놀리지 않고 무언가를 심어 가꾸고 먹을 것을 재배하던 제주의 모습이 아니다. 제주가 아름다운 것은 그렇게 부지런한 사람들이 가꾸었던 땅의 모습이 있어서인데 방치된 밭을 보면 답답해진다. 외지인에게 팔려 나간 밭들이 어떻게 바뀌게 될지 모르긴 하지만. 최근 몇 년 제주의 변화다.

둘, 12월의 장미

허리가 굽고, 쪼글쪼글한 여든 넘은 할머니를 꽃이라 하지는 않는다. 그런데 그 할머니를 꽃의 여왕인 장미라고 한다면 무슨 어울리지 않는 비유냐고 할지 모르겠다. 그런데도 나는 요즘 고 권사님을 보면 언젠가 겨울날 우연히 본 장미가 자꾸 떠오른다. 12월 어느 추운 날, 길을 걷다 담장 밑에 핀 빨간 장미 두 송이를 보았다. 꽃들이 모두 사라져버린 계절에 꽃을 피운 12월의 장미였다. 경이로운 생명력에 놀라고 설레었던 기억이 있다.

사람이 살면서 고난이 없다면 얼마나 좋을까. 고난 하면 떠오르는 사람이 있다. 구약성경에 나오는 욥이다. 욥은 아들 일곱과 딸 셋을 두었고, 그 나라 최고의 부자였다. 자식복도 많고 재물복도 많은 그는 인품까지 훌륭해서 하나님의 칭찬을 받는 사람이었다. 그런데 그에게 고난이 닥쳤다. 어느 날 갑자기 그 많던 재산도, 자녀도, 건강도 다 잃는 일이 생겼다.

지구상에 수 천 년 동안 고통과 슬픔을 당한 수많은 사람들 중에서, 첫 번째로 고난의 사람으로 욥을 꼽는 데는 자녀의 죽음이 가장 컸을 것으로 나는 생각한다. 전쟁도, 지진도 아닌데 한 날 한 시에 열 명의 자녀가 다 사고를 당해 죽었다. 욥이 아무리 "주신 이도 여호와시오 거두신 이도 여호와시라" 하며 하나님을 원망하지 않았다 해도 고통까지 없는 것은 아닐 것이다. 자식이 죽으면 가슴에 묻는다는 말이 있다. 그만큼 자식의 죽음은 고통스럽고 살아갈 힘을 잃게 한다.

고 권사님 또한 부러울 것 없는 복 있는 할머니였다. 평생 땀 흘려 농사 지으면서 조금씩 조금씩 샀던 밭들은 제주 땅이 금싸라기 땅이 되면서 수십억 자산가가 되었고, 자녀들은 자기 분야에서 인정을 받는 사람으로, 또 어머니께는 효성스러운 아들딸 들이었다. 권사님은 농사 지으며 생기는 수입으로 지역에 어려운 사람을 돕는 선한 일도 하고 계셨다.

그런데 어느 날 불행은 도둑처럼 왔다. 그렇게 사랑하고, 자랑스러워하던 큰아들이 교통사고를 당한 것이다. 아직 어린 학생인 두 아이의 아빠는 뇌사상태에 빠져 병원에 누워있게 됐다. 그때부터 권사님은 비행기를 타고 육지에 갔다가 병원에서 며칠씩 아드님 곁을 지키다가 돌아

오시곤 했다. 권사님 밭에도 잡초가 생기기 시작했다.

바람 세차게 불고 비가 오는 궂은 날이었다. 늦은 아침을 먹고 집 밖으로 나갔다가 권사님 밭에 누군가 쪼그리고 앉아 있는 것을 보고 가까이 갔다가 깜짝 놀랐다. 권사님이었다. 지난밤에 돌아와 아침 일찍 밭에 나오신 것 같았다. 그날 어두워질 때까지 권사님은 밭에서 떠나지 않았다.

식물인간으로 수개월을 병상에서 지내다가 끝내 깨어나지 못하고 큰아들은 하늘나라로 가고 말았다. 그러나 욥의 자녀들처럼 안녕이라는 인사도 하지 못한 이별은 아니었고 가족들은 비록 의식이 없는 상태였지만 아버지를, 남편을, 형을, 아들을 만지고 또 만지고, 보고 또 보았다 했다.

마늘 씨 심는 날이다. 권사님은 새벽부터 밭에 앉아 일을 하고 있다. 어쩌면 너무 슬퍼서, 아드님이 너무 보고 싶어서, 집에서 혼자 계실 때는 울고 또 울지도 모른다. 권사님은 매일 죽을지도 모른다. 그러나 매일 다시 살아나 또다시 걸어서 밭으로 나와 일을 할 것이다. 살아있는 동안은, 그 강인한 생명력으로, 12월의 장미처럼.

〈사회사업/75/수필〉

제3부
내게 있어 문학은

내게 있어 문학은

김 양 식

　무릇 예술은 논리를 갖고는 알 수 없으며, 어떠한 정의를 내릴 수도 없는 것이며 그 가치란 어떠한 실질적인 용도를 가질 수 있는 것도 아니다. 그러면서도 다만 내밀하게 느껴지는 것의 그 표현을 예술 가운데서 찾아볼 수 있는 것이며 즉 그것이 미학의 주제인 것이 아닐까.

　문학은 이지理智에 의해서는 찾을 수 없으며 직접적인 지각에 의해서만이 가능하다고 생각한다. 우리의 영혼은 인식의 직접적인 체험에 의해서 자기 자신을 알 수 있게 한다. 이것만이 영혼의 허기짐을 채워줄 수 있는 사랑과 고뇌와 희망은 다만 문학과 예술세계에서 찾을 수 있는 것이다. 벽으로 둘러쳐진 갇힌 공간 속에서는 진정한 기쁨의 감각은 찾을 수 없다. 벽을 부수고 뛰쳐나와 날개를 펼 수 있는 기쁨을 쟁탈하려 끊임없이 부딪히며 상처 입는 반항아의 살아있는 감각을 시인은 요구한다.

　문학은 각기 다른 우리 목소리의 메아리에 웃음과 반가움과 슬픔과 분노 등을 거쳐 나오는 표현들이다. 그 하나하나의 낱말들의 뜻이 아니라 느낌이며 전하고자 하는 메시지는 언어의 음률의 울림에 의하여 전달되는 것이라고 생각된다. 추리에 의하여 분명해지는 것이 아닌 그 울림에 담긴 메시지는 언어의 음률의 울림에 의하여 독자에게 전달되는 것이다. 즉 추리에 의하여 분명해지는 것이 아니고 활자 속에 담긴 사상과 희망과 꿈, 아름다움과 비애, 그런 것이 문학이라고 생각된다. 그러기에 나는 평생 문학과의 동반자로 살고자 한다.

인간에게 끊임없이 안겨주는 미적 향락의 모습인 자연의 우아함은 때로는 경이롭게 때로는 신비롭게 때로는 크나큰 감동으로 끝없이 나의 생명과 마주치면서 나는 시를 쓰게 된다. 나는 열두 살 때, 당시 굉장히 감성적인 문학 소년이었던 큰 오빠(김종식)가 어린 동생인 나에게 읽어보라고 권해주었던 타고르의 동시집 <초승달>의 일어 번역본을 얼마나 감동적으로 읽었는지, 그 후 나는 학교 작문 시간부터는 바로 '시'라는 것을 쓰기 시작했던 것이다. 즉 나의 시쓰기는 이때부터 시작된 것이다. 솔직히 말해서 시가 무엇인지도 모르면서 인도의 시성 타고르의 동시집을 읽고는 바로 그와 같은 시들을 쓰기 시작한 것이었다.

이러한 초기부터의 글쓰기 연륜을 따진다면 이제 문단 활동 70년이라고 말을 해야 할까? 70년 전 소학교 4학년 때 처음 썼던 시는 당시 일제 식민지 치하에서였으니 불가분 '일어'였다. 짧막한 4줄의 시로 <봄>을 읊은 시였다. 여기에 한글로 바꾸어 써본다.

즐거운 봄이 돌아와서 / 갖가지 새들이 노래할 때
내 작은 가슴 속에서도 / 기쁨의 메아리가 울려났어요.

담임선생은 모리다森田라는 일본인 여선생이었고 그 선생은 이런 글이 '시'라고 하는 것임을 설명해주고는 교실 뒤 게시판에 여러 날 붙여놓았다. 나는 속으로 기뻐했고 조금은 자부심이 생겼고 결국 그 이후로는 줄곧 평생을 시를 쓰며 <시인>으로 살아온 셈이다. 그리고 <시>는 나를 온전한 정신세계의 가장 가까운 친구로 지켜왔다.

이와 같은 정신적인 작용이랄 수 있는 작업을 통하여 자기 고유의 모습을 창조해내는 것이다. 즉 그 세계는 우리의 삶 가운데서 희ㆍ로ㆍ애ㆍ락이란 감정이 서로 얽히어진 세계는 다양한 정신작용이란 움직임을 통하여 우리는 각각 자기고유의 형태로 만들어낸다. 문인은 글로, 화가는 그림으로, 조각가는 조각 작품으로, 무용가는 동작으로 음악가는 음률로 이렇게 예술 하는 사람들에 의하여 여러 가지 형태로 창조되고 창작 되어진다. 이는 예술가들만의 특권이라 할 수 있다.

1969년도 『월간문학』 제1회 시부문 당선자로 선정되어 형식적 등단을 기피하던 나는 이제 두꺼운 벽을 깨고 밖으로 나와 매우 정확하게 자연을 관찰하면서 때로 경탄과 애정과 상상들이, 마음의 기능이 언제나 어디서나 각성되어있는 작가들은 언제고 대자연의 초대를 받아 작가들 스스로의 심금을 울려 무게 있는 작품을 쓰려고 노력한다. 작가들의 정신은 항상 깨어있어야 하며 날카로운 관찰력과 깊은 수용성 등이 바로 내 작품의 깊이를 반증해준다고 생각하고 있다.

사실 필자의 대학 진학은 음악과 문학 둘을 놓고 고민했으나 결국 영문학을 택하였고 또 한 번 내 안에 내포된 가능성을 시험해볼 4년을 보장받았다. 그러나 입학한 바로 그해 6ㆍ25동란이 일어나 결국 부산으로 피난을 가게 되었다. 그 무서운 포탄의 불꽃 속에서도 늘 처절한 그대로의 시를 계속 쓰고 있었다. 어디에 발표를 한다거나 누구에게 보인다는 생각 같은 것은 없이 옛날 어려서의 그대로 그저 자꾸만 쓰는 것이었다.

그러나 휴전 직후 대학을 졸업하고 미국 유학의 길이 열렸었으나 그 것도 결국은 포기하고 양친의 뜻에 따라 평범한 여인으로서의 삶을 살기 위해 나는 시를 쓴다는 것을 아주 잊기로 해보았다. 하지만 그것은 헛수고였다. 그럴수록 시작에 대한 욕망과 그리움은 더욱 깊어갔고 마음은 날이 갈수록 초조해갔다.

시에 대한 열정은 간간이 격정으로 불꽃을 피웠다. 마음은 모든 것을 접어놓고 나는 미친 듯이 오로지 시, 시만을 생각하고 시의 세계로 빠져갔다. 머리 위, 밝게 갠 하늘엔 무수한 낮 별들이 보석이 깔린 듯이 아주 작게 그리고 눈부시게 반짝이는 듯 보였다. 그리고 한참 보고 있노라면 그것들은 서로 어울려 문자의 형태를 이룬 채 또 산산이 흩어지곤 하였다. 무심으로 돌아가 오로지 시작에 나의 생명력을 집중시켰을 때, 쓰고 싶다는 본능적 욕구가 이렇게 허공에 글씨들을 산산이 흩어지게 한 것이었을까.

이처럼 열중하여 시를 쓸 수 있다는 것은 내게 있어 바로 살아있다는 증거였다. 모름지기 사고하는 자의 심중에 세워지는 세계는 우리 인간에게 있어 무엇보다도 친밀함을 갖게 한다. 따라서 외계와 인간의 내적 세계와는 다르다는 것을 판단하게 된다. 이와 같은 인간의 내적 세계는 우리들 한 사람 한 사람의 마음속에 살아 숨 쉬고 있는 것이다. 이처럼 언제나 새로운 생명력과 정신력과 빛나는 감각으로 청정한 흐름을 만들어주고 있다. 이와 같은 마음의 세계는 그대로 소멸해갈 수 없는 문학을 향한 열정으로 치솟는다.

문학을 하는 나의 마음이 내가 처하고 있는 이 세계를 얼마나 파악하고 있는가. 그리고 나를 둘러싸고 있는 이 삼라만상을 얼마나 심도 있게 관찰하고 사고의 과정을 거쳐 표현되고 있는가가 중요하다고 생각하며 긴 세월을 살아왔다.

물론 표현의 기교 역시 문학에서는 매우 중요한 것이다. 그것은 내 문학의 표현력을 발휘한다는 것은 독자로 하여금 진정한 문학에의 전달 과정에서 매우 중요하다고 본다. 선택된 언어 가운데서나, 문학 속에 축적된 표현능력을 높은 차원으로 이끌어 올리는 스스로의 노력은 계속되어야 한다.

시인들이 찾아 쓰고 있는 작품 속의 언어들은 때로 시어詩語라고도 한다. 허나 때로는 이 같은 시어를 초월시켜야 할 때가 있다. 즉 언어 가운데서 이 선택된 언어를 뛰어넘으려 할 때 그림을 생각하고 노래를 생각하게 된다. 우리가 써오는 시작품 가운데서 우리는 무수한 그림들, 아름다운 그림들을 찾아낼 수 있다. 또는 감미로운 음률을 연상시키는 매우 음악적인, 즉 어떠한 멜로디를 연상시켜주는 그러한 산뜻한 수채화 같은 시들을 창작해낼 수 있다. 이렇게 보면 시인은 음악가요, 화가라고도 말할 수 있지 않을까.

시를 읊는 가운데 멀리 피리 소리가 들리며 그 피리 소리에 맞추어 조용히 춤을 추며 다가오는 때로는 아름답고 때로는 격렬한 움직임의 춤사위도 연상할 수 있을 것이다. 옛 어른들은 시詩 · 서書 · 화畵가 하나라 하지 않았던가. 그렇다. 나는 거기에다가 가무歌舞까지 곁들인다면 그 시인은 얼마나 멋질까 생각할 때, 저절로 행복해진다.

90을 바라보고 있는 내게 있어 문학은 지금도 따뜻하게 때론 엄숙하게, 때론 기쁨으로 나를 감싸주며 헤어질 수 없는 지기知己로서 내 의식을 지탱하여주고 있다. 또한 참으로 고마운 인연이 아닐 수 없다.

<영문/54/시>

사랑의 말은 치유하는 연고

김 선 진

사랑의 말은
상처 난 자국에 바르면
치유하는 연고가 된다
가시 돋친 말은
무형의 비수가
연쇄적으로 꽂혀
뽑아도 또 뽑아내도
상처는 쉬이 아물지 않는다
나를 버리면
나를 놓으면
정녕 아무 것도 아닌 것을
이 세상 무엇보다 편한 것을
나를 버리지 못해
나를 놓을 수 없어
어디까지 목소리를 키운다
언제까지 활시위를 당긴다.

나의 졸시拙詩 「말語 · II」의 시편에 나오는 글귀입니다.

부모의 몸을 빌려 잉태된 태아는 열 달을 웅크려 잘 성숙되어 세상에 태어납니다.

양수 속을 잘 빠져나와 눈 뜨자마자 자궁 속과 다른 별개의 새 세상을 느끼게 됩니다. 희미하게나마 낯선 세계에 익숙해지려고 초점 흐린 눈망울로 아가들은 이리저리 굴려보곤 합니다. 태어나 자라면서 부모의 품을 잠시나마 벗어나도 엄청난 자극과 상처를 받게 됩니다. 그러면 엄마가 부르는 다정한 목소리와 비릿한 젖내가 풍기는 품속에 안기면 금세 세상을 다 얻은 듯 안심하곤 합니다.

영아에서 유아로 자라 유아원, 유치원, 초, 중, 고등학교를 거치면서 선생님과 친구를 만나게 됩니다. 내가 아닌 너로 인하여 이때부터 나와 너의 상호 간의 관계가 형성되며 때때로 상처의 꽃도 피어나기 시작합니다. 풋풋하고 아늑한 우정이 깊어지면 그 친구 없이는 하루도 지탱할 수 없게 되고 어딜 가나 그 친구 범주 안에 내가 살아 있음을 느낍니다. 그 무렵엔 절대의 우정이 지배하곤 합니다.

친구 따라 강남도 함께 갈 수 있고 사춘기라는 누구나 겪는 병을 앓기도 합니다.

점차 이성에 대한 눈이 떠지며 운 좋게 인생의 반려자를 만나는 인연을 가지게 됩니다. 남자와 여자가 만나 한 가정을 이루고 양가 가족의 구성원이 생겨나며 삶의 기쁨과 슬픔이 켜켜로 쌓여 그 두께가 높아만 갑니다. 대문을 나서면서부터 사람은 많은 사람을 만나고, 사람은 사람을 사랑하게 되고, 사람은 사람을 그리워하고, 사람은 사람을 미워하는 애증의 굴렁쇠가 시간처럼 끝없이 굴러 가고 있습니다.

"사람이면 다 사람이냐? 사람다워야 사람이지"

옛 성현의 가르침을 가슴에 새기면서 그런대로 사람답게 살아가려고 무진 애를 씁니다. 가정에서는 부모님의 사랑과 무한한 가르침, 학교에서는 선생님의 훈육 속에 친구들과의 어울림에서 사람 사는 도리를 배워 나갑니다. 그러나 더러는 사람답지 않은 사람을 삶의 길목에서 마주칠 때가 종종 있습니다. 누구에게나 있을 수 있는 가장 슬프고 가슴 아픈 일이기도 합니다.

아무리 갈고닦을지라도 이승을 떠나는 그날까지 못 고치는 사람의 인성은 태어날 때 이미 절반은 정해진 듯합니다. 우리는 사람이기 때문에 사람과 더불어 살아가야 합니다. 고래로부터 내가 많이 가졌기 때문에, 때로는 내가 많이 잃었기 때문에 반목과 질시의 화살은 사방에서 수도 없이 날아들게 됩니다. 엄청난 상흔의 살점들은 파인 고랑에 우수수 떨어집니다. 구름을 뚫고 내비치는 햇살처럼 한 마디라도 따스한 사랑의 말이 그 고랑에 꽂힌다면 상처 난 자국은 깜짝 놀라 스스로 그 자국을 감추어 버립니다. 언제 어디서나 위, 아래, 누구에게나 배려 가득한 사랑의 말을 입술에 올린다면 이 험악한 세상이 좀 더 살맛 나는 세상이 되지는 않을는지?

가장 가까운 사이일수록 상처의 골은 깊이 파이며 그 아픔을 치유하기엔 참으로 오랜 시간이 소요됩니다. 화해의 강을 쉬이 건너갈 수도 있겠지만 평생을 벼르다 그 강 근처에도 못 가보고 한 번뿐인 생을 마감하는 사람들도 더러 있습니다. 얼마나 어리석고 못난 마음들입니까? 그 알량한 자존심이 언제나 다가가려는 가슴을 막는 철판이 됩니다. 뚫을 수 없는 벽이 됩니다. 철면피 같은 벽을 아우르려고 담장을 한없이 기어오르는 담쟁이넝쿨의 아우성이 들리지 않습니까?

조금 더 가진 자가, 조금 더 배운 자가, 조금 더 잘난 자가 가슴을 열면 신작로가 곧 환히 보일 텐데 우리 사람들은 가장 쉬운 그 길을 두고 먼 데서 돌고, 돌고, 또 돌아들 갑니다.

아직도 목적지까지 다다르지 못하고 정답이 없는 어두운 길을 헤매고 있습니다.

<국문/66/시>

흙과 인생

한 영 자

약 30년 전으로 기억된다. 어느 추석 무렵 한 시골 노인이 미투리(삼을 여섯 닢 엮어 만든 신)를 지어 부산 광복동 거리에서 팔았는데 불티나듯이 팔렸다는 기사를 신문에서 보았다. 그 이후 부산대학가 앞에 '짚신 구둣방'이란 간판도 내 건 것을 보고 사람들의 건강의 관심이 발에 집중되고 있는 게 아닌가 싶었다. 돌이켜 보면, 우리 조상들의 건강문화가 진보적인 발상인 걸까. 짚신, 하면 가난이 먼저 떠오르던 옛날 신발이 새삼 눈길을 끄는 걸 보면 인체와 신발의 건강비법이 궁금해진다. 사실 옛날에는 자가용, 버스 등의 교통수단이 없었다. 서민들은 짚신으로 수십 리씩 걸어 다녔고, 왕과 양반들은 미투리나 가죽신을 신고 종들을 바퀴 삼아 가마를 타고 다니며 발과 흙을 멀리하였다.

그런데 조선일보 기사를 보니, 세종대왕은 매년 여름 장마철이면 경회루 인근에 짚 지붕을 인 황토방 초당을 짓고 그곳에서 거처했다 한다. 오두막집에서 사는 가난한 백성의 고통을 공감하고자 대궐을 떠난 것이 아니라, 건강비법임을 알아차린 양반들도 고래등 같은 기와집 한 쪽에 흙벽 황토방을 만들고 축축한 여름 더위를 쾌적하게 보냈다고 한다.

나는 아침 등산을 오래 다녔지만 요즘 비로소 돌 밟기 묘미를 알았다. 매끈한 자갈을 맨발로 자근자근 밟기를 5~6분간 하고 나면 온몸이 상쾌해 날아갈 것만 같다. 흙과 인간의 관계는 '태초에 하나님이 흙으로 아담(사람)을 지었다'고 성경 창세기에 쓰여 있는데, 창조주가 인간을 흙으로 지어 두 발로 걸으며 만물을 다스리도록 만든 섭리가 무얼까 싶다. 아마도 사람의 생체구조 초점을 발바닥에 둔 것 같다. 몸을 받쳐주며 흙과 돌과 부딪치고 접촉할 때마다 온몸의 장기를 자극시켜 신체기능 펌프가 순환된다. 즉 엄지발가락은 뇌, 둘째는 목구멍, 셋째 발가락은 기관지, 넷째는 후두부, 다섯째는 눈, 귀를 관리한다. 그리고 발가락 오관이 앞부분을 맡고 엄지발가락을 기점으로 하여 일직선으로 위, 척추의 축대를 세우고 갑상선, 폐, 간, 심장, 부신, 자율신경계, 방광, 생식기, 견갑관절, 신장, 요추, 대장, 소장, 오 관절, 무릎까지 정밀하다. 하므로 신경계, 혈관계, 인체의 모든 기관과 교감하는 발바닥은 매일 자극 주어 전신의 축소판을 움직여 주어야만 건강한 삶이 유지된다고 어떤 이는 숫제 맨발 등산가로 나섰다.

하지만 나는 만보기를 달고 걷는 것도 힘이 들었다. 그러던 중 자갈 밟기 운동을 시작했다. 십분도 안 되는 단시간에 이만한 건강비법이 어디 또 있겠나 싶다. 이 운동은 용천혈을 밀어 압박시킴으로써 원기가 불끈 솟는다. 스트레스 노폐물이 쌓인 울혈이 확 풀리는 느낌이 든다. 하여 인간과 흙, 그리고 나무들, 우리는 상부상조 필연이 아닌가. 사람과 나무는 서로 산소와 탄소를 주고 받으며 호흡을 교류한다. 나무는 흙 속으로 깊이 다리를 뻗고 서서 하늘의 단비를 온몸으로 빨아들여 인간에게 물을 제공하기에, 사람은 몸속에 70%를 물로 채우며 살아가고 있으니, 이 조화로움이 경이롭다. 흙은 또 습도조절의 요술쟁이다. 한여름 장마철 습도는 90%까지 오르는데 토벽은 64% 쾌적한 습도로 낮추기 때문에 흙집은 습기조절기능에 으뜸이고 그 흙의 엑기스 자갈돌은 인체의 쾌적치 조절 컨디셔너 기구인 셈이다.

나는 머리를 들고 신선한 공기를 마시며 하늘의 신비와 땅의 비밀을 뭉클 느낀다. '공기와 영계' 아마 사람의 육체 근원이 발바닥이면, 영계의 근원은 머리가 아닐까. 인간은 태어나 흙과 더불어 공생체 육신으로 살지만, 반면에 사색과 상상력, 영계의 체험까지 추구하려는 탐색적인 갈망을 저버릴 수가 없다. 이는 생태 본능적 욕구이자, 형이상학적 갈구이다. 하니, 인간과 흙과 영계는 삼위일체라는 생각이 문득 든다. 그러나 언젠가는 다시 인체 분열 현상으로 나뉘리라. 땅과 이별을 고할 때, 우리 몸의 분화를 상상해 본다. 장차 맞이할 내세, 창조주의 신적 세계는 어떤 것일까가 풀 수 없는 과제로 남는 까닭이다.

그래서일까, 요즘은 100세 시대라고 하지만, 아파트 주거시대로 가고 있으니, TV 장수 프로 기자가 나와서, 평생 흙과 함께 살아온 시골 노인들에게 장수 비결을 묻는 장면을 보면서, 나는 깨닫는다. 비록 현대의학의 과학적 이치로 흙과 발의 원리는 발견했으나 결국은 반쪽 인생이 아니던가.

때는 이미 노년기다. 나는 과연 그 영원한 영계 준비를 하고 있는가. 어떤 건강비법을 찾아야만 남은 반쪽 인생을 건강하게 살 수 있을까, 하고 저 푸른 하늘을 우러러본다. 드높은 하늘은 아가페 사랑의 보고이니,

날마다 더 가까이 바라보리라. 고층 아파트 창가에서 태양빛 맑은 공기를 힘껏 마시면서, 창조주의 무한 무상의 사랑과 은혜에 감사 찬양을 부르리라. 걱정근심 다 버리고 항상 기쁘고 즐겁게 살리라. 흙과 자갈이 만든 튼튼한 몸으로 하늘나라 열차시간을 기다리는 인생 종착역에서 그들을 위해 기도하며 일하는 행복한 일꾼이 되리라.

만일, 나날이 늙어가며 병든 몸으로, 남들은 하늘나라 기쁨 찾아 영계의 축복 사랑을 마음껏 느끼고 감사하며 항상 기쁘게 사는데, 나만 모르고 땅만 보며 한탄 근심 고통 속에서 산다면 얼마나 불행한 삶인가.

<의과/62/수필>

독일병정

김 예 나

　살아오는 동안 내가 입었던 옷들이 만국기처럼 펄럭이며 내 뒤를 쫓고 있는 상상을 해 본다. 끔찍한 악몽이다. 지구 도처에 쓰레기를 폐기한 것 같아서 마음이 묵직하다. 심란한 것은 이 엄한 자기반성 후에도 옷장 안에 옷은 시간과 더불어 다시 조금씩 늘어간다는 현실이다. 마치 뷔페에 가서 다 먹지도 못할 음식을 욕심껏 접시에 담아다 내 앞에 놓았을 때처럼 옷장을 열어볼 때면 내 속이 부대낀다.

　아주 가끔은 완전히 내 의식 안에서 잊어버리고 있던 기억을 떠올리며 미소 짓게 하는 옷도 있기는 하다. 민들레 꽃 빛깔의 노란 민소매 블라우스를 떠올리는 순간 나는 침부터 꼴깍 삼켰다. 석류를 깨물었을 때처럼 새콤한 침이 고이면서 새콤달콤한 기억 하나가 나를 달 뜨게 했다. 막상 그 한가운데 있을 때는 그것이 무엇인지 눈치채지 못 했던 천방지축의 젊은 나날. 나는 그 이전에도 그 이후에도 다시는 그렇게 예쁜 사랑을 만나지 못 한 채 이렇게 할머니가 되고 말았다.

'노란 셔츠의 데레사에게' 바로 어제 받은 편지처럼 내 이름을 부르는 소리가 들리는 것 같이 오랜만에 가슴이 뛴다.

해마다 입학철이 오면 생각나는 옷이 그 옷이다. 엷은 진달래 색깔의 점퍼스커트와 짧은 볼레로 카디건, 대학 입학 축하로 구두와 가방까지 풀 세트로 장만해 준 작은언니의 정성이었다. 옷이 너무 내 마음에 들어서 행복했고 언니의 박봉으로 마련하기엔 과분한 선물이었기에 고마움에 벅차서 울먹이며 받아안았던 기억은 늘 나를 인생신입생으로 되돌려 준다.

1970년 오사카 박람회를 다녀오면서 남편이 일본 백화점서 트렌치코트를 사 왔다. 일상 안에서 내가 알고 있던 그와는 너무 다른 남편의 선심이 놀랍기도 했지만 그 코트를 사면서 있었던 에피소드가 더욱 한몫을 했다. 허리를 벨트로 잘록하게 강조해주면서 아랫부분은 미니 후리아 스커트로 제법 큐트한 디자인의 코트를 앞에 놓고 망설이는 남편에게 백화점 점원은 무엇이 문제냐고 물었다. 허리가 있는 옷이라서 안 맞으면 어쩌나 싶다는 대답에 그녀는 부인의 체형이 나하고 비교해서 더 날씬하냐 아니면 살이 찐 편이냐고 불쑥 묻더란다. 아가씨와 비슷한 몸매인 것도 같은데 자신이 없다는 남편에게 그렇담, 사양하지 말고 자길 한 번 안아보라고 하더란다. 그녀의 믿지 않은 권유대로 남편은 결국 그녀를 안아보기까지 했다는 것. 당신 안았을 때 하고 느낌이 비슷했어. 꼭 당신 사이즈 더라구. 그녀의 귀엽고 열정적인 세일 혼을 우리 내외는 오랫동안 기억했다. 코트는 내 맘에 들었다. 남편이 모르는 여자를 중인환시 속에 안아 보는 일을 감수하면서까지 사다 준 그 코트를 오래오래 즐겨 입었다.

한 생을 살다 보면 딱히 나쁜 일이 있었던 것도 아닌데 몹시 힘들게 넘겨야 했던 때가 있다. 내 경우 1987년이 그랬다. 그 해 봄, 큰딸 아이가 원하는 대학에 무사히 합격해서 온 집안이 환호했지만 그 환호성이 채 잦아들기도 전에 서둘러서 예고된 이별을 감행해야 했다. 큰딸을 Y대 기숙사에 맡기고 막내딸과 아들만 데리고 남편이 지국장으로 일하는 워싱턴으로 갈 때만 해도 Y대가 그토록 학생시위 한가운데 있는 줄은 몰랐다. "올여름 더위가 110년만 가장 심했다."라고들 하지만 내게는 그 해 1987년 여름의 체감온도만은 못 했던 것 같이 여겨진다.

악머구리처럼 워싱턴 천지를 새카맣게 뒤덮으며 울어대던 시케이더와 쳐다만 보아도 눈물이 쏟아질 것 같던 큰아이 얼굴이 수순처럼 떠오르면서 새삼 눈물겹다. 하루도 빠짐없이 일어나는 시위 속에서 어렵사리 한 학기를 넘기고 겨우 상면한 여름방학은 왜 또 그리도 빠르게 지나가버렸는지. 지난번 입학 때 겪었던 첫 번째 이별은 합격과 입학의 설렘으로 다소 희석될 수 있었다면 한 학기 동안 혼자 사는 외움과 화염병, 최루가스로 절다시피 된 서울행이 기쁨일 수 없다는 걸 잘 알면서도 아이의 등을 떠밀어야 했다. 그 형벌의 아침 큰딸아이와 나는 집을 나와 덜레스공항에서 서울행 비행기에 탑승하기까지 차마 눈을 마주치지 못했다.

훗날 큰딸 아이는 말했다. '아빠를 내가 모르나? 안 가겠다고 버틴들 아빠의 대답은 안 들어도 뻔하고 참새 머리로 고작 궁리해낸 게, 일단 LA까지만 가자 거기까지 가서 되돌아온 딸을 설마 아무리 아빠라도 다시 서울로 내쫓지는 안 하시겠지'라고 생각한 거지. 근데 비행기 옆에 앉은 미국 할머니가 연신 훌쩍거리는 나를 보고서는 가만 두질 않더라고. '무슨 일이냐? 내가 도와주고 싶다' 하면서 손수건까지 꺼내주며 날 달래더라고. '부모의 말은 하느님의 말씀이다.'라는 말은 나를 감동시켰고 '위화도 회군이 아닌 LA 회항을 포기하고 서울로 진로를 돌렸어.'

우리는 삶의 굽이굽이 도처에서 우리는 이따금씩 익명의 천사를 만나 도움을 받으며 살고 있다는 사실을 자주 간과한다. 아이를 보내고 기승을 부리는 열일곱 살 매미, 시케이더 울음소리에 등을 떠밀려 차에 오르자마자 나는 눈물을 쏟기 시작했다. 공항에서 집으로 오는 길 내내 이 모든 아픔이 남편 때문이라는 듯 달래는 남편을 쥐어박기까지 하면서 기진하도록 울고 또 울었다. 그러다가 제풀에 지쳐서 설핏 잠이 들었던 듯싶다. 남편 목소리에 깜짝 놀라 잠이 깬 나는 그이가 이끄는 대로 허청허청 걸었다. 귀가 멍멍했다. 지구로부터 아주 멀리 떨어져 나온 것 같았다. 주차장을 벗어나 불빛 환한 몰 안으로 들어가서야 어뜩 정신이 들었다. 주위를 살펴보던 나는 깜짝 놀라고 말았다 워싱턴 D.C. 한복판 내노라하는 세계의 패션숍이 즐비한 조지타운 몰 안이었다. 남편은 서슴지 않고 로라 애슐리 문을 밀고 들어갔다. 지금 입고 있는 옷도 헤지지 않고 말짱한데 왜 또 새 걸 사느냐고 목청을 돋우던 그 남자가 맞나 싶어 엉거주춤 그의 뒤를 쫓았다. 슬퍼하는 아내를 위로해주려고 애를 쓰는 남편의 촌스러운 매너에 나는 새삼 눈시울이 뜨거워졌다. 그리고 그가 권하는 대로 건네주는 옷을 아무런 까탈도 부리지 않고 받아안았다. 1987년 여름에 있었던 일이다.

우리 부부는 젊어서는 꽤 티격태격했건만, 이젠 멍석을 깔아주어도 다툴 기력이 모자란다. 서로 기 살리며 사는 우릴 보면서 우리가 웃는다.

바로 며칠 전 남편에게 한 편치 당했다기보다는 전혀 몰랐던 지난 이야기를 나누다가 무안함에 얼굴을 붉혔다.

"당신 옛날에는 유행 같은 건 안중에도 없다는 듯이 무얼 입든지 자신 만만하더니 나이 들어갈수록 변해가고 있어. 뭘 그렇게 남을 의식하고 살아? 나이 들어서 초라하게 입고 다니면 불쌍하다고 동전 던져주는 것, 몰랐어?"

"옛날 젊어서는 당신 월급에 맞춰 사느라고 그랬지. 그 옛날 말고 더 옛날에 우리 데이트하던 때 당신 말이야. 나야 예나 지금이나 단정하게 입고 다녔지 뭐! 근데 왜 그 애길 왜 생뚱맞게 지금 하는데?"

"그때 당신 얼마나 당당하고 맑았는지 알아? 내가 말 안 했던가. 독일병정 같다고"

"안 그래도 물어보고 싶었는데 웬 독일병정이야?"

사내아이 같은 짓궂은 얼굴로 웃기만 하던 남편의 대답은 이랬다.

"당신 말고는 유행이 한참 지난 옷을 그토록 당당하게 입고 다니는 사람을 난 본 적이 없어. 게다가 누가 행여 손가락 하나라도 건드릴까 봐서 단추 한 개 풀어놓는 법도 없고 당신이 입었던 옷은 하나같이 하이넥이었잖아."

"어머! 그때 입었던 옷들은 대부분 큰언니 하사품이라서 고급이었지 구식은 아니었는데…."

기가 한 풀 꺾인 목소리로 내가 중얼거렸다.

"아무리 하사품이라도 세월이 지나면 구식이 되는 거야. 그래도 콩 꺼풀에 덮인 내 눈엔 예쁜 독일병정으로만 보이더라.ㅋㅋㅋ"

5남매의 막내인 나는 언니 둘에 오빠가 둘이었다. 세 자매 중 큰언니의 미모는 출중해서 한복이든 양장이든 옷 태가 우아했다. 말하자면 큰

언니는 늘 예쁘다. 큰 언니가 입은 옷은 다 근사하다. 큰언니의 소품은 다 멋지고 고급스럽다. 절대에 가까운 이런 확신 속에서 큰언니가 물려준 옷을 입으면 으레 나 또한 큰언니처럼 예쁘리라는 멋있을 거라는 자신감을 가졌다. 하지만 지나놓고 돌아보니 나만의 허상이었다는 것을 남편 모르게 인정하며 얼굴을 붉힌다.

아무리 훌륭한 디자이너의 작품이라 해도, 혹은 거금을 내고 장만한 옷이라 해도 입는 사람의 정서와 영혼의 교감이 없는 옷은 생명력이 빛나지 않는다는 걸 새삼 절감했다.

'옷을 잘 입는다는 것은 결국 남이 쳐다보지 않게 입는 것이에요.'

빛바랜 기억 속에서 생각지도 못한 고교 가사 선생의 음성을 들으며, 이 연륜에서야 비로소 깨닫는다. 이번 깨달음이야말로 다시는 잊지 말았으면!

p.s.: 남편이 워싱턴에서 사준 옷 이야기는 훗날 다시 새 장에서 열어 보여야 할 것 같다.

<도서관/65/소설>

천천히, 나무들을 지나가다

김 현 숙

5월 나무들은 어디든 푸른 길을 열고 있다. 화정천 위 양쪽 둑에는 아름드리 느티나무 수 십 그루가 5~6m 간격으로 십 리나 뻗어있다. 엄동에는 꺼칠하던 나무에 까치들이 드문드문 앉아 있었는데, 이제 온갖 새들이 재잘거리니 강물도 어깨를 들썩이며 반긴다. 요즘 며칠 사이 센 바람이 들락거리며 나무들을 우우 몰고 다녔다. 무수히 뻗어나간 잔가지와 잎들은 갈팡질팡 흔들리는데 이 모두를 모아 쥔 하나의 둥치는 낮고 굵으면서 단단하다. 그래서인지 저 많은 흔들림을 끄덕 않고 잡아주고 있다. 계단을 올라가 다가가니 표피는 갈라 터져서 거칠고 옹이들도 더러 눈에 뜨인다. 저 큰 나무들은 눈비와 바람과 싸우면서도 마침내 한통속이 된 것이다. 한자리에서 큰 둥치를 이룬 오랜 시간을 바라본다.

역사란 무엇의 지킴과 창조, 그리고 갈등과 화합으로 이어지는 목숨의 결이 아닌가. 오늘 우리 시인들도 김소월, 박목월, 정지용 같은 큰 나무의 둥치에서 배우고 느끼며 새롭게 바깥을 늘여가는 '세월의 작고 푸른 가지들'이 아닌가. 그러므로 누구든 무엇이든 '유구한 역사'란 늘 뭉클하기만 하다.

길 옆 아파트 담 안에 나무들, 그간 옆 가지를 다 쳐내서 기둥처럼 서 있던 그들인데 봄볕에 손을 내민 잎들 몇 장이 반짝거리며 이름을 알려준다. 플라타너스는 원래가 키가 크지 않고 쩍 벌어진 어깨에 많은 잔가지와 큰 잎을 쌓아, 도심의 거리에 산소를 내뿜어 공기 정화는 물론 푸른 바람과 그늘을 내주는 나무다. 어릴 때 아마 이 아파트에 편입되어 전지를 받으면서부터 키만 훌쩍 자란 것 같다. 바람이 달려들지만 등뼈를 꼿꼿이 가눈 나무들은 잠잠하다. 그런데 뒤엉킨 옹이의 큰 덩어리가 심장부에 돌출되어 있다. 무엇이 이들을 이토록 힘들게 했을까. 나무는 주어진 삶에 적응하려고 무척 애썼겠다. 그러나 자유 그 생명력을 빼앗긴 아픔만은 땅에 쉽게 내려놓을 수 없었던 것 같다.

순리대로 삶을 넓게 펼치지 못하고 단명했지만 키를 높여 더 멀리 보고 더 높은 이념으로 살다간 윤동주, 한용운, 이육사와 같은 애국시인을 생각한다. 우리가 어두워질 때마다 빛을 내려보내고 있을 별과 달과 같은 그들을, 인류에 헌신하지 않고는 얻을 수 없는 값진 이름들을 생각한다. 그러므로 그의 삶에 걸맞은 그의 이름은 아름답다.

바람이 더욱 기승을 부리자 느티는 온몸을 흔들어댄다. 춤과 노래를 불러오는 저 신명 든 바람은 어디서부터 오는가. 먼 산과 들을 거쳐 마을을 지나오면서 얼마나 숱한 얘기를 품은 것일까. 가야금의 현처럼 떨리면서, 때로 첼로의 묵중한 음률로, 순간에 타악기의 울림도 내면서 어우러진다. 새들마저도 자신의 소리를 잊은 듯 한동안 침묵한다. 나는 오랫동안 나무 곁에 있었다. 나를 지나는 바람을 나는 어디서부터 놓치고 있는 걸까.

작가 헨리 데이비드 소로우는 불후의 명작 〈월든〉에서 '볼 가치가 있는 것을 그때그때 놓치지 않고 보는 훈련'을 언급하면서 '당신은 단순한 독자나 학생이 되겠는가, 아니면 제대로 보는 사람이 되겠는가'를 우리에게 묻고 있다.

〈영문/69/시〉

할머니랑 살았다는 징표

육 미 승

오늘은 손톱에 봉선화 물을 들이자고 약속한 날이다. 아이는 작년에 는 안 들이겠다고 했었다. 물든 내 손톱을 보고는 후회를 했다. 내년에 는 할머니랑 꼭 같이 들이게 해 달라고 당부를 해 왔었다. 봄에 봉선화 씨를 뿌리고 가뭄에 물을 주어가며 꼬마와 내가 정성을 들이며 키우며 기다렸던 날이다. 즐거운 분주함에 들떠 있었다.

봉선화 물을 들여서 첫눈이 올 때까지 손톱에 봉선화 물이 남아 있으 면 첫사랑이 이루어진다는 말이 있다고 얘길 해주니 초등학교 1학년생 이 묻는 말이다.

첫사랑이 뭐냐고... 그냥 웃으니

"나 알아, 할머니! 어른들만 하는 일이지?"

그냥 또 웃으니까 슬며시 말꼬리를 다른 데로 돌린다.

"그럼 할머니? 봉선화 물들이면 뭐가 좋아?"

요즘 아이들은 아주 놀랍게 감정이 섬세하고 빠르다.

"뱀이 놀라서 도망간다지?"

"그거 참 좋은 일이야 할머니 난 뱀이 나올 가봐 무서운데 아주 잘 됐네!" 하며 만면에 웃음을 띠고 즐거워한다. 내가 봉선화 꽃잎을 따고 잎새를 떼는 사이에 꼬마는 토마토를 따서 갖고 들어왔다. 둘이서 토마토를 먹어가며 봉선화 들일 준비를 시작했다.

탐스럽게 빨갛게 가지에 쪼로롱 달려 있던 달고 단 토마토를 먹으며 신기해서 가만히 있지를 못하는 꼬마. 정말 탱글탱글 꼬마 마음도 잘 익은 토마토처럼 곱게 익어가는 게 보였다. 연신 샐샐거린다. 약국에 가서 백반도 사다 놓았다. 옛날에 큰 잎사귀나 호박잎을 따서 모았던 일도 생각나고 동생들과 함께 시끄럽다고 혼이 나면서도 그 밤을 즐겁게 재잘재잘 수놓던 일들이 활동사진으로 눈과 마음속에서 전개되어 나간다. 구김살 없던 그 시절이 문득 엄청 그리워졌다. 다시 아이로 가 있고 싶다는….

방망이로 찧을 때마다 얼마나 예쁘게 물이 들기로 설치던, 그 시간과 똑같은 마음과 기대는 아닐지도 모르지만 꼬마로선 세상에 태어난 뒤로 처음 겪는 일에 대한 호기심과 기쁨으로 자칫 잘못하면 아수라장을 만들 기미가 충분히 감돌고 있었다. 요리로 갔다가 조리로 옮겼다가 또다시 제 자리로 오기를 반복해 가는 꼬마를 지켜봐가면서 알고 싶어 하는 것들을 충분히 설명해 주면서 조심조심~~꽃물이 배어 나올 때까지 찧었다.

다 찧은 듯이 보이자 얼른 손톱 위에 엉망으로 귀여운 작고 작은 손톱 위에 올려놓는다. 만족스러운 표정으로 아주 신이 나 한다. 뱀이 절대로 오지 못하도록 한다면서 엄지발가락에도 잔뜩 올려놓는 꼬마. 20분 정도 겨우 참고 앉아 있더니 어떻게 되었나! 궁금해서 못 견디겠다는 표정이다. 빨리 봐야겠다며 미련 없이 다 털어버린다. 그리고는 벌써 붉은빛으로 연한 색이 들었다고 보여주면서 이리 왔다가 저리로 뛰어갔다가 거울에 비춰보며 만족스럽게 그저 웃고 또 웃는다. 참 좋은가 보다.

한참을 그러더니 이따가 자기 전에 다시 잘 해 달라며 신신당부를 하고 또다시 뛰어논다. 비닐로 잘 싸서 테이프로 꼭 매어줄 거란 말에 안심이 되나보다. 자다가 손에서 모두 빠져 달아날까 은근 걱정이 되었나 보다. 자기 전에 비닐로 잘 감싸주니 마음이 뛰나 보다. 빨갛게 들여서 개학하면 친구들에게 자랑할 거라며 연신 보고 또 보고…. 잠자리에 똑바로 누워 양쪽 손바닥을 쫙 펴서 양옆 요 위에 예쁘게 올려놓고 눈을 얼른 못 감는 꼬마의 조심스러움이 엿보였다. 그래도 잠 이기는 사람 없다고 금세 쌔근쌔근 깊은 잠에 빠져버린 숨소리가 들렸다.

첫눈이 올 때까지 남겨 보겠다고 손톱을 조금씩 천천히 아까워하며 깎던 아가씨들, 또 11월 초에 잘 보관했다가 한 번 더 들이던 마음과는 전연 다른 설렘이지만 입가에 웃음이 사라지질 않는다. 저 아이에게 친구들과는 색다른 경험을 하나 만들어 준 거 같다. 할머니랑 살았다는 징표가 되겠구나 싶어 야릇한 마음이 가슴 저 아래를 조용히 흘러가는 게 느껴져 왔다가 또 가고를 반복하고 있었다.

<초등교육/69/수필>

살아 있는 전설

이 승 신

이 아침 백선엽白善燁 장군과 세 번째의 만남을 가졌다.

마침 6·25 날이다.

그리운 아버지를 생각하면 떠오르는 이름, 친구 두 분이 있다. 부모님 결혼에 함을 지신 최규하 대통령이 그 하나다. 평양 출신의 아버지가 만주 신경의 로스쿨인 대동학원을 다니실 때의 동기이다. 졸업 후 아버지는 먼 길인 서울에 와서 상공부 연료 과장으로 관직을 시작했고 아직 일자리를 얻지 못하신 동기 최규하 님은 우리 집에 자주 오시어 어린 나를 안아주시곤 했다고 한다.

아버지 급히 가신 후 아버지를 아는 분들이 하나 둘 가시고 최규하 대통령이 남아 계시어, 아버지의 이야기를 듣고 싶다고 여러 번 말씀을 드렸는데 매번 답이 없었다. 나는 진심으로, 아버지의 기억을 듣고 싶은 것이었는데, 당시 역사의 진실을 조용히 함구하려는 마음으로 마다하신 것이 아닌가 하는 생각이 들지만 아버지 아는 분들이 다 가신 후에는 섭섭하기도 했다.

그러던 어느 날 2007년 10월, 아는 분이 갑자기 백선엽 장군께 인사를 가자고 했다. 나는 미처 생각지 못했는데 그분이 평양사범을 나오셨다며 서로 알 수도 있다고 했다. 나는 걱정이 되었다. 6·25 전쟁에 나라를 구한 국민의 영웅이요 대한민국 국민이라면 모르는 이가 없는 분이지만, 아버지와 동기가 아니어서 아버지를 모른다면 전쟁이라곤 아는 게 없는 나는 무슨 대화를 하여야 하나 걱정이 된 것이다. 직업 군인이라면 움츠러만 드는데, 장군께서는 용산의 전쟁기념관 사무실에서 친절히 맞아주시며 자리에 앉자마자 아버지 이야기를 꺼내셨다.

"이윤모 선생은 평양사범 2년 선배로 아주 유명한 분이다. 학업에 뛰어나고 인물 좋고 교내 오케스트라를 지휘하는 등 다방면에 유능하여 이름을 떨치었다. 아버지가 졸업 후 만주에서 음악선생을 하실 때 월급은 몇 원 몇 전이었고 …."

몇 해 전 장군께 직접 들은 이야기도 이제 쓰려니 얼마였는지 생각이 안 나는 데, 80세를 넘기고도 숫자까지 외우시던 그분의 세밀함과 꼼꼼함이 놀라워 나는 입을 벌렸다. 대단한 명성의 장군에 비해서는 첫인상이 서민적이요 소박함이 느껴져, 늘 만면에 웃음을 띠고 여유롭고 재미있게 말씀하시는 아버지의 세련됨과는 좀 다른 모습이었다. 하지만 그 신실함과 신중함, 80년도 넘기고도 기억을 일일이 외우시는 섬세함이 정말로 놀라울 뿐이었다. "나는 첫째가 정직이야. 그래서 미군 사령관들이 내 말을 믿어 주었지."라고 하셨다.

그 후 중앙일보에 그의 일생이 매일 연재로 나간 후 롯데 호텔에서의 특강에 초청받아 들은 전쟁 이야기에도 나는 놀랐다. 그 기억력이란, 매 전투마다 장소와 상황은 물론, 날짜와 시간까지 세세히 기억하시는 데에 탄복했고 그 용기와 용맹으로 나라를 구한 것에 감복을 했다.

아버지가 며칠 전 6월 20일 백세 생신이었으니 1920년생인 이 분은 만 98세 우리 나이 99세이다. 그간 2번의 강연을 들었고 사적인 정다운 만남도 오늘이 세 번째이다. 6·25 때 낙동강 전선 다부동까지 인민군이 내려 온 것을 '나는 내 고향 평양을 잘 안다'며 직속상관인 밀 번 군단장을 설득하여 작전계획까지 변경시켜 가며 한국군을 끌고 밤낮을 평양까지 걸어 입성했던 명장이며 대한민국 최초의 육군 대장인 '전설의 영웅'이 내 눈앞에 살아계신 것만도 기쁨인데, 80세 되시기 몇 년 전 나의 아버지와의 이야기를 오리지널 평양 분에게 직접 들음은 감격이었다.

당시 평양사범은 가난한 수재만이 가는 학교로 한 학년이 백 명인데 (그 중 일본 학생이 열 명) 이숭녕 선생 같은 한국어 스승도 있었지만 거의가 일본에서 온 선생이었고 영어도 배울 수 있었다. 전쟁에 장군이 쓴 영어는 평양사범에서 배운 것이라고 했다. 오르간이 200대로 오케스트라가 있었고 아버지는 성악도 잘 하시고 피아노, 바이올린도 잘 했는데 만주 신경에서 2년 음악을 가르치다 신경 법대를 갔고 자신은 교사를 안 하고 만주 군관학교를 바로 가고 싶어, 없는 살림에 어머니가 마련한 500원을 사범학교 학비로 변상하고는 사관학교에 진학하기에 이르렀다.

그때는 어떻게든 일본을 이겨보자는 마음에 애국심이 넘쳤고 공부를 치열하게 했다고 한다. 특히 나의 아버지는 투쟁심이 있어 여러 분야에서 1등을 하려 했고 아주 유능한 분이고 관에서는 탁월한 국장이었다는 말씀을 하신다. 백선엽 장군의 뛰어난 애국심은 물론 내가 아버지에게서 배운 애국심과 리더십이 떠오르는 장면이다.

현 시국의 나라 걱정도 하신다. 우리가 평화로이 살려면 김정은을 이겨야 하는데 70년의 과거를 돌아볼 때에 이기는 길은 전쟁 밖에는 없을 것이라고 했다. 서른 살의 그가 온몸을 바쳐 적화가 되지 않도록 구한 이 나라가 절대로 적화되지 않기를 바라는 마음이 절절히 전해져 온다.

장군을 마주하면 내게서도 애국심이 달아오른다. 그리고 35년 못 뵌 아버지가 어제처럼 떠오른다. 평양에서 함께 하시고 만주에서도 서울에서도 아주 친하게 지내셨다는 그분과의 손잡음은 내 아버지의 손을 잡음만 같아 가슴이 저며 온다. 동지사 대학의 기록도 들어간 나의 신간을 전하자 그 창립자 '니이지마 조'를 언급하여 놀라니 일본의 다른 유명 다섯 대학의 창립자 이름도 하나하나 거명한다.

'어떻게~?' 하니 훌륭한 분들이어서 가슴에 새긴다고 했다. 자신의 방씨 어머니가 '일본 사람들은 경우가 밝다'고 한 말을 두 번이나 하신다. '니이지마 조'에 대해 내가 쓴 챕터를 손가락으로 짚어드리며 돌아서 나오려니 '존경합니다 이선생~'

우렁찬 대장님의 소리가 들린다. 내게 힘주시려는 아버지의 음성이다. 기어코 눈물 한 방울이 떨어진다.

아버지의 친구 중 두 분이 대한민국 역사에 크게 기록된다면, 오로지 한 개인의 개인사적 일이요 개인사적 판단이나 십여 년 애가 타게 청을 해도 끝까지 못 뵙고 가신 분도 있고, 백 세가 되도록 마다치 않고 언제나 친절히 맞아주시는 분도 있음을 본다.

<영문/72/시>

꿈속의 사랑

정 훈 모

「설국」의 가와바다 야스나리를 만나러 가는 여행이다. 눈사태로 비행기가 연착되어 1시간 반이나 기다려 조마조마한 마음으로 겨우 비행기를 탔다. 니가타 공항에 도착하자 하얀 세상이 우리를 기다리고 있었다.

시미즈엔(에도시대에 마들어진 전통 일본 정원)의 나무들은 눈에 파묻혀 겨울 왕국을 연상하게 했고 '뽀드득'거리는 눈 발자국 소리는 우리를 황홀하게 했다. 잠시 걱정과 근심도 잊고 동심으로 돌아가 '야호' 소리를 지르며 뛰어놀았다. 그러나 다음날 유자와로 가는 일정에서 차는 눈사태로 고속도로가 통제되고 우리 일행은 6시간 동안 관광버스에 갇혀 있었다. 배고픔도 편의점 빵으로 대강 해결하고 어렵게 연락이 되어 밤 10시 35분 마지막 신칸센 고속 열차를 타게 되었다. 우리는 피난민처럼 짐은 버스에 두고 간편한 차림으로 몸만 빠져나와 달렸다. 마지막 열차를 타고 30분을 달리자 에치고 유자와 역에 도착했다. 기대하던 역에 내리니 또 눈이 내렸다. 다행히 우리가 묵을 유모토야 로칸이 바로 역 앞에 있었다.

야스나리의 집필실 다카한 료칸은 작가가 머물던 건물 자리에 새로 신축한 것이다. 1층에 설국문학관이 있고 2층에는 설국을 집필한 카스미노마(안개의방) 실을 그대로 살려두어 소설에 나오는 당시의 모습들을 사진으로 볼 수 있다. 가장 궁금했던 장면인 2월 14일 새 쫓기 축제 때 이웃 마을에 눈 터널(태내)를 보고 오는 장면이 있는데 그것도 사진으로 전시되어 있었다. 그 시절에만 있는 풍광이려니 생각했는데 눈앞에 쌓인 130cm나 되는 눈을 보니 가히 짐작이 된다.

2층에 설치된 영화관에서 설국 영화를 보며 나는 방금 전 보았던 게이샤의 실제 모델이었던 '미쓰에' 사진이 생각났다. 고마코의 이미지와는 달랐지만 상당한 미인이다. 안개의 방은 내가 상상했던 것보다 작았다. 내려다보이는 정경은 그지없이 아름답다. 시간과 햇빛의 조화 속에서 간간이 지나가는 기차를 바라보며 철길 따라 눈길을 보냈을 그들을 생각한다. 그리고 순백색의 세상 속에서 18살의 나를 생각해본다. 나도 고마코처럼 그런 불같은 사랑을 했으면 지금의 나의 상황은 달라져 있었을까….

'블루스타'란 독서클럽에서 그 아이를 만났다. "누나 저 어때요 저하고 사귀면 안 돼요?" 교복을 단정히 입고 소녀들의 선망인 K 고교의 다이아몬드 이름표를 달고 그가 그런 말을 했을 때 나는 어이가 없어 그에게 매몰차게 말했다.

"무슨 소리야 나는 고2고 너는 고1이잖아." 불쾌하고 무시당한 느낌이어서 나는 큰소리를 냈다. 6개월 동안 그는 열열이 구애를 했지만 나는 '헛수고'라고 일축하며 싸늘하게 대했더니 어느 날 슬그머니 탈퇴하고 말았다. 68년 당시만 해도 연하랑 사귄다는 것은 상상도 할 수 없던 시대였고, 나는 관습에 얽매어 사고가 자유롭지 못했다. 그 후 30여 년이 지난 어느 날 우연히 TV에서 멋지게 성공한 그를 보았다. 어린 시절의 그 아이가 다시 보였다.

요즈음 나는 연상연하 커플의 이야기를 들을 때마다, 그를 놓친 것이 일생일대의 가장 큰 실수였다고 농담을 하며 너스레를 떤다. 특히 6살이나 연상인 남편과 세대 차이를 느낄 때마다 내 마음속에는 그와의 로맨스를 상상하며 즐기곤 했다.

37년 만의 폭설로 사방은 눈의 세계였고 처마 밑에 매달린 고드름은 바람에 날린 모습 그대로 얼어 뾰죽한 창살 모양으로 붙어있는 풍광은 어디에서도 볼 수 없는 장관이다. 나는 안개의 방에서 창밖을 내려다보며 푸른 추억 속으로 한껏 젖어들었다

인생은 선택의 연속이다. 우리들은 살면서 늘 선택의 기로에서 망설인다. 머뭇거리지만 언제나 어쩔 수 없이 그렇게 되어버렸다며 후회를 한다. 이상과 현실의 괴리감에 허우적거리며 미망을 찾아 헤맨다. 무언가 허전하고 저 멀리 이상향이 있을 것 같아 찾아다니지만 막상 가보면 늘 그 자리에서 맴돌고 있는 자신을 본다.

시마무라가 이상을 찾아 유자와를 세 번이나 찾아왔듯이 나도 이 도시 저 도시를 여행하며 누군가를 만날 것 같아 자주 여행을 떠난 것은 아니었을까?

우리들은 이런저런 이야기를 나누었다. 나이가 들어 다시 책을 읽어보니 상당히 관능적인 내용인데 은유적으로 묘사하여 알아채지 못하고 그냥 지나쳐 읽었던 부분이 많았다. 지금 생각해보니 다르게 느껴지고

상당히 아름답게 다가온다. 온천물에 몸을 담그고 나와 유카다를 입고 로칸을 거닐며, 나는 첫사랑과 이별을 생각했다.

눈에서 시작해 불로 끝나는 소설 「설국」은 짧지만 긴 별사別辭다. 시마무라의 허무의 벽에 부딪혀 열정적인 사랑도 순수한 사랑도 그저 처연하게 비칠 뿐이다.

그날 밤 꿈속에서 그를 만났다 정열적으로 사랑하며 즐겁게 놀고 있는데 "여보"하는 남편의 목소리에 잠이 깼다. 꿈이었다. 잠깐 멍해서 정신을 차릴 수가 없었다. 뜨거워진 가슴을 쓸어내리며 캄캄한 방안을 둘러보니 고요하다. 바다를 건너 와 이곳에서 젊은 날의 그를 생각하며 꿈을 꾸고 있는 나는 아직도 18살에 머물고 있는 이상주의자라는 생각에 쓴웃음이 났다.

<국문/74/수필>

연극 같은 인생

이 재 연

　딸이 초등학생일 때 혜화동으로 연극을 보러 가곤 했다. 연극 보는 날은 축제 같았다. 아이는 어느 때보다 얼굴과 눈에서 빛이 났다. 현관에서 서성거리며 빨리 나오라고 재촉하고 시계를 보고 또 보았다. 아이의 기뻐하며 설레는 모습에 나도 덩달아 먼 여행을 떠나려는 사람처럼 설레곤 했다.

　중학교에 들어가서도 모녀는 일상의 탈출구 마냥 혜화동으로 연극을 보러 다녔다. 언젠가 '드라마 천국'을 영화관에서 보고 나올 때였다. 인파 속에서 걸어 나오며 아이가 손등으로 눈물을 훔쳤다. 영화의 어떤 장면이 아이를 울리게 한 것일까. 그때 나는 무슨 죄를 짓고 있는 듯 가슴이 먹먹했다. 이렇게 끼 있는 애를 수학 선행학습이니 육법전서처럼 두꺼운 성문법 영어니 하며 과외로 학원으로 내모는 것이 어리석게 느껴졌다. 그렇지만 모두 한 배를 타고 대학입시라는 절벽에 있는 듯한 골대를 향해 질주하고 있지 않은가.

그 무렵의 언젠가 주말에 '우리들의 일그러진 영웅' 연극을 보러 갔다. 그 뒤 얼마 있다 딸의 학교에서 학예회가 있었다. 딸이 그 연극을 각색하고 연출을 맡았다. 또한 옛 친구를 우연히 길에서 만나 걸음을 멈추고 써늘한 눈빛으로 몇 년간의 변화를 말없이 하는 연기도 맡았다. 그동안 무얼 하며 어떻게 지냈는지 궁금하면서도 그 친구 때문에 당한 아픔 때문에 넌 날 왜 괴롭혔어? 하는 듯한 쏘아보는 강렬한 눈빛으로 일별하고 그냥 지나치는 장면이었다. 연극이 끝나자 말이 없는 힘든 끝장면 연기를 잘했다고 칭찬을 받았다. 그때 희망의 씨앗 같은 말이 아이의 가슴에 떨어져 푸르게 자라 연극원에 가서 극작을 공부해 극작가가 되었다.

딸이 쓴 극작이 무대에 오를 땐 이번엔 내가 소풍 가는 아이처럼 설레며 멋을 내고 연극을 보러 집을 나선다. 객석에 앉아 무대를 보고 있으면 딸의 내면의 소리가 들려오는 것 같기도 하고, 빈 종이를 앞에 두고 써야만 하는 젊은 예술가의 고뇌가 밀려오기도 한다.

올봄부터 베란다 화분의 나팔꽃처럼 생긴 연분홍 난의 꽃이 계속 피고 지고 하다가 가느다란 잎들이 마르고 더는 꽃은 피지 않았다. 그러다 며칠 전 이른 아침이었다. 부드러운 햇살 속에 세 송이가 한꺼번에 피어 있었다. 그 전날 저녁에 화분에 보온병의 남은 허브차에 물을 타서 줄 때는 아무런 기미가 없었는데… 기적이다!

기쁜 일이나 슬픈 일이나 갑자기 터질 때는 삶이란 무대 위에서 홀로 모노드라마를 하고 있는 자신을 본다. 요즘 들어 한 마디 말이나 태도나, 오해 속에서 안갯속으로 사라져가는 사람의 모습이 보이곤 한다. 비수 같은 말이 날아와 가슴에 꽂히기도 한다. 나는 텅 빈 무대 의자에 앉아 자신을 타인처럼 보며 멀어져 가는 발자국 소리를 듣는다. 침묵 속에서 가만히 앉아 자신을 응시하고 있으면 화분의 연분홍 꽃 같은 기쁨을 안겨주는 사람이 저 먼 데서 차츰 다가오고 있는 것을 또한 느낀다. 고요한 가운데 온몸이 생기에 싸여 다시 일어서고자 하는 갈망으로 몸이 달아오른다. 나는 벌떡 자리에서 일어나 그 변함없는 사랑하는 사람 쪽으로 두 팔 벌리고 다가가고, 서서히 막은 내려진다.

얼마 전 소설집이 나와 이십여 년 전의 소그룹 지도 선생에게 책을 주러 병원에 갔다. 그동안 몇 번인가 공식적인 모임에서 잠깐 인사한 것이 전부였다.

병원의 대기실엔 서너 명의 환자들이 뭔가 골똘히 생각하는 얼굴로 앉아 있었다. 나는 카운터의 간호사한테 가서 선생님과 약속하고 만나러 왔다고 말했다. 간호사는 무덤덤한 얼굴로 그냥 기다리라고 했다. 시골 간이역 같은 작은 대기실엔 선생님의 검소한 삶의 흔적과 고고한 삶의 향기가 스며있는 것 같다. 나는 이십여 년 전의 방황하던 흔들리던 자신으로 돌아가 그때 나를 일으켜주었던 말들, 굴레 밖으로 뛰쳐나가게 했던 말들을 더듬었다. 언젠가 토론 시간에 그가 말했다 '감정 때문에 일이 진전이 안 되기도 하지요.' 그 시절, 나는 욕심과 의심과 감정을 누르지 못하고, 이 핑계 저 핑계 대며 흔들리며 세월을 탕진하지 않았던가. 중년의 나는 늘 갈 길을 잃어버린 사람처럼 막막했고, 무언가 보물을 찾으려는 마음으로 소그룹에 참석하곤 했다. 자리에서 일어날 때는 안개가 걷히듯 언젠가 새로운 자신이 태어나리라는 믿음이 솟구치곤 했다.

한 사람의 위대한 멘토는 영원으로 향한 사닥다리를 하나씩 올라가게 해주는 힘이 있다. 나는 누구인가, 하는 정체성을 회복해갈수록 나에게

'존경'이란 말은 선생님을 상징하는 명사가 되었다.

진료가 끝나고 안으로 들어가자 선생님은 나를 보고 웬일이십니까, 하고 깜짝 놀란 얼굴로 말했다. 전화로 오늘 열두시에 만나기로 했다고 하자, 아차, 깜박 잊어버렸군요, 하고 약간 수척해진 얼굴로 미안해하며 말했다. 80대 노의사의 기억력을 나는 이해했다. 나도 요즘은 기억력 때문에 전화선 저쪽 상대방이 어느 나라로 여행했고, 무얼 먹었다는 말까지 새로운 낱말처럼 들려 적기도 한다. 어느 날엔 약속이 지난 벽걸이의 포스트잇 메모지들이 낙엽처럼 우수수 떨어져 쓰레기통으로 들어간다. 선생님은 지금 아내가 가마솥 설렁탕집에서 점심 식사를 예약해놓고 기다리고 있는데 같이 가자고 했다. 나는 괜찮다고 사양했고, 그는 그럼 다음에 약속해 만나자고 했다. 그날 저녁에 선생님의 메일을 받았다.

'저도 그동안 세 군데 수술해 온몸이 벌집처럼 망가졌지만, 아침 햇살이 광활한 평원에 밀려오듯 창조주의 섭리가 크고 원대하시고 세밀하심을 깨달아 감사하며 살고 있습니다. 선생님을 위해 늘 기도하겠습니다.'

나의 책 '작가의 말'에 여러 번 수술했다는 글을 읽고 쓴 것이리라. 가까이 접근할 수 없다고 생각했던 선생님이 기도해준다는 말에 나는 언뜻 연극의 한 장면 같다는 생각이 들었다. 희미한 기억력 때문에 한 번의 식사가 아니라 천하의 대군 같은 기도라는 선물을 받은 것이다. 먼동이 틀 때, 위로 날아가는 기도의 생기 찬 날갯짓 소리… 뿌연 허공을 뚫고 하늘을 향해 올라가는 별빛 같은 바람의 말들… 깨어 있는 영혼끼리 하루가 열리는 푸른 희망의 공간에서 새롭게 만나는 경이감…

이제 인생의 3막 같은 연극 무대로 어린 손자가 등장했다. 어머니의 피가 흐르는지 아이는 연극놀이를 가장 좋아한다. 딸이 어린 시절 연극 보러 갈 때 반짝거렸던 그 눈빛과 기쁨이 가득한 얼굴로 연출가가 되기도 하고 감독이 되기도 한다. 아이는 할아버지랑 열심히 연극무대를 만든다. 문에다 '출입금지'라고 쓴 종이를 붙여놓고 의자는 문 쪽에 갖다 놓고 막으로 사용할 담요는 의자에 걸쳐놓는다. 나는 문을 살짝 열어본다. 아이는 아직 준비가 안됐다고 얼른 문을 닫아버린다. 조금 있다 방으로 들어오라고 말하면 관객인 할머니와 엄마, 아빠가 빙긋이 웃으며 방으로 들어가 앉는다. 막이 오르기 전의 긴장감이 감돌아 공연장의 객석에 앉아있는 듯하다. 아이는 할아버지 보고 시키는 각본대로 하라고 말한 뒤 자기는 책상 밑으로 들어가 버린다. 어른들은 이래도 저래도 웃기로 작정한 사람처럼 그냥 하하 웃어댄다. 할아버지는 서서 요셉 이야기를 하고 아이는 책상 밑에서 얼굴을 내밀고, 춤을 춰! 빨리! 하고 엉뚱한 말을 하기도 한다. 할아버지는 뒷짐을 지고 빙긋이 웃으며 이리 갔다 저리 갔다 하며 감독에 대해 말한다.

여러분도 알다시피 감독은 이제 일곱 살 되는 소년입니다. 각본도 쓰고 연출도 하는 아주 유능한 사람입니다.

아빠는 자리에서 일어나 책상 밑에서 불그레하게 상기된 얼굴로 뭐라고 써져있는 종이를 들여다보다가 손을 비쭉이 내밀어 춤을 춰요! 하고 말하는 아이를 동영상으로 찍는다. 어른들은 살아서 팔딱이는 싱싱한 생선 같은 서재가 무대인 즉흥 연극을 보며 주말의 오후 한때를 즐긴다.

딸이 연극 일로 혜화동으로 가는 날엔 아이는 할아버지 방에서 잔다. 아이가 잠들 때까지 할아버지는 성경 속의 야곱과 요셉과 다윗의 자장가 같은 구약 이야기를 해준다.

야곱은 여러 아들 중에 특별히 요셉을 사랑해 채색 옷을 입히곤 했어요. 하루는 밭에서 밀을 베고 있는 형들한테 아버지 야곱이 과일과 과자를 갖다 주라고 해서 수레에 담고 탁탁 소리 내며 갔어요.

할아버지는 마차 말발굽 소리를 탁탁 흉내 내며 아이 등을 쳐준다. 이때쯤 아이는 몸을 뒤척이며 눈을 감는다. 졸린 할아버지의 목소리도 점점 잦아진다. 뜰에서 지저귀는 새소리가 들려온다. 조금 있다 아이는 잠이 덜 깬 목소리로 말한다.

"이야기… 더 해줘요…"

졸린 할아버지는 이야기를 계속하다가 깜박 졸기도 한다.

저기 꿈꾸는 긴 옷 입은 요셉이 오온다! 뭐 형들인 우리들이 자기한테 절한다고? 해와 달과 별이 자기한테 절한다고? 웃기는 요셉을 구덩이에 넣어버리자! 펑덩, 하는 소리가 들판 너머로 사라졌어요. 그때 마침 이집트로 장사하는 아저씨들이 요셉을 보고 은 이십 냥에 사갔어요. 그 뒤 요셉은 이집트 보디발 아내의 유혹을 물리치고 꿈 해몽을 잘해 그 나라 총리가 되었어요. 그러자 곡식을 구하러 온 형들이 와서 절하자 용서해주었어요. 모든 게 꿈대로 되었어요. 형들이 절하고 해와 달과 별도 절하고… 꿈을 믿으면 그대로 되는 거예요. 별이 되는 거예요….

꿈속에서 아이는 천사가 되어 점점 높이 날아오르고 졸음이 밀어닥친 할아버지의 목소리는 해와 달과 열한 별… 새벽별… 하며 점점 작아지고 있다. 유리 문 밖엔 새로운 날을 준비하는 유난히 큰 밝은 둥근 달이 검푸른 하늘의 하얀 구름 떼에 싸여 떠가고 있다.

<독문/67/소설>

새 주소

송 숙 영

새로운 주소를 사용해야 할 때마다 기억이 안 나 시간 낭비를 했었다.

외국에 연수 다녀온 공무원들은 그들의 새로운 일거리를 고안해 내는 것 같았다. 옛 이름은 어쩐지 구식이고 일부 이름들은 도시 계획에 맞지 않는 것도 있지만 도로명 주소로 모두 갈아엎어야 할 정도는 아니었던 것 같은데 말이다. 예를 들면 사동리 369번지라는 간단한 주소를 굳이 온천 단지 1로 34번지로 바꾼 것은 길고 삭막하고 아리송해서 지금도 외우기 힘들다. 우편배달부도 고충이 많다고 한다.

옛것을 그대로 사용해도 되는데 도시 개발이 제한된 구역까지 기호와 번호로 성형한 듯한 새 도로명 주소는 매우 낯설다.

나는 아직도 사동리 369번지가 낯익고 정답다.

왜 그토록 많은 예산과 시간을 들여 국민들이 불편해하는 일을 했던 걸까? 새 번지수가 입에 안 붙어 지성인이라 살아왔던 자신의 기억력에 대한 자괴감에 괴로웠다.

지금은 신·구 주소 두 가지를 병행 사용한다니 참, 현명한 궤도 수정이 아닌가 싶다.

올해 극심한 폭염의 말미에 대 공포를 불러 일으켰던 태풍 솔릭, 전설의 추장이라는 이름답게 인간의 마음을 헤아리는 듯 위세를 낮추고 속도를 늦추며 한반도를 지나갔다. 하물며 무지막지한 태풍의 눈도 인간의 마음을 보살피듯 가는데 국가도 행정도 국민의 정서와 삶에 더 밀착해 겸손하게 이루어나갔으면 한다.

가을비 소리가 선명하게 들리는 아침이다. 사계가 뚜렷한 아름다운 대한민국이여 더 번영하고 행복한 나라가 되기를 빈다.

<법/53/입>

회귀본능

임 덕 기

골목길에서 안노인 한 분이 마주 보며 걸어온다. 다리가 둥글게 휘어 걸음걸이가 뒤뚱거린다. 어려서부터 무릎이 붙지 않는 이들도 있지만, 대부분 중년이나 노년에 무릎이나 척추가 부실해지면 다리가 벌어진다. 자식을 힘들게 키우며 살아온 모습이 역력하다. 여리여리하고 곱던 얼굴은 사라지고 주름이 자글거리고 고집 센 모습만 남아 있다. 연어가 알을 낳은 뒤에 아가미가 억센 형태로 변한 채 물속에서 생을 마감하는 영상이 노인의 모습에 겹쳐진다.

연어는 자신이 태어난 개울에 찾아가서 알을 낳는, 회귀하는 물고기이다. 중학교 때 살았던 강릉에서 남대천에 연어가 올라온다는 얘기를 들었지만 수량이 얼마 되지 않아서인지 그 당시에는 큰 관심거리가 되지 않았다. 요즘은 연어알을 인위적으로 모아 인공 부화시켜 그곳에 풀어놓는다. 연어의 회귀성을 이용한 대대적인 양식이라고 볼 수 있다. 새끼연어들은 어미가 낳아준 개울에서 일 년 정도 자라다가 제 어미가 했듯이 수천 킬로미터 떨어진 깊은 바다를 향해 헤엄쳐 간다.

바다에 살면서 알을 낳을 때가 되면 다시 자신이 태어난 개울을 향해 험난한 여정을 펼친다. 어릴 적 태어난 개울물 냄새를 기억하며 흐르는 강물을 거슬러 올라간다. 장해물인 폭포를 만나면 떨어지는 물줄기를 온몸으로 맞으며 죽을힘을 다해 뛰어오른다. 기억 속에 저장된 물 냄새를 좇아 헤엄쳐간다. 마침내 어미가 자신을 낳아준 개울에서 알을 낳은 뒤, 지난한 고통으로 몸의 형태가 일그러진 채 일생을 마감한다. 연어의 삶은 회귀로 끝난다.

바다거북도 태어난 곳을 기억하고 찾아와서 알을 낳는다. 누가 가르쳐 주지 않아도 뱀장어도 자신이 태어난 개울에 찾아가 알을 낳는다. 철새들은 별자리와 머릿속에 든 자기장으로 떠나온 곳을 정확히 기억해 다시 찾아간다. 여우도 죽을 때는 머리를 제가 태어난 곳을 향해 죽는다고 하지 않는가.

지금도 가끔 떠오르는 영화가 있다. 오래전에 보아서 제목은 기억나지 않지만, 알래스카 얼음집에 살던 에스키모 가족에 관한 이야기다. 곰 사냥이 잘 되지 않아 가족이 굶주리게 되었다. 우리나라 고려장처럼, 안 노인은 자손을 살리기 위해 우는 자식을 뒤로하고 곰의 먹이가 되려고 눈밭에 제 발로 걸어 나간다. 칼바람 몰아치는 눈밭에 서서 곰을 기다린다. 아들이 그 곰을 잡으면 곰과 함께 집으로 돌아갈 수 있다는 노인의 슬픈 믿음에 가슴이 먹먹해졌다. 식구들이 곰을 잡아먹으면 자손들과 함께 다시 살 수 있다는 회귀성을 노인은 신앙처럼 믿고 있었다. 곰을 기다리는 노인의 모습이 강렬해서 지금도 그 장면이 잊히지 않는다.

인체에도 회귀성이 숨어 있다. 감기에 약을 먹지 않고 쉬면 저절로 나을 때가 있다. 허리가 아프거나 무릎이 아플 때도 별 치료 없이 저절로 멀쩡해지기도 한다. 건강했을 때로 되돌아가려는 자연치유력이 인체에 작동한 때문이지 싶다. '사람의 성격은 잘 변하지 않는다.'라는 말도 있다. 어느 정도 바뀐 것 같아도 한순간에 다시 그 사람의 본래 성격이 나온다는 말이다. 그만큼 인간에게도 회귀성은 끈질기게 따라다닌다.

다이어트를 할 때도 조금만 방심하면 원래 체중으로 되돌아간다. 오히려 체중이 더 늘어난다. 밥을 굶으면 나중에는 폭식이 뒤따른다. 살이 빠지면 인체의 사령부인 뇌에서 곧바로 비상사태를 가동해 더 많은 지방을 몸에 저장하라고 명령을 내린다. 식욕은 본래 체중으로 되돌아가자고 은근히 부추기며 회유한다. 눈앞에는 먹고 싶은 음식들이 줄지어 지나간다. 인체의 끈질긴 회귀성으로 다이어트가 일순간에 물거품이 되어버리기도 한다.

모든 것은 빠른 속도로 변하고 있다. 언제부턴가 그 속도를 따라가지 못해 젊은 시절에는 미처 느끼지 못했던 옛 것이 더 좋다. 아날로그적인 삶의 형태가 그립다. 텔레비전 프로도 소박한 자연 속에서의 삶을 자주 보여준다. 요즘 고향이나 시골로 귀향하는 이들이 늘고 있다. 복잡한 도시생활과 미세먼지에 염증을 느껴서 떠나려 하는 것일까.

나이가 들수록 몸의 기능이 약해지면서 마음은 어린 시절로 되돌아간다. 서울을 떠나 어릴 적 살았던 강원도 바닷가에서 살고 싶다는 생각을 한 적이 있다. 너른 바다를 품에 안고, 해풍에 실어 오는 짭짤한 갯내를 맡으며 펄떡이는 생선들이 보고 싶었다.

아무리 과학이 발달해서 생활이 편리해도, 앞으로 나아가기만 해도, 다시 예전으로 되돌아가고 싶어 하는 이들도 있기 마련이다. 얼마 전에는 바다 대신 강가에 있는 아파트로 둥지를 옮겼다. 아침마다 베란다 창문을 열면서 불어오는 강바람에 연어처럼 코를 벌름대며 강물 냄새를 맡는다. 내 안에 내재된 회귀본능 때문이 아닐까 싶다.

<국문/72/수필>

아직은

김 태 자

내게도 젊은 날이 있었던가 싶게 날로 기운 빠져가는 나를 보면서 서글퍼진다.

한때는 3개 외국어는 해야겠다는 야심에 차, 직장을 다니면서도 새벽에 학원에 나가 외국어를 배웠고, 강의 틈틈이 중국 유학생을 연구실로 불러 중국어를 배우기도 했다.

그러나 나이 먹고 나니 이게 다 무슨 소용이 있을까. 쓸 데가 있다고 한들 얼굴 쪼글쪼글한 노인네가 하는 말을 누가 들어 준단 말인가. 말인즉슨 여행 가서 쓴다지만, 인사라도 할 정도 배우고 나니 이제 힘이 빠져 외국여행은 꿈도 꾸지 못할 일이 돼버린걸. 그뿐이랴. 눈은 침침해져 멀리 떨어진 사람은 구별을 못해 스쳐 지나면 아차, 하고 만다. 점점 쓸모없는 자리로 절로 밀려나는 것 같다.

쓸모 없어진 것이 내 주변에 또 버티고 있다.

옷장을 열면, 빈틈없이 들어찬 옷가지들.

이 옷들은 몇 번 버릴까 손을 댔다가는 다시 집어넣기를 서너 차례. 이것은 좀 비싸게 준 것인데, 어떤 것은 아직 말짱하다는 생각에. 하지만 공통된 점은 많이도 사다 날랐다는 점이다. 더러는 비슷한 옷들도 있어 바쁜 생활에 있는 줄도 모르고 또 샀구나 하는 생각에, 가끔 가족들 앞에서 절약과 근검, 거기다 나의 알뜰함을 은근히 내비쳤던 것에 대한 부끄럼이 일기도 했다.

살 때는 며칠을 두고 살까 말까 망설이기도 했던 것들인데, 이제 시간이 나 들여다보니 버리자니 아깝고, 두자니 걸리적거리는 짐 뭉치가 돼 버린 것이다.

이 나이에 무슨 옷을 입은들 폼이 날까.

예전에 나이 든 노인들을 보면 유행 지난 옷을 많이들 걸치고 다니시어, 좀 챙겨 입으시지 하는 철없는 생각을 한 적도 있었지만, 남의 말을 함부로 해서는 안 된다는 것을 절감하고 있다. 만사가 귀찮고, 농 안에 농지기로 있는 옷들을 보면 그냥 대충 몸이나 가리고 남 보기 초라하게만 보이지 않으면 됐지 하는 생각에 버리지 못하고 있는 것이다.

이제 옷의 본 기능을 알게 되었다고나 할까.

젊었을 적엔 옷이 옷의 기능보다도 좀 더 나를 가꾸기 위해, 하루하루 학생들 앞에 서야 하는 날들 때문에 특히 옷에 신경을 썼다. 어떻게 보면 내용보다 포장에 신경을 썼다 할까.

다 지나고 나니 걸려 있는 옷들처럼 빈 껍데기만 남은 느낌이다.

길거리를 지나다 보면, 젊은 여성들이 멋진 몸매에 옛날 같으면 상상도 못할 춤이나 연회장에서나 입을 것 같은 옷을 과감하게 입고 다니는 걸 보면, 젊음이 부럽고 내게도 저런 젊음이 있었던가 싶어진다.

가끔 그런 광경에서 알 수 없는 묘한 발동이 걸릴 때가 있다.

그런 발동, 어쩌면 일종의 마약 같은 유혹에 걸리면 층층이 겹쳐진 무용복 같은 치마 앞에서 발길을 떼지 못한다. 나라고 못 입을게 뭐냐 하는 마음에 에라, 하고 사고 만다. 허나 집에 와 그 옷을 입고 거울 앞에 서보면 도저히 입고 나갈 자신이 없다. 얼굴과 동떨어진 느낌, 하고도 어색한 분위기. 공연히 샀다는 후회가 일어 봉지 속에 구겨 농 안에 넣어버린다. 며칠을 누굴 줘 말아 고민하다, 결국 동생에게 주었다.

동생은 늘 웃었다.

이런 일이 가끔씩 일어나, 번번이 나이에 맞지 않는 옷들을 사들고 신나게 집까지는 오지만, 막상 입지는 못하고 만다.

다시는 이런 낭비는 말아야지 하면서도, 겉으로는 늙었네 하면서 아직 인정하지 않는 속내가 어느 부분 남아 있는 것 같다.

지난주에도 이십 대들이 즐겨 입는 스키니 진바지를 사 와서 농 구석에 두었다 아침에 입어 보니, 이게 다리부터 걸려 제대로 들어가질 않는 것이었다. 텔레비전에서 바지 하나 입으면서 방방 뛰며 몸을 집어넣던 젊은 연예인의 모습이 생각나, 혼자 피식 웃었다. 한참을 이리 뛰고 저리 뛰어 겨우 몸이 들어가긴 했지만, 배가 답답하고 숨이 막히고 토할 것 같아 몇 분을 견디지 못하고 벗어버렸다.

농지기 옷들을 언제 버릴까 고민하면서도 또 늙어서 무슨 옷이 하고 말은 하면서도, 옷에 대한 유혹을 버리지 못하는 나의 욕구를 주책으로만 보아야 할까. 아님 아직 젊음에 대한 미련을 버리지 못하고 있는 걸까.

이런 욕구가 숨어 있다는 건, 어쩌면 아직은 삶에 대한 생명력이 조금은 남아 있는 모양이다.

<국문/69/시조>

만 남

신 정 희

　우리가 살아가면서 경험하는 행복에는 많은 내용들이 있다. 그중에 특히 좋은 책, 훌륭한 저자들과의 만남도 열 손가락 안에 드는 행복이 아닌가 한다. 진리에 눈을 뜨게 되고 지성의 불을 밝혀주며 수많은 미로와 방황의 길목에 이정표를 세워주는 고마운 저자들이 얼마나 많은가! 나는 최근에도 전혀 가보지 않은 그러나 어렴풋하게 알고 있었던 진리를 명쾌하게 그 누구도 반론을 제기할 수 없도록 논리 정연하게 정리해준 좋은 책과 훌륭한 저자를 만났다. 얼마나 행복한지 이 기쁨은 나의 여생을 굳건하게 보호해주리라 확신한다.

　영국의 유명한 저널리스트 G. K. 체스터턴은 간디에게 영향을 주었을 뿐 아니라 C.S.루이스가 영적아버지로 여겼으며 T. S. 엘리엇도 영원토록 후대에 존경을 받아야 마땅한 사람이라고 했다는 글을 읽고 도대체 누구 길래 이런 찬사를 받나 호기심이 극에 달했었다.

　독서회에서 열댓 명이 〈정통〉을 읽었는데 얼마나 어렵던지 다 몇 번씩 집어던지고 다시 읽는 기현상이 있었다. 나도 이를 악물고 겨우 읽었는데 이해 가능한 부분들에서 큰 깨우침을 얻었다. 그는 여러 가지 길을 모색해본 뒤 기쁨에 대해 가장 타당한 설명을 하고 있는 기독교에 정착했다.

"신앙을 기쁨의 적으로 생각하게 만드는데 성공했다는 사실이야말로 사탄이 거둔 가장 큰 승리이다."라고 말한 췌스터턴은 ≪런던타임스≫에서 여러 필자에게 보낸 <무엇이 이 세상의 문제인가?>라는 원고 청탁에

편집장 귀하
"바로 내가 문제입니다."
G. K. 췌스터턴 드림.

이라는 유명한 답을 했다고 한다.

어느 목사님이 세계 평화를 위해 가장 힘써야 할 일이 무엇이냐는 질문에 <자기정화>라고 한 것과 일맥상통한다.

"기독교 성자가 행복한 것은 그 자신이 세계로부터 단절되었기 때문이다."

"온전한 정신을 갖는 것은 미치는 것보다 더 드라마틱 하다."

"이방인은 미덕이 균형 속에 있다고 선언하나 기독교는 그것이 갈등 즉 상반된 듯한 두 가지 정열의 충돌 속에 있다고 선언한다. 즉 사랑과 분노의 합성이나 타협이 아니라 사랑과 분노가 모두 불타는 상태를 원한다."

"정통신학에서는 그리스도가 하나님과 사람으로부터 동떨어진 존재가 아니고 또 반쪽은 사람 반쪽은 동물도 아니고 백 프로 사람인 동시에 백 프로 하나님이라고 주장한다."

"상상력은 결코 광기를 낳지 않는다. 실제로 광기를 낳는 것은 바로 이성이다."

"시인들은 미치지 않는데 비해 장기꾼들은 미친다. 정신이상의 위험은 상상 속에 있지 않고 논리 속에 있다."

너무 비약이 심해 마치 널뛰기를 하는듯한 그의 글을 읽고 내가 기뻤던 것은 그가 인간의 짐승 같은 면 마귀 같은 면 성자 같은 면을 동일하게 여겼다는 그것이었다.

그는 자신이 한마디로 괴물임을 알게 된 것이다.

C. S. 루이스와 똑같이.

나와 똑같이.

우리 괴물인 인간들을 창조주 하나님이 예수와 같은 아름다운 영혼으로 봐주시는 것이 진리이고 은혜이며 복음이라는 것을 그는 알았던 것이다.

무슨 이유로?

그건 그분만이 아시고 답할 수 있는 것이다.

아마도 이렇게 답하실지 모르겠다.

"내 마음이다, 너 없인 외로우니까."

"너와 영원히 함께하고 싶으니까."

"너 때문에 내 아들 예수가 죽었으니까."

그리스도인의 길이란 자기를 부인하고 십자가를 지고 가는 고통의 길이 전부라고 믿으며 긴 세월을 보냈다.

그러다가 이 책에서 선물로 받은 존재 자체가 유별난 선물이기에 불평할 수 없고 기쁨의 순간들은 난파선에서 흘러나온 천국의 부스러기라는 것에 위로를 받았다.

사람이 하나의 괴물이라는 것을 알았기 때문에 정말로 행복했다는 체스터턴의 말처럼 나도 내가 사랑의 감정만이 아니라 죄를 격렬하게 분노하는 것 역시 정상적인 온전한 정신이란 것을 알게 되어 매우 행복하다.

섹스나 돈, 힘, 감각적 기쁨 등은 모두가 하나님의 선물이다. 그러나 하나님과 사이가 멀어진 이 세상에서는 선한 것이라 할지라도 폭발물처럼 조심스럽게 다루지 않으면 위험하게 된다고 하였다. 음식을 먹는 즐거움은 폭식으로 이어지고 사랑은 정욕이 되어 인간에게 기쁨을 주신 하나님을 등지고 엉뚱한 길을 따라갈 수도 있다.

옛사람들은 선한 것들을 우상으로 변질시켰는데 현대인들은 중독되어버린 것이다.

그는 한계에 대한 올바른 인식 즉 창조주 하나님과 천지창조 우주 만물에 대한 감사하는 보편적 감각, 영원히 변치 않는 선물인 생명과 사랑 그리고 정상적인 통제 안에서의 결혼과 기사도를 받아들이는 평범한 사람이라고 자신을 소개하였다.

그의 영향으로 나 역시 더 더 평범해져야 함을 깨달았다. 깊은 신앙인이라면 엄격한 영성훈련과 기쁨을 다 분실한 금욕주의로 어둡고 무거운 분위기여야 하는 줄 알았던 것이다. 정신이상이 코앞에 있는 이성주의에서도 벗어났다. 성취감과 성과주의에서도 자유하게 되었다. 괴물이 무슨 성취를 하겠으며 설령 한다고 한들 뭐 그리 대단한 것이겠는가? 우라질 이성적인 사람치고 아름답고 따뜻하고 신비한 사람을 본 적이 없으니 말이다.

기쁨이 그리스도인의 엄청난 비밀이라고 한 체스터턴은 백 권의 책을 썼는데 자신이 읽은 만권의 소설을 다 외운 천재였다고 한다. 최후의 보루를 지키려는 중세 기사의 열정을 가지고 감히 하나님과 성육신을 배제한 채 세계를 해석하고자 하는 모든 사람들과 직접 간접으로 마주 싸우며 자신이 믿는 진리를 과감히 내세웠다.

　쓰러질 수 있는 각도는 무수히 많지만 서 있을 수 있는 각도는 단 하나 뿐임을 알고 나면 내가 서있다는 사실이 신비요 기적인 것이다. 천국에 가면 하나님을 더 알게 되고 경배하는 기쁨이 엄청날 것이다. 주님을 만나 포옹할 환희도 엄청날 것이다. 그것뿐이겠는가 나에게 영향을 준 좋은 책들의 저자들을 만나는 것도 큰 설렘과 기대로 기다리고 있는데 그 만남의 사람들에 체스터턴이 추가된 것이 이 가을의 억제할 수 없는 기쁨 체스터턴의 말대로 천국의 부스러기이다.

<기독/71/시>

변기에 관한 명상

김 우 남

여자: 비데용 변기를 새것으로 교체한 지 며칠 안 됐어요.

근데 좌석 시트가 잘 세워지지 않아요. 세워 놓으려 할 때마다 불편해요. 손으로 시트를 계속 붙잡고 있어야 하니까요.

콜센터 직원: 고객님, 불편을 끼쳐드려서 죄송합니다.

기사님이 곧바로 방문하실 수 있게 도와드리겠습니다.

AS 기사 1: 변기 몸체가 앞쪽으로 몇도 기울어져 있네요.

이건 화장실 바닥이 고르지 않아서 그런 겁니다. 저희가 처리할 수 없는 문젭니다.

여자: 아니, 말이 안 되죠. 여기 제품을 사용한 지 일 년 이 년도 아니고 10년이 넘었어요. 엊그제까지도 아무런 문제가 없었는데... 갑자기 화장실 바닥이 꺼졌단 말입니까? 고칠 수 없다면 예전 변기를 도로 갖다 놔주세요!

콜센터 직원: 여러 번 불편을 드려서 죄송합니다, 고객님. 다른 기사님이 방문하실 수 있게 도와드리겠습니다.

AS 기사 2: 다 됐습니다. 저번보다 시트가 앞으로 조금 튀어나오긴 했지만 일을 보는 데는 전혀 불편이 없으실 겁니다.

여자: 어머나 세상에! 문제를 해결하는 데 5분도 안 걸렸어요. 저번에 오신 기사님은 왜 해결을 못하신 거죠?

AS 기사 2: 경험이 좀... 부족해서 그랬을 겁니다. 예전에는 변기 몸체 사이즈가 길이나 넓이 등 조금씩 차이가 있었지요. 그에 따라 변기 시트 크기도 다양했고요. 이제는 변기 자체가 균일한 크기로 생산되고 있습니다. 그래서 예전의 큰 변기에 새 시트를 얹으면 약간 차이가 생깁니다. 그렇지만 변기 시트를 조금만 앞으로 당기면 기울기를 잡아주어서 괜찮습니다. 이렇게요.

　최근에 비데용 변기 시트를 교체할 때 생긴 에피소드다. 첫 번째 AS 기술자가 제 모자란 실력을 멀쩡한 변기 탓으로 돌린 사건이었다. 이 일이 있고 나는 처음으로 변기를 꼼꼼히 살펴보았고 이런저런 생각을 하게 되었다.

　대체 변기가 우리들의 일상생활에서 얼마나 많은 일을 해내고 있으며 얼마나 유용한 존재인가? 가족 모두 아침에 일어나자마자 제일 먼저 찾는 곳이 화장실이요, 변기 아니던가. 요즘은 집 안에 화장실이 하나 이상 있는 집이 많지만 예전에는 화장실이 딱 하나다 보니 아침이면 화장실을 먼저 사용하려고 전쟁 아닌 전쟁이 벌어지곤 했다. 또 공중변소 앞에서 휴지를 들고 발을 동동 굴리는 사람들을 목격하는 일도 흔했다. 오호, 통재라. 습관성 장염 환자나 만성 변비 환자의 경우는 변기와 어쩔 수 없이 친해져야 하는 운명이었다!

변기는 온갖 더러운 것들을 받아내는 공간이다. 똥, 오줌, 침, 가래는 물론이고 심지어 음식 찌꺼기까지…. 게다가 젊은 날에 한 번쯤 술 취해 비틀거리는 몸으로 변기를 끌어안고 눈물, 콧물, 토사물을 쏟아내지 않은 사람 어디 있으랴. 당신은 변기가 막혀서 고생한 경험이 없는가? 볼일은 봤는데 물이 안 내려가면 그런 낭패가 없다. 집에 하루만 물이 안 나와도 제일 큰 문제는 화장실 사용 아니던가. 전에는 실수로 칫솔이나 플라스틱 빗 같은 게 변기 속에 빠지곤 했는데 요즘은 휴대폰을 빠뜨리는 일이 많다고 한다.

그래도 변기가 호강한 일이 있었다. 1917년, 변기를 구입해서 'R. Mutt'라고 서명하고 미국 독립미술가 협회가 개최하는 앵데팡당 전에 출품한 마르셀 뒤샹의 작품 '샘'. 그것은 ToTo사의 남성 소변기였고 변기가 예술작품으로 당당히 얼굴을 내민 사건이다. 그 일로 인해 전시를 거부당하고 작품이 망치로 파손되는 일까지 겪게 되긴 하지만, 그 변기가 현대 미술사의 한 획을 그은 작품으로 평가되고 있지 않은가. 게다가 경기도 수원의 화장실 문화전시관은 좌변기 모양으로 지어진 건물로서 세계 화장실 협회를 창립한 전 수원시장의 집 '해우재'가 재탄생된 것이라고 한다.

지금 당신에게 화장실은 어떤 장소이고 변기는 어떤 물건인가? 휴식 공간이 없어서 청소부들이 화장실 한켠에서 도시락을 먹고, 왕따를 당한 학생이 남몰래 화장실에서 밥을 먹어야 했다는 얘기를 뉴스에서 본

적이 있다. 또 대학 친구 U는 직장에서 일을 하다가 졸리면 변기 뚜껑을 덮어 놓고 그 위에 앉아서 잠깐씩 잠을 잤다고 했다. 변기가 예술품이 되듯이, 누가 어떤 시선으로 바라보느냐에 따라 화장실이 상상력의 원천이 되거나 휴식의 공간, 혹은 말 그대로 화장을 하는 공간이 될 수 있을 것이다. 하지만 이들에게 화장실이 '해우소解憂所', 즉 근심을 푸는 곳이었을까?

가만히 정호승 시인의 시 "선암사"를 읊조려본다.

> 눈물이 나면 기차를 타고 선암사로 가라
> 선암사 해우소로 가서 실컷 울어라
> 해우소에 쭈그리고 앉아 울고 있으면
> 죽은 소나무 뿌리가 기어다니고
> 목어가 푸른 하늘을 날아다닌다.

최근 우리나라 공중화장실 문화가 엄청나게 업그레이드되었다. 참을 수 없는 악취와 눈살을 찌푸리게 하는 더러운 휴지통의 기억은 이제 옛말이 되었다. 화장실 안팎의 디자인뿐 아니라 조용히 흐르는 클래식 음악, 코끝에 닿는 부드러운 향, 숲에 온 듯 우거진 꽃과 나무들…. 그러나 개개인의 화장실 사용 수준은 여전히 비문화적이다. 변을 보고도 물을 내리지 않는 사람, 화장실 바닥에 가래를 뱉고 더러운 휴지를 버리는 사람 그리고 담배꽁초와 물티슈, 생리대 등 변기에 넣으면 안 될 물건을 집어넣는 사람이 의외로 많다고 한다.

오늘은 변기를 깨끗이 닦은 후 말짱한 정신으로 변기를 끌어안고 쓰다듬으며 고맙다고 인사를 해야 할 것 같다. 고맙다, 변기!

<정외/81/소설>

우리가 돌아가야 할 바다

고 은 주

어머니가 치매 증세를 보이기 시작하면서 우리 가족은 수시로 과거 여행을 떠나게 되었다. 방금 전에 했던 일은 까맣게 잊으면서도 예전의 일은 오늘처럼 기억하시는 어머니에게 보조를 맞추다 보면 우리도 어느덧 현재를 떠나 과거로 함께 돌아가곤 했다.

그 여행은 정확히 시간의 역순을 따랐다. 우리 6남매를 키우던 시절에 한동안 머물러 있던 어머니의 기억은 어느덧 막내부터 첫째까지 낳던 때의 세부 기억을 거쳐 이제는 본인이 성장하던 시절로 돌아가 있다. 배경은 제주도 바닷가, 시대는 한국전쟁 중….

소녀는 피난민들을 집에 받아들인 홀어머니를 원망하며 집안일을 한다. 바닷가에 가서는 돌과 모래 사이에서 솟아오르는 용천수를 길어오고 산에 가서는 땔감을 베거나 주워오고, 밝고 따뜻할 때에는 밭일을 하고 춥고 어두울 때에는 길쌈을 한다. 그리고 테왁을 밀며 바다로 헤엄쳐 나아가 미역을 따기도 한다.

다음 달부터 치매노인을 위한 주간보호 센터를 이용하게 된 어머니는 이제 그곳에서 유치원생처럼 노래를 배우고 종이접기 등을 하면서 돌봄을 받게 될 것이다. 그러다 보면 어머니의 시간은 자연스레 예닐곱 살로 돌아가게 되겠지. 아버지의 사랑을 독차지했던 어린 딸, 미역을 따는 게 아니라 그저 놀기 위해서 바다를 헤엄쳤던 그 시절로… .

"그렇게 점점 더 과거로 돌아가는 거야. 손으로 뭐든 집어먹던 시절로, 기저귀를 차던 시절로, 결국엔 아무 말도 할 줄 모르던 아기 시절로…."

나보다 먼저 어머니의 치매를 겪고 있는 친구는 말했다. 그의 어머니는 이제 완전히 말을 잃어버리고 간혹 입을 오물거리신다고 한다. 마치 엄마 젖을 빠는 아기처럼.

갓 태어난 아기는 주먹을 꼭 쥐고 있다. 고개를 돌려 주위를 살필 정도로 자랄 때까지 아기는 그 주먹을 좀처럼 풀지 않는다. 진화론적인 시각에 따르자면 그것은 유전자의 기억 때문이다. 태어나자마자 어미의 털을 붙들고 매달려서 살아남아야 했던 유인원의 유전자.

생명 탄생 이후 생물의 여러 속屬과 종種이 진화해 온 과정을 계통발생이라고 한다. 인간은 한 개체로서 생명을 얻어 어머니의 몸속에서 세상 밖으로 나오기까지 이 계통발생을 반복한다. 수정란으로부터 분할을 거듭하여 어머니 자궁안의 양수 속에서 어류처럼 자라면서, 수십억 년 동안 진화해온 모습을 압축해서 반복하는 것이다.

지구에 첫 생명체가 출현한 40억 년 전으로부터 조금씩 환경에 적응하며 진화해온 과정을 어머니의 몸속에서 모두 겪고 세상에 태어난다는 것은 참으로 신비로운 일이다. 정자와 난자가 만나 수정란이 되는 순간부터 시간은 거꾸로 달려간다. 동물과 식물의 구별조차 뚜렷하지 않은 단세포 원생생물이 꿈틀거렸던 원시의 바다를 향해서.

바다 위로 드러난 빙산의 일각을 담은 한 장의 사진을 본다. 내셔널지오그래픽 6월호 표지로 등장한 이 사진 속 빙산의 일각은 실은 바다에 버려진 비닐봉지의 모서리 부분으로 드러난다. 우리가 버린 플라스틱 쓰레기가 바다를 위협하는 모습을 단순하면서도 강력하게 보여주는 사진이다.

해마다 수백만 톤의 플라스틱이 바다에 버려지고 있고, 이런 추세가 계속된다면 2050년에는 바다에 물고기보다 플라스틱이 더 많아질 것이라는 경고는 두려운 현실이다. 해양 오염 문제로부터 해양 종말론까지 떠올리는 것은 결코 기우가 아닐 것이다.

2015년 코스타리카 연안에서 구조대가 바다거북의 코에서 12센티 길이의 플라스틱 빨대를 뽑아내는 동영상은 유튜브에서 조회 수 3000만을 넘겼다. 지난해 영국의 세인트 메리 섬 해변에서 발견된 바다표범은 플라스틱 끈이 몸을 옥죄는 바람에 허리가 둘러 가며 파여 복부 근육까지 파열되어 있었다. 또한 지난 5월 태국에서 구조된 둥근머리 돌고래는 먹이로 착각한 비닐봉지를 토해내며 죽어가고 있었는데, 부검을 하니 배 속에서 80여 장의 비닐봉지가 더 나왔다.

이러한 바다 생물들의 신음소리를 우리는 쉽게 잊는다. 동영상이나 사진을 보는 그 순간에만 잠시 함께 고통을 느낄 뿐이다. 그러나 버려진 플라스틱은 바다를 떠다니다 햇살과 바람, 파도, 염분으로 인해 미세 플라스틱으로 분해되어 플랑크톤, 크릴새우, 치어, 생선, 바닷새, 고래 등 먹이사슬을 통해 결국 인간의 몸속으로 들어온다.

1997년에 북태평양에서 발견된 "거대 쓰레기 지대the Great Pacific Garbage Patch"는 어느덧 한반도의 7배 크기로 커졌다고 한다. 그 밖에도 다른 쓰레기 섬들이 북대서양, 인도양, 남태평양에 4개 이상 존재하며 지금 이 순간에도 해류와 바람을 따라 그 크기를 키워가고 있다.

뉴스와 잡지, 다큐멘터리 등에서 접하는 순간에만 자극받고 곧 잊어버리기에는 우리가 처한 현실이 심각하다. 돌아서면 잊혀진다고 하지만, 이쯤되면 더 이상 잊혀질 수 없는 상황이 되어버린 게 아닐까?

어쩌면 인생이란 기억을 하나씩 쌓아가는 과정이며 또한 죽음이란 그 기억을 하나씩 거꾸로 덜어내는 과정인 것 같다고 거듭 생각한다. 그러나 그동안 쌓아왔던 기억을 무너뜨린 자리에 돌올하게 솟아올라 더욱 부각되는 기억도 있는 법이다.

"이제 그만 좀 생각해요. 다 지나간 일을 왜 자꾸 떠올려? 그런다고 바뀌는 것도 없는데..."

삶의 갈피마다 덮어두었던 서러움과 후회가 자꾸만 선명하게 떠올라 힘들다는 어머니에게 싫은 소리를 하고 돌아서다가 주방 수납장 한곳에 뭉쳐진 비닐봉지 더미를 발견했다. 과거의 시간을 살고 있는 어머니는 그때처럼 비닐봉지 하나도 아까워서 버리지 못하고 이렇게 잔뜩 쌓아놓은 것이다.

어머니 집에 생겨난 거대 쓰레기 지대를 없애기 위해 비닐봉지들을 쓰레기장으로 가져다 버리는데 눈앞에 문득 바다가 떠오른다. 결국엔 이 모든 것들이 가닿을 바다. 어머니의 기억이 종착지로 삼게 될 바다. 마침내 우리가 돌아가야 할 그 바다.

<국문/90/소설>

제4부
아르투르 루빈스타인

내가 만난 아르투르 루빈스타인*

장 명 숙

내가 고등학교(1956~58) 시절 학교가 끝나면 바로 가는 곳이 음악 감상실이었다. 당시는 지금의 신세계백화점 본점 자리에 동화 백화점이 있었는데 2층에 음악 감상실이 있고 감상하는 날이 매주 목요일 오후로 정해져 있었다. <어머님 마음>, <자장가>, <섬집아기>, <바우고개>를 작곡한 유명한 작곡가이신 고 이홍렬 선생님이 해설을 맡아서 해 주셨다. 그 외에도 르네상스가 있었고 명동에도 몇 군데 더 있었으나 이름이 생각나지 않는다. 우리 집은 다동이었고 학교는 정동에 있었고, 명동은 걸어서 갈 수 있는 거리에 있었기 때문에 방과 후 친구 두세 명과 자주 다니던 것이 생각난다.

일본 유학생이셨던 아버지의 다양한 취미 덕분에 집안에 축음기, 유성기판, 아코데온, 풍금, 활동사진기, 찰리 차풀린의 무성영화도 보여주

---

* 아르투르 루빈스타인(Arthur Rubinstein, 1887~1982)은 폴란드에서 태어난 미국의 피아니스트. 탁월한 피아니즘으로 건반의 황제라 불렸다.

는 영사기 등이 있어서 오빠들이 틀어놓으면 어려서부터 나도 어깨너머로 듣고 보곤 하여서, 당시 서양음악이 나에게는 익숙해 있었다. 특히 베르디의 「아이다」에 나오는 개선행진곡은 콧노래로 흥얼거릴 정도로 알고 있었고, 언제 들어도 내 어릴 적 기억을 불러일으켜서 친근감이 나는 반가운 곡이다. 처음에는 무엇인지도 모르고 듣다가 차차 제목을 알게 되었다.

6·25 이후 환경의 변화로 피아노를 배울 기회를 놓치고만, 나는 듣는 것만으로 만족할 수밖에 없었다. 내가 좋아하는 피아니스트 중에 제일이 아르투르 루빈스타인Arthur Rubinstein이다. 그가 연주하는 쇼팽의 폴로네즈 피아노곡은 언제 들어도 새로 듣는 기분으로 들려왔으며 나의 어린 마음을 사로잡아 주었던 아름다운 멜로디였다.

1965년 10월 나는 외교관인 남편이 곧 임지로 떠날 날짜에 맞추어서 결혼식을 올리고, 한 달 후 첫 임지인 터키의 앙카라로 떠났다. 그때는 외국 가는 기회가 드물 때여서 그랬는지 여의도 비행장에서 출발할 때인데 양가 가족 40여 명이 나와서 환송을 하는 특이한 장면을 연출하기도 했다. 그 당시에는 우리 국적의 항공기가 없어서 모두 외국 항공기를 골라서 선택했고 일단 일본으로 가서 갈아타야만 했다.

일본에서 홍콩으로, 홍콩에서 하루 쉬고 인도를 거쳐 이란으로, 다시 베이루트를 거쳐 이스탄불로 갔고 거기서 국내선으로 앙카라까지 가는데 3, 4일이나 걸려서 도착했다. 인도의 뉴델리 비행장에서 급유차 여러 시간 머무는 동안, 비행기 출입문을 열어놓아서 더운 바람이 쏟아져 들어오는 것을 그냥 견뎌야만 했던 기억이 아직도 생생하다. 지금은 우리나라 국적기로 어디든지 갈 수 있으니 그때를 생각하면 격세지감으로 새롭다.

앙카라에 도착한 후 얼마 지나지 않아 아르투루 루빈스타인의 독주회에 갈 기회가 나에게 주어진 것은 지금 생각해도 기적 같은 일이었다. 그 당시 우리나라에는 그런 분이 올 수 있는 상황이 전혀 아니었고 연주할만한 장소도 없는 열악한 환경이었다.

12월 중순으로 기억되는 어느 날, 우리가 모시던 공관장님께서 루빈스타인의 음악회 표 2장을 주신 것이다. 우리가 결혼해서 새로 부임해 왔으니까 축하하는 의미로 주셨는지 모르지만, 나에게는 경품권 당첨된 것 같은 행운이었다. 대사님 내외분이 가실 표를 우리에게 주신 것을 지금까지도 감사하는 마음 잊지 않고 있다. 대사님 내외분은 온화하고 자상하셔서 가족처럼 보살펴 주셨던 고마운 분들이셨다. 두 분 다 세상을 떠나시고 그분의 따님들과 교제하며 지내고 있다.

루빈스타인의 라이브 음악을 듣는다는 기쁨은 생각만 해도 믿어지지 않는 일이었다. 그리 크지 않은 음악당 중앙에 그랜드 피아노가 놓여있고 사진으로만 보아왔던 자그마한 키의 당시 78세인 루빈스타인이 당당하게 들어와 앉는 것만 보아도 가슴이 뿌듯했다. 그의 특유의 쇼팽 곡들은 잔잔한 시냇물이 흐르듯 하다가 멜로디의 강약이 반복하는 아름다운 선율에 나의 귀는 황홀했고 연주하는 모습을 직접 보면서 듣는 나는 꿈속에 취한 것만 같았다. 예기치 않았던 행운에 감사하며 음악회가 끝나고 나오는데 차마 발길이 떼어지지 않아서 머뭇거렸다. 지금도 그의 피아노곡을 자주 듣지만 53년 전에 들었던 그때의 감동만큼은 느껴지지 않는다.

루빈스타인은 폴란드 바르샤바 근처 우치에서, 유태계 폴란드인으로 직물공장 경영자인 아버지에게서 태어났다. 영특하여 3세 때 음악을 시작하여 8세 때 바르샤바 음악원에 들어갔고 10세 때 베를린에 가서 명

바이올리니스트 요하임의 추천으로 명교수 칼 바르트에게 사사했다. 11세에 베를린에서 협주곡을 연주하면서 데뷔한다. 그는 엄격 주의적인 바르트보다는 자유분방한 낭만적 예술에 눈을 떴기 때문에 1905년 파리로 옮겼다. 18세인 루빈스타인은 미국으로 건너가 75회의 연주회로 열광적인 지지를 받았다.

1937년 미국에 정착한 후 1946년 시민권을 얻고 미국 시민이 됐다. 1982년 세상을 뜰 때까지 그는 풍부한 음량과 변화가 많은 음색을 갖춘 뛰어난 기술을 지닌 20세기의 대표적 피아니스트였다. 모차르트, 베토벤, 슈베르트, 슈만, 브람스, 그리고 차이코프스키나 라흐마니코프를 포함한 러시아음악, 스페인음악, 프랑스음악을 주요 레퍼토리로 삼았다. 작곡가마다 뛰어난 해석을 보여주기도 한 훌륭한 피아니스트로 널리 알려졌다. 그는 자신에게 엄격했고 일관된 곡의 장점을 늘 보여주려 했다. 그의 연주를 들으면 온몸이 치유되는 것 같은 느낌을 오늘도 느끼고 있다.

그는 매우 급속한 템포나 명기의 강조, 과장된 표정을 포함한 주관적 연주자가 되었는데 일반 청중을 열광시키면서도 비평가로부터 혹평을 받기도 했다. 그 후 그는 자기의 약점을 잘 알아서 그것을 바로잡는 노력을 계속했다. 주법을 착착 개선해 나갔고 인간적인 따뜻함과 열정을 남기면서 조형력을 강조했다. 그 후 그는 비평가로부터 절찬 받는 명 피아니스트로 탈바꿈한 것이다.

우리나라에도 2년 전 쇼팽콩쿠르에서 우승한 눈부신 조성진 군이 있다. 루빈스타인처럼 앞으로 점점 성장하여 세계가 손꼽아 기다리는 연주자로 우뚝 서리라고 믿어 의심치 않는다.

〈불문/62/수필〉

단팥죽 한 그릇의 감동

주 연 아

　죽은 사람이 살아 있는 사람들을 먹여 살리는 곳, 그리고 알맞게 구워진 모찌가 들어 있는 따끈한 단팥죽 한 그릇, 먼 훗날 내 기억의 우물 밑에서 마쓰야마는 이런 형상으로 길어 올려질 것이다. 온천으로 유명한 마쓰야마는 참으로 한적하고 소박한 도시였다. 현대 일본 문학의 대표적인 작가인 나쓰메 소세키의 문학적인 자취를 더듬는 일, 그리고 온천과 휴식이 일정의 전부를 차지한다. 아무리 효도가 목적인 여행이라지만 마냥 휴식만을 취할 수는 없는 일, 우리 일행은 시내로 나섰다.

　마쓰야마 성을 제외하곤 별다른 유적지가 없는 이곳은 한마디로 나쓰메 소세키의 문화유산으로 먹고사는 곳이었다. '나는 고양이로다'와 '도련님'의 저자인 그는 졸업 후 이곳 시코쿠에 있는 마쓰야마 중학교의 교사로 부임한다. 그리고 그 생활을 토대로 후에 소설 '도련님'을 쓰게 된다.

　이 작품은 작가 자신의 젊은 날의 자서전이라 할 수 있겠다. 그는 천진난만했던 젊은 시절을 통해 본 세상, 순수한 이상과 추악한 현실이 공존하는 세계를 소설에서 적나라하게 대비시킨다. 그가 부임한 첫날 맨 처음 찾아간 도고 여관, 초라한 행색 때문에 괄시받아 분김에 5원이나 되는 팁을 주고 얻어낸 그곳의 이층 방에는 소설 속에 등장하는 선생님들의 사진이 일렬로 벽에 걸려 있었다. 그가 붙인 별명대로 너구리 교장, 빨강 셔츠 교감, 멧돼지 수학 선생, 엉터리 어릿광대 미술 선생, 그 모습과 별명이 어쩌면 그렇게도 절묘하게 맞아떨어지는지...

도고 여관에서 나와 길을 건너니 작가가 타고 다니던 전차가 도시의 중앙을 달리고 있다. 달랑 한 량의 미니 성냥갑 같은 것, 이름 하여 봇짱(도련님) 전차가 꿈의 전차로 복원되어 이 지방의 명물이 되어 있는 것이었다.

문득 인천과 소래 포구를 잇는 달랑 두 량의 그것, 윤후명 선생의 소설에 등장하는 우리의 협궤 열차가 떠오른다. 경제적인 가치로 보아 존재 이유가 없다는 이유로 이미 폐차가 되어 역사 속으로 증발해 버린 그것이 얄궂게도 자꾸 겹쳐 보이는 것이다. 오호 통재라, 우리의 협궤 열차는 다시 돌아올 수 없단 말인가.

나쓰메가 남긴 유산들은 이 도시가 멸망하지 않는 한 영원히 훌륭한 문화 자원이 될 것이다. 소설 속의 인물들은 사진 속에서 걸어 나와 봇짱(도련님) 우동이 되고 카페의 간판이 되고, 그리고 거리의 이름이 되어 마쓰야마 주민들을 먹여 살릴 것이다.

관광을 위해 하루를 세내었던 택시 기사는 더 이상은 정말 보여 드릴 곳이 없다며 몹시 미안해한다. 서른 중반의 그 기사는 드디어 이런 제안을 했다. 형님 내외가 이 근방에 사시는데 형수님의 단팥죽이 일품이니 우리에게 맛을 보여 주고 싶다는 것이다. 미안해서 사양하는 우리에게 그는 괜찮다며 하루에 한 번씩 퇴근 전엔 꼭 형님댁에 들러 안부를 묻는다는 것이었다. 둥그런 그의 얼굴을 바라보는 내 가슴 위로 그 무언가 노란 액체가 흘러내린다. 형수와 시동생의 도타운 정이 마치 한 덩이 버터가 녹아내리듯 자꾸만 자꾸만 내 마음 깊숙한 곳으로 흘러내리는 거였다.

반신반의하며 따라간 우리를 앞치마를 두른 채 화사한 미소로 환대하는 형수는 무척 상냥했다. 전형적인 일본의 미니 가옥이었다. 현관 옆 미니 부엌에서 그녀는 석쇠에 큼직한 모찌를 구웠다. 노릇노릇 구워진 모찌를 넣은 따뜻한 단팥죽, 가다랑어를 얹은 오싱코와 해초 무침 그리고 더운 차 한 잔, 형님은 막간을 이용해 귤 한 봉지를 사 왔다. 세상에 이보다 더 맛있는 단팥죽이 과연 어디 있을까.

내일이면 일본을 떠날 우리, 불과 한 시간 후면 다시는 보지 못할 손님들을 이렇게 감동시켜도 된단 말인가. 뭉클한 그 무엇으로 코끝이 빨개진 나, 시동생이 없어 항상 허전했던 나는 가슴이 저리고 또 저려 오는 것이었다.

돌아서는 나는 볼 것도 없는 이곳이 왠지 쉽사리 기억 밖으로 물러나지 않을 것 같은 예감이 들었다. 마쓰야마는 아득한 훗날에도 마치 가라앉은 한 덩이 단팥죽의 앙금처럼 내 가슴 깊숙이 각인되어 있을 것만 같다. '정'이란 이름으로, '감동'이란 이름으로...

진실로 우리들 마음을 사로 잡는 것은 물리적인 유적지가 아니었다. 성이나 온천, 그리고 전차 같은 하드웨어가 아니었던 것이다. 내 비록 나쓰메를 무척 좋아하지만 그의 문학적 흔적을 더듬고 향기를 맡는 일보다 더 향기로운 것이 있었으니 바로 사람들의 따스한 영혼과 가슴을 만난 일이었다.

요즘 들어 부쩍 일본 관광이 증가일로에 있다 한다. 가깝고도 먼 일본과 숙명적인 경쟁을 할 수밖에 없는 우리, 정신의 무장이 일본인의 그것에 따를까 걱정이 된다. 우리도 가시적인 것들의 홍보에 주력할 일이 아니라 국민들의 친절과 정신 교육에 훨씬 더 많은 투자를 해야 하지 않을까. 왜냐하면 우리 하나하나는 그 자체가 바로 훌륭한 관광 자원, 최고의 소프트웨어이기 때문이다.

<신방/76/수필>

나, 꿈을 꾸었네

이 현 명

수십 년 전, 나는 서울 숲에 둥지를 틀었다. 그때는 서울 숲이란 이름도 없었다. 커다란 버드나무들도 강가에 좀 있었는데, 놀러 갈 곳이 별로인 그때, 서울에선 살짝 시골 맛을 풍기는 뚝섬 행, 기동차는 젊은이들의 당일 데이트 코스였다.

그때 사람들은 뚝섬을 그냥 섬으로 인식했다. 지금은 한양대 앞을 지나는 연결 다리가 생겼지만, 당시에는 샛강을 철길 위로 지나는 섬이었다. 강가로 나가면 축축 늘어진 능수버들 줄기들은 굽이굽이 강줄기를 따라 파릇파릇 잎을 무성하게 피워, 이른 봄, 그 곳은 풋풋하고 아름다웠다.

그랬다. 날씨 좋은 주말이면 어디서 왔는지 중년 남자 몇몇이 장구 치고 북 치고 어깨를 들먹이며 춤사위를 벌렸다. 주위에는 젊은 부모를 따라온 아기들도 있었는데 장단을 맞추며 앙증맞게 고개까지 까닥이며 놀았다. 점심때면 장어집 숯불 위에서 익어가는 민물 장어 냄새가 요란했다.

뚝섬 나루터, 강 건너 밭이나 모래가 많던 잠실은 아파트로 체질이 바뀌며 개발되었다.

한편, 당시 뚝섬은 강가 아니면 경마장으로 사람들이 몰렸었는데 서울특별시에서 경마장을 다른 곳으로 이동시켰고, 경마장 자리에 그리 크지 않은 나무들로 지금의 서울 숲을 만들었다.

우리 젊은이들의 갓 차린 살림처럼, 공원은 처음엔 조금 엉성했다. 그러나 드높이 푸르른 하늘 아래 세월이 흐르는 동안, 이곳 저곳, 어린 나무들이 무성해졌다. 그곳, 숲에 터를 잡은 어미 새들은 자연스레 알을 깠다. 그리고 차례로 태어난 사랑스런 아기들도 내 품에 안겨 옹알거렸다.

시간이 지나며 나의 아이들도 이곳 도시 안에서 무럭무럭 잘도 자랐다. 그때나 지금이나, 나도 한 마리 어미 새. 나의 아기 새들도 제법 커서 이제는 아기가 아니다. 청년기를 지난 아이들은 어느새 훌쩍 중년 세대로 들어서고 있었다. 숲은 그대로 봄, 여름, 가을, 겨울…. 시시각각 울창하고 깊게 아름다워졌다. 나 홀로 아파트도 들어서고, 서울 숲을 찾는 흥겨운 사람들이, 나무들, 분수, 연못, 귀여운 사슴들도 어울려 즐거워했다. 어리고 빈약했던 숲이었지만 지금은 사막에 오아시스 같은 숲, 지하철도 멈추는 곳이 되었다.

아이들은 자라 성인이 되었는데, 그런데 웬일일까? 인생 선배인 내가 무엇을 그릇되게 했을까? 나의 아기 새들은 서울 숲이, 태어난 마을이 좋아 오래오래 엄마랑 함께 살고 싶단다. 표현은 않지만, 밖에 세상은 고달프고 힘에 겨워? 엄마 품에서 떠나지 않겠다고?

넓은 세상에 적응해 꿋꿋하게 나아가야 할 텐데… 맑은 영혼으로 열정적인 삶을 살며, 자신의 짝을 찾아 건강한 성인의 세계로 들어가야 할 텐데... 황당한 사회 현실에 적응 못 하는 아이들을 볼 때마다 가슴이 답답해진다. 결국 젊은 생각들과의 충돌로 조금씩 어긋나는 생활이 이어졌다.

언제 부터일까? 안쓰러운 아이들을 들여다볼 때마다 온 몸에 이상한 느낌이 든다. 요즈음엔 머리가 근질근질하고 등도 가려운거 같다. 아니 어깨가…. 웬일일까? 웬일이지? 겨드랑이도 괜히 간질간질하다. 내가 왜 이러지? 아악…. 가슴이, 아니 온몸이 옥죄어 온다.

아, 나는 지금까지의 내가 아니다. 이런 세상에, 양쪽 어깨가 뻐근하더니 오~ 어깨에 보드라운 흰 깃털 하나 얹혀있고 날개가 돋아난다. 아이들은 철없이 날 보고 웃고 있는데 온몸에 부드러운 깃털이 나를 감싼다. 나는 둥지를 탈출한다. 훨 훨 훨. 정들었던 제2의 고향을 떠난다.

안타깝지만, 훗날 훈훈한 만남을 기약하고 날아가는데, 어디선가 들려오는 노래에…. 귀를 기울이며 따라간다. [나, 꿈을 꾸었네] FM에서 흐르는 멜로디. 잠시 마음을 맡기며 꿈을 꾸었네… 라고 중얼거리는 나는, 어느새 새로운 꿈을 찾아 훨훨 날아가고 있다.

<영문/64/시>

바보 할아버지

이 예 경

"할아버지 바보!"
"아냐, 할아버지 바보 아니야!"

　할아버지는 울먹거리며 아니라고 사정하고, 일곱 살과 다섯 살 남매는 계속 놀려대며 신이 났다. 이번에는 손자가 박치기를 하잔다. 아이들 어미는 질겁하며 아이들을 말리지만, 그 새 박치기를 당한 할아버지는 오만상을 찡그리고 아프다고 문지르니 손자가 이겼다. 이길 것이 분명하므로 자신만만하게 싸움을 걸어오는 아이는 엄살인 줄 알면서도 모르는 척 장난을 멈추지 않는다.

　그래도 아이들은 주일마다 만나는 교회에서 할아버지를 보자마자 팔을 열고 달려와 할아버지 품에 안긴다. 바보 할아버지라고 놀리면서도 왜 그리 좋아하는지 모르겠다. 예배가 끝나면 근처의 슈퍼마켓에 가는 것이 정해진 코스. 사고 싶은 대로 마음껏 집으라고 하니 입이 귀에 걸린다. 남매가 서로 할아버지 옆을 독차지하려고 티격태격 다투는 모습이 웃음을 자아낸다.

아이들이 달려와 가슴에 안길 때 할아버지는 분수에서 물줄기가 솟구쳐 오르듯 희열을 느끼고, 귀를 간질이는 아이들의 웃음소리에 기분이 올라간단다. 공원에 가면 함께 뛰어놀고 집에서는 같이 퍼즐을 맞추고 게임을 하며 함께 뒹굴면서 아이들보다 더 아이같이 동심으로 놀아준다. 아이들과 함께 하는 곳은 어디나 오아시스가 된다.

"저분이 우리들 옛날의 그 아버지가 맞아?"

할아버지의 모습을 보며 자녀들끼리 하는 말이다. 그는 젊은 아버지이던 시절, 매사에 엄격하게 훈육에 열중하느라 웃음이 별로 없었다. 아이들에게 인기 없는 아버지가 되는 건 참을 수 있어도, 아이들이 버릇없거나 수학을 못하는 건 참을 수 없다고 하면서, 새벽에는 아이들을 깨워 수학 문제를 풀어주고 훈육을 게을리하지 않았다. 툭하면 회사 일로 해외 출장을 가서 바쁘다고 얼굴 보는 일조차 어려웠던 시절, 입학식과 졸업식에도 와준 적이 없었기에 자녀들은 인자한 할아버지의 모습을 아예 기대조차 해 본 적이 없었다.

그런데 자녀들이 결혼하여 둥지를 떠나자 그렇게나 엄하고 냉정하던 분이 돌변했다. 자애롭고 따스함이 넘쳐 똑같은 사람이라고 도저히 믿을 수 없다. 어쩌다 한번 그러려니 했는데 계속이라, 옆에서 보는 할머니는 바라던 일이면서도 어리둥절하다. 왜 달라졌느냐고 물으니 애들 키울 때는 당연히 훈육이 중요했으나 이제 둥지를 떠났으니 엄한 아버지 노릇도 이젠 졸업이란다.

자신은 엄격한 부모님 아래서 자랐고 부모님을 만족시키는 모범 아들에 속하지만, 마음 한편에는 자애로운 아버지에 대한 그리움이 있기는 했나 보다. 평상시에 아들이 자녀들에게 자애로운 아버지의 모습을 보일 때면 자신보다 낫다고 하더니, 어쩌다 애들에게 호되게 할 때는 자기의 옛 모습을 보는 것 같아서 그랬는지 헛기침을 하며 말없이 자리를 피했다.

할아버지는 여름휴가를 같이 보내자고 앞장서서 2박 3일의 휴가 계획을 해마다 세우고, 휴가지에서는 아이들을 도맡아 밥 먹이랴 물놀이하랴 엄청 바쁘다. 아이들이 물에서 나올 생각을 안 하고 할아버지를 종일 붙잡으니 간식시간에나 잠시 숨을 돌린다. 휴가에 쉬기는커녕 매번 애들 보느라고 생긴 피곤을 집에 와서 풀지만, 손녀 손자가 별을 따 달라 해도 따줄 것 같다.

손녀의 수학 점수를 올려야 한다고 애들 어미는 시아버지께 수학 과외를 부탁한 적이 있었다. 수학을 가르치는 것이 취미인 할아버지는 기뻐하며 애들 수학 책과 문제집을 사놓고 기다렸다. 쉬운 문제부터 차근차근 공부를 시작하는데 아이가 도리도리를 하며 할아버지가 친구지 선생님이냐며 화를 냈다. 자기 아이 같았으면 혼을 내서 문제 풀이를 시켰을 테지만 할아버지는 순순히 과외공부를 접었다. 부모는 훈육이고 할아버지는 사랑인가. 손녀바보 할아버지의 현실이다.

세월이 흘러 손녀가 중2가 되었다. 키가 커져서 머리가 할아버지 귀까지 온다. 머리가 커지니 놀이터에 가자 해도 시큰둥하고 이야기를 걸어도 주로 "예, 아니오." 정도로 짧은 대답이다. 슈퍼마켓에 데리고 가도 입장이 바뀌어 인심 쓰는 표정으로 한두 개 집고 만다. 할아버지는 성장한 아이들이 대견스러우면서도 한편으로는 옛날에 바보 할아버지라 불리던 때를 아련하게 그리워할 것 같다.

<교육/70/수필>

행복에 관한 두 가지 소묘

조 연 경

하나, 파티와 다이아몬드는 작아도 빛난다

원하는 걸 충분히 갖고 있지 못하다는 소유의 불만과 도무지 이야기가 통하는 사람이 없다는 소통의 부재가 행복이 우리에게 오는 길을 막고 있다. 원하는 걸 가지려면 오랜 시간, 노력이 필요하고 노력했다고 반드시 얻어지는 게 아니니까 내 형편에 맞게 줄이는 방법도 생각해 봐야 한다. 다이어트는 여름 해변을 위한 젊은 여성들의 목표뿐만 아니라, 내 처지에 맞지 않는 소유에 대한 욕심에도 필요하다.

하지만 행복이 오는 길을 차단하는 또 하나의 방해꾼, 소통의 부재는 의외로 쉽게 해결할 수가 있다. 요즘 우리는 사람들을 만나는 걸 중요하게 생각하지 않는다. 혼자도 시간을 잘 보낼 수 있는 스마트폰과 컴퓨터가 있다. 세상의 모든 정보와 다양한 놀이가 그 안에 있다.

하지만 혼자 오래 인터넷 세상에 빠지면 정신이 피폐해지고 우울증이 온다.

'팝콘 브레인'이라는 말이 있다. 팝콘은 말린 옥수수 알갱이에 열을 가해서 만드는데 섭씨 200도가 넘을 때부터 터지기 시작해서 냄비가 본격적으로 달궈지면 타다닥 하고 연속적으로 팝콘이 튀는 소리가 들린다. 팝콘 브레인은 스마트폰과 인터넷 중독으로 강렬한 자극에만 우리 뇌가 반응하는 현상을 지칭한다. 팝콘 브레인을 가진 사람들은 강렬한 자극을 원하고 그 자극에 익숙해지면 더 강한 자극을 원하게 된다. 그래서 팝콘 브레인은 중독과도 밀접한 관련을 맺고 있다. 서서히 빠지고 헤어 날 수 없는 사이, 정상적인 생활을 할 수 없게 된다. 뇌가 현실에 무감각하거나 무기력해진다. 하루 종일 스마트폰과 인터넷을 들여다보지 않는다고 해서 안심해서는 안 된다. 스마트폰을 보지 않고 10분이 지나면 불안해지는 마음이 생기는 것도 해당된다고 한다. 이렇게 스스로를 메마르고 딱딱한 나무인형으로 만들 것인가.

우리는 말랑말랑하고 따뜻한 심장을 가진 살아 숨 쉬는 사람이다.

사람은 반드시 사람을 만나면서 살아야 한다. 이야기도 하고 차도 마시고 상대방의 얼굴도 바라보고 웃기도 하고 만난다는 걸 두려워하거나 귀찮다고 생각하는 건 스스로를 위험에 빠트리는 일이다.

소통을 하려면 우선 만나야 된다. 거기다 파티라는 이름을 붙이면 더욱 즐거워진다. 파티라고 해서 비싸고 좋은 음식, 많은 사람들, 샹들리에 불빛 등 거창할 필요가 없다.

여름밤 고수부지에 직장동료 몇 명과 돗자리 깔고 캔 맥주를 마시며 큰 소리로 웃어 보고, 서너 명의 이웃과 커피와 쿠키를 앞에 놓고 수다로 잠시 집안일의 고단함을 내려놓고, 학교 앞 분식집에서 친구들과 떡볶이와 튀김을 먹는 것 모두 작은 파티다. 꼭 특별한 날, 무슨 기념일에만 하는 게 파티가 아니다. 생활 속에서의 작은 만남도 즐거운 파티다.

비가 와서, 바람이 불어서, 갑자기 생각이 나서, 왠지 어깨를 두들겨 주고 싶어서, 아무 이유 없이 그냥, 사람을 만나고 파티를 하면 삶은 신나는 탱고처럼 우리를 일으켜 세운다.

미국의 시인이며 사상가 랄프 왈도 에머슨은

'집을 가장 아름답게 꾸며주는 것은 자주 찾아오는 친구들이다.'라고 했다. 사람들의 도란도란 말소리와 웃음소리가 그 어느 때보다 그립고 필요하다. 오늘 점심은 샌드위치로 회사 옥상에서 옆자리 동료와 즐거운 파티를….

둘, 에메랄드 반지보다 더 갖고 싶은 것.

만일 우리가 풍요로운 식탁, 좋은 집, 알이 큰 진녹색 에메랄드 반지 등 소유에 행복을 느낀다면 그것들이 없을 때는 인생이 유쾌하지 않다. 그러나 평생 무상으로 공급되는 자연에서 즐거움을 느낀다면 우리는 언제나 행복할 수 있다. 길가에 피어 있는 이름 모를 꽃, 파란 하늘, 향긋한 바람, 주홍빛 저녁노을, 연녹색 잎사귀에서 떼구르르 구르는 빗방울 등 매 순간 아름답고 경이로운 모습을 보여주는 자연에서 기쁨을 느낀다면 우리는 행복을 지갑처럼 늘 갖고 다니는 것과 같다.

영국의 문호 토마스 카알라일은 '자연은 신의 살아 있는 옷이다.'라고 했다. 이렇게 훌륭하고 멋진 자연을 너무 쉽게 만난다는 이유로 무감각하다면 얼마나 큰 손실인가?

봄이 되면 자연은 소리 없이 움직인다. 겨우내 언 땅을 뚫고 나오는 연연한 새싹, 빈 가지에 초록빛 잎사귀를 달기 시작하는 나무, 고요한 들판은 모락모락 아지랑이를 피어 올리며 비로소 생동감을 보여 준다. 그러나 그 모든 것들은 혼자 힘만으로는 어렵다. 그래서 주위의 기를 끌어 모은다. 자연스럽게 인간의 기도 뺏긴다. 그래서 봄이 되면 우리는 '노곤하다', '나른하다'라는 말을 자주 쓴다. 하지만 조금도 억울해 할 거 없다. 가을이 되면 자연은 풍성한 열매로 우리에게 다시 되돌려준다.

프랑스의 사상가 미셸 드 몽테뉴는 '자연은 착한 안내자이다. 현명하고 공정하고 선량하다'라고 했다. 자연은 그렇게 우리에게 소리 없이 함께 사는 법을 가르쳐 준다.

갑자기 몰아닥친 태풍, 장마, 지진 등 자연의 거대한 힘 앞에서 우리 인간은 얼마나 무력하고 나약한 존재인가? 그동안 벌벌 떨면서 손에 움켜잡고 있던 것들을 하루 아침에 잃을 수 있다. 이런 위기 앞에 설 때 비로소 우리는 그동안 얼마나 교만하고 탐욕스럽게 살아왔나를 깨닫게 된다. 결국 우리는 빈손으로 언젠가 떠나야 된다. '모으기'에만 충실하다면 소중한 한 번뿐인 인생을 야금야금 허비하는 것이다. 진정한 '모으기'는 오늘을 즐겁게 사는 것이다.

프랑스의 철학자 장자크 루소는 '사람에게 3가지 스승이 있다. 대자연, 인간, 모든 사물, 자연으로 돌아가라'라고 했다. 그는 자연이 가장 큰 스승임을 강조하고 있다. 자연에서 배운다. 자연을 사랑할수록 행복해지고 겸손해지고 관대해진다.

또한 자연과 가깝게 지낼수록 몸과 마음이 편해진다. 햇빛을 알맞게 쪼이면 우리 몸에서는 기쁨을 느끼고 마음을 따뜻하게 하는 세로토닌이라는 호르몬을 만들어 낸다.

청량한 바람은 기분을 상쾌하게 해준다. 창밖에 빗소리는 음악이 되어 경직된 마음을 말랑말랑하게 풀어준다. 자연은 큰 선물이다.

어느 날 문득 기대도 설렘도 없는 삶이 시시하다고 느껴질 때 무조건

문밖으로 나가자. 자연은 멋진 연인이 되어 줄 것이다. 데이트 비용을 걱정하지 않아도 되고 무엇보다 까다롭게 굴지도 않는다. 새로 생긴 경강선을 타볼까? 오늘 나의 연인 경포대 바다는 어떤 빛깔로 나를 행복하게 해줄까?

<법학/75/방송>

로데오 군화

김 영 두

"얼마나 편한지 몰라"

내 표정에서 자신의 구두에 보내는 무언의 질책을 읽은 친구가 테이블 밑으로 발을 감추며 말했다.

"동네 할머니인지 할아버지인지가 신은 거 봤어. 이지 워킹이라든가? 여포신발, 여자이기를 포기한 신발. 너 그거 신고 화장실 물으면 남자화장실로 안내해줄 거야."

친구가 내 말에 심한 모욕감을 느끼고 앙분 하기를 바라며 나는 도도하게 그녀에게 조소를 날린다.

나는 하이힐을 안 신거나 못 신는 여자는 이미 여자가 아니라고 단언해왔다. 단지 편하다는 이유만으로 평퍼짐하게 퍼진 못생긴 옷을 입고 못생긴 단화를 신는 여자를 경멸해왔다.

그래왔었다.

그런 내가 지금은 군화를 신고 있다. 난분분하게 날리는 꽃무늬가 프린트되어 있어서 조금은 여성미를 풍기기는 하지만.

제임스는 나의 영어 선생, 젊은 미국 남자이다.

누구라도 젊음을 유지하는 비결로 배움과 운동을 꼽는다. 배움은 두뇌의 건강, 운동은 신체의 건강을 가져다주기 때문이란다. 그래서 특히 배움의 열정을 죽는 날까지 놓지 말아야 한다는데, 내가 무언가를 배우러 나서면 주위에서는 꼭 '왜'냐고 묻는다. 왜, 왜냐고 묻는지 모르겠다.

내가 팔팔하게 젊다면, 외국어에 정진하는 이유를 그렇게 캐묻지 않을 것이다. 외국어란 젊은 사회인에게 죽어도 필요한 덕목이므로.

나에게 '왜'라는 질문은 '어디다 써먹으려고'와 같은 의미이다. 나 같은 여자는 영어 따위는 도대체가 써먹을 일이 없다는 뜻이다. 내가 외국어를 공부하는 것에 대해 왜 그렇게 오지랖이 넓게 알아야 하는지 나야말로 참으로 궁금하다. 그들은 묻는다.

"왜 영어를 잘 하려고 하세요?"

이런 질문은 대체로 나에게 모멸감을 준다.

덧붙여오는 '학위 받으실 거예요?'라는 물음은 '그 나이에 학위를 받아서 어디다 쓰시려고요?'라는 뜻을 함축한다. 나는 '평생 배움은 있어야죠.'라고 꾸짖는 듯 고아하게 되돌려준다. '아무리 나이가 들었다 하더라도'라는 말은 생략한다.

나는 귀찮고 모욕적인 말놀음을 피해 갈 요량으로 나름 모범답안을 하나 만들었다.

"훗날 손주 앞에서 돋보기 쓰고 타임 잡지나 워싱턴포스트를 읽는 멋진 할머니가 되고 싶어서요."

이런 극히 고결함이 돋보이는 대답을 했더니 다들 무슨 말인지조차 이해를 못 하는 눈치이다. 무슨 그따위 말도 안 되고 어울리지도 않는 이유로 영어 공부를 열심히 하느냐고도 되묻는다. 내가 아무리 젊어 보인다고는 하나 할머니가 되지 말라는 법은 없지 않은가.

몇 번의 똑같은 질문에 시달린 뒤로 내가 듣기에도 근사하고 주위의 모든 사람들에게 존경을 받을 만한 답을 만들었다.

'폼나게 양키하고 연애 한번 하려고요.'이다.

아마 제임스는 누구에게 인가 내가 떠벌이는 소리를 전해 들은 것 같다.

그는 본국으로 돌아갈 날을 받아 놓은 상태였다. 송별회 겸, 영어 듣기 현장학습을 겸해서 같이 영화를 보러 갔다. 영화관은 쇼핑몰의 꼭대기에 있으므로 우리는 양쪽으로 가게가 늘어선 상가를 통과해야 했다.

"와우, 제가 제일 좋아하는 브랜드예요."

제임스가 어느 쇼윈도 앞에서 걸음을 멈추었다. 그의 감탄사를 받고 있던 놈은 좀 희한하게 생긴 군화였다. 군사들의 병영이 아닌 다운타운 로데오 거리에서 노는 놈이라고나 할까. 제법 출중나게 생긴 놈이 동그란 빛의 깔때기를 쓰고 나를 가져가라는 듯이, 어서 나와 함께 다운타운의 로데오 거리로 놀러 가자는 듯이 소비자의 잠재의식에 불씨를 당기고 있었다.

나중에 알아본 바에 의하면, 로데오 군화는 1900년대 초 영국에서 만들기 시작한 가죽 장화가 시초였다. 장인은 2차 세계대전 당시에 독일의 군인이었는데, 알프스에서 스키를 타다가 다친 이후로 자신의 군화가 발 건강에 좋지 않다는 것을 깨닫고 직접 신발을 만들게 되었다고 한다. 그 후, 다양한 색상으로 염색한 부드러운 가죽에 무늬도 그려 넣고, 걸을 때마다 충격을 완충시키는 에어 패딩도 들어간 신발을 군화 모양으로 만들어냈다.

나는 제임스가 한국에 있는 동안 나에게 베푼 배려에 대해 어떤 식으로든 사례를 하고 싶었다. 무슨 선물을 할까, 달러를 좀 챙겨줄까 고심을 하던 중이었다. 넋을 잃고 쇼윈도 안의 로데오 군화에 하트를 쏘아대는 그를 보니 더는 망설일 까닭이 없었다.

문득 한국에서는 선물용으로는 금기시하는 물건이 꽤 많다는 사실이 떠올랐다.

나는 그에게 설명했다.

"내가 그대에게 그동안의 노고에 답례의 선물을 하려는데, 저 구두를 사주고 싶어요. 하지만 한국에서는 남녀 사이에 주고받지 않는 금기의 물건이 있어요. 가위는 무엇이든 싹둑싹둑 자르는 물건이라, 인연도 자른다고 해서 주고받지 않죠. 칼을 선물하면 칼을 겨누는 원수 사이가 된다고 해서 안 하고, 손수건은 둘 사이에 눈물을 흘릴 슬픈 일이 생긴다고 해서 안 하고, 조각 이불은 남녀의 사이가 조각난다고 시집갈 때 안 가지고 가죠. 그리고 구두는 구둣발로 막 차고 떠나간다고 선물하지 않는데요."

그가 알아들었는지 못 알아먹었는지는 모르지만 나는 열심히 영어로 설명했다. 그는 절대로 내게 사달라고 한 소리가 아니었노라고 얼굴을 붉히면서 변명했지만 결국은 나는 그 구두를 선물했다.

그는 영어 작문을 숙제로 내주고 본국으로 떠났다. 나는 영어 작문 숙제를 편지로 대신했다.

제임스에게

친한 친구 두 명이 산길을 가다가 무서운 곰과 마주쳤답니다. 배가 고픈 곰이 그들을 향해 다가오는데, 벌벌 떨던 친구가 갑자기 배낭에서 모 브랜드의 운동화를 꺼내서 신었습니다.

다른 친구가 물었습니다.

"신발을 갈아 신는다고 저 곰이 자네만 살려둘 것 같은가."

그러자 들메끈을 다 조인 남자가

"이 브랜드의 신발을 신으면 적어도 내가 자네보다는 더 빨리 달릴 수 있거든." 이라고 말했다는군요.

그러니까요, 제임스씨,

내가 보고 싶으면, 내가 부르면, 가능한 한 빨리(ASAP), 더 오래 더 빨리 달릴 수 있는 그 신발을 신고 뛰어오세요.

나는 그가 가르쳐준 대로 'As soon as possible'의 약어인 'ASAP'를 넣어서 '돌아오라'고 이메일을 보냈다.

양키는 내가 사준 신발을 신고 가버렸고 다시 오지 않았다.

요즈음 내가 군화 모양의 부츠를 애용하는 이유는 제임스가 좋아했던 신발이기 때문에 내 관심권에 들어왔고, 좌우간 군화란 젊은이들의 전유물이기 때문에 나도 젊은 기운에 편승해보려는 속셈이다.

나는 흰 바탕에 보라색 꽃이 어지러이 그려진 군화부츠, 가죽에 붉은 캔버스 천을 씌우고 잔잔한 꽃을 수놓듯이 그린 목이 짧은 군화 부츠, 목이 긴 흰 장화 부츠까지 구입했다.

꽃무늬가 화려한 군화를 신고 나섰더니 친구들의 반응이 각양각색이다.

"일본에 갔더니 할머니들은 죄다 너 하고 똑같은 걸 신었더라."

"일본 할머니들은 군화를 좋아하는구나. 난 젊은 애들이 밝히는 브랜드라는 이유로 샀는데."

"젊은 애들? 15년 전에나 젊은 애들, 미국 유학생들이 한 켤레씩 사신고 들어오기는 했지.”

라고 나를 유행에 뒤진 구닥다리라는 식으로 비난을 하는 친구도 있었고, 내가 저에게 했듯이

“군화 신은 사람이 화장실 찾으면 남자화장실로 데려다주지 않겠니?”
라며 내게 복수의 일격을 가하는 친구도 있었다.

뭐, 어쨌거나 나는 여자이기를 포기한 신발이 아닌, 청바지 밑에도, 반바지 밑에도, 심지어는 미니스커트에도 딱 어울리는 남녀구별이 없는 군화를 신는다.

하이힐에서 땅으로 떨어지거나 발목을 삘지도 모른다는 겁나는 상황에 시달리면서, ‘저 포도는 시니까’하는 여우처럼, 나 자신을 속이고 기만하면서 군화 부츠를 사랑하게 된 것 같다.

<물리/77/소설>

발이 말을 할 때

김 영 교

　문학 모임 약속 장소에 시간 알맞게 도착했다. 안도하며 실내를 둘러보는 순간이었다. 턱이 진 바닥을 보지 못해 미끄러지듯 넘어졌다. 아픈 것은 고사하고 창피했다. 근처 한의원을 찾아 그날 오후 침 치료를 받고 그 후도 고통을 견뎌야 했던 기억이 아직도 생생하다. 몇 년 전에 있었던 일이다.

　연초 대형 교통사고 후 내 몸 하단이 좀 수상하다. 체중이 없는데도 발바닥 감각이 점점 둔해져 뒤뚱한다. 오른발이 더 심하다. 운전을 하는 발이니 심상치 않다. 혹시 이런 증세로 넘어지기라도 하면 어쩌나 걱정이 된다. 발이 빨간 불을 켜고 자기의 고충을 알린다. 우선 주인은 모양보다 편함 위주의 낮은 신발부터 신긴다. 그 숱한 세월, 발에게 오죽 무관심 했나 살펴본다.

　두 발이 평생 걷는 거리는 지구 세 바퀴 반 정도라고 하니 놀랍기만 하다. 몸에는 206개 뼈가 있고 발에만 52개의 뼈와 38개의 근육, 그리고

214개 인대가 분포돼있다고 하니 과연 발의 중요성과 그 구조의 미묘함을 이참에 절실하게 깨닫게 된다.

발에게는 몸무게를 지탱해주는 역할이 있고 보행의 기능이 있다. 발이 인체에 있어 얼마나 중요한지는 발에 많은 경혈이 모여 있는 것만 봐도 그렇다. 꼭 오장 육부가 분포돼 있는 것과 동일해 전신의 축소판이라고 여겨 신체 부위가 탈이 나면 발을 통해 그 부위의 기능을 회복시킬 수도 있다고 믿는 이유이기도 하다.

그때 대만 여행 중이었다. 강행군으로 피곤이 겹쳐 쓰러질 뻔, 그때 발 지압으로 축적된 피곤을 내몰고 활기를 되찾은 경험이 있었다. 지인의 배려로 한의과 대학 외래환자 임상치료를 받은 것이었다. 깊은 나무 통에 약초를 풀어 우려낸 따끈한 물에 발을 한참 담근 채 편하게 눕는 듯 기댄 의자 침대 자세였다. 흰 가운 입은 한방 전문의 발 지압 치료를 생전 처음 받았다. 김 오르는 아로마가 피곤을 쫓고 편안한 자세는 잠을 유도, 그 첫 경험은 몹시 아파 고통스러웠다. 아프면서도 시원한 느낌, 기분 좋은 아픔이란 게, 참을 만한 아픈 시원함으로 지금도 기억에 남아있다. 요사이는 약식 발 지압이 유행인 것 같다.

발을 또 하나의 심장이라고 부르는 이유가 있다. 발이 혈액순환의 원동력이 돼 주기 때문이다. 두한족열이라고 해서 머리는 차게 발은 따뜻하게 하는 것이 현대의학 측면에서 보는 건강 진단 견해다. 발 지압을 통해 발을 따뜻하게 해주면 체내의 혈액순환을 원활하게 해 산소와 영양분으로 가득 찬 깨끗한 혈액을 분비, 그때 더러워진 노폐물을 제거할 수 있다고 보는 견해다. 디톡스 기능을 하는 것이다. 혈액순환이 순조롭게 되어서일까, 내 경우 저림도 줄어들어 단잠을 잘 수 있었다.

발 지압은 건강을 지키는 일종의 치료법으로 중국 동양의학 전례라는 것쯤 다 알고 있다. 경쟁과 스트레스, 여러 종류의 통증을 완화시키는데 탁월한 효과가 입증된 지 오래되었다고 한다. 15,000개가 넘는 신경 네트워크가 우리 몸을 구성하고 있어 약물보다 지압 등 대체의학의 자연요법이 더 효과를 보고 있다는 게 그 증거라고 한다.

요즈음 나는 간단한 족욕에 빠져있다. 족욕기 <각시발>이다. 특징이 온열 건식 사우나이다. 책상 밑에 두고 글을 쓸 때 발을 담근다. 산책할 때 휘청거리는 발걸음이 많이 교정된 것이 신기하다. 나이가 들면 뼈와 뼈를 둘러싼 인대와 조직이 노화되는 것은 자연현상이라고 배웠다. 최소한으로 노력으로 완화 내지 방지하자는 게 내 주장이다. '고통 멀리, 발사랑 지금'이다. 내가 선택한 제일 쉬운 처방이다. 이는 따뜻한 물 없이도 발의 차가운 기운을 제거하는 방법치고 아주 효과적이다. 발을 열에 담그는 습관은 발을 통해 온몸에 쌓인 피로를 풀어주자는 게 나의 기본 발상이다.

체온이 올라가면 면역세포가 활성화되는 것 상식적으로 알려져 있다. 힘들고 아프다고 발이 계속 신호 보내올 때 심각하게 들어줄 일이다. 이정도의 수고와 노력은 성의 있는 최소한의 답례이다. 발의 웰빙을 위해 불편을 덜어주는 아주 쉬운 발 건강 사랑법, 칭얼대는 발의 불편을 달래고 쓰다듬어 줄 때 발 회복은 가능하다는 얘기다. 일상생활 속에서 약을 먹지 않고, 병을 고치는 방법이야말로 최고 최선의 치료법 아닌가. 의사 처방 없이 전신 건강에 직결되는 족욕을 집에서도 쉽게 할 수 있는 이 사랑법이 여간 고맙지 않다

발 지압이야말로 손가락으로 또는 침봉으로 집에서 TV를 보면서도

쉽게, 언제나 할 수 있어서 퍽 서민적이고 경제적 아닌가. 시도하기도 쉬운 완전 신토불이다. 몸의 통증 완화 비법이 이렇게 간단하기도 해 그야말로 선물이란 생각까지 들 정도다. 침묵하고 가만있으려니 무례를 범하는 기분이 든다. 발이 말할 때 진지한 관심을 가지고 들어주자. 약간의 시간 투자로 하루의 피로를 날려 보내는 일, 발 교정 에너지로 몸 주인의 건강을 도모하는 일, 바로 상생의 길이란 생각까지 든다.

<영문/63/시>

깐 느

이순희

   산과 바다, 대륙과 섬, 한냉과 폭서 이런 극단 사이에 존재하는 해양성 기후가 있어서 얼마나 다행인지 모른다. 여름은 선선하고 겨울은 따뜻하고 연교차가 적고 강우량 차이가 크지 않는 곳을 하느님이 만들어 주어 올해같이 더울 때는 어딘가 그런 곳이 있다는 것을 상상만 해도 위로 받는 것 같다. 거기다가 소위 예술이란 이름을 붙일 수 있는 인간의 활동과 열정이 이루어 놓은 공간에만 살수 있다면 더 이상 쾌적할 수가 없다. 내가 처음 그런 곳을 가 본 것은 프로방스 대학 유학 시절이었다.

   논문 쓰기에 시달리다 보면 머리는 무겁고 괜히 짜증스러울 때가 많았다. 그럴 때는 같은 처지의 두서너 친구들과 두어 시간 드라이브를 해 아침식사를 거기 가서 하면 아주 상쾌하고 몸이 가뿐해지는 것을 느끼게 된다. 특히 그때 같은 교수님 밑에서 공부하던 하와이에서 학위 하러 온 Y라는 친구 커플은 프랜치 리비에라는 지상의 파라다이스라고 가끔 말했다. 낙원까지는 모르지만 나에게도 힐링 드라이브 코스였음이 분명하다. 아침 식사라고 해봐야 순 프랑스 식으로 바게트 한 조각 혹은 크르와쌍 한두 개, 커피 한잔이 고작이다. 계란 혹은 햄 쏘시지 같은 것은 아예 없다. 우리가 늘 아침식사를 하던 장소는 약간 오만스럽기까지 해 보이는 깐느 중앙통의 ≪까페 로마≫였다.

수십 년이 지난 지금 가 봐도 별 변화는 없지만 단지 간판이 더 커졌고 번쩍거리며 인도를 많이 차지해 옥외 테이블 수가 식당 내부 보다 더 많아진 것이 다를 뿐이다. 낮과 밤 시간에 이 자리를 차지하기는 운이 꽤 좋아야 한다고 할 만큼 손님이 밀어 닥치는 곳이다. 하기야 365일 하루도 문 닫는 날이 없고 아침 7시부터 새벽 2시까지 논스톱으로 열리는 이태리 식당이다.

이 도시에는 반세기 이상 같은 자리에 같은 메뉴로 이름 있는 식당이 몇 개가 있다. 꼬따쥐르는 모나코를 포함한 남불 연안을 말한다. 저마다 특색을 자랑하는 크고 작은 도시들이 눈부신 쪽빛 바다를 끼고 있다. 당당하다 못해 거드름 피우는 모양새가 있나 하면 귀엽게 교태를 부리며 우아한 몸짓과 요염한 미소로 우리를 왕창 흔들리게 하는 개성 있는 작은 마을과 항구들도 있다. 체류 비용에 구애받지 않는 사람들에게 꼬따쥐르에서 바캉스를 지내려고 그중에 꼭 한곳만 찍어 보라고 하면 많은 세계인들은 주저 없이 깐느를 선택한다고 들었다.

겨우 8만여 명이 산다는 이 도시에 사철 내내 몰려드는 방문객은 연평균 약 2억 명과 각종 국제회의 참석자 수가 약 25만 명이 된다 하니 그 이름값을 충분히 상상할 수가 있다. 8만여 명이 사는 곳 치고 깐느는 다양한 시설과 국제 프로그램들이 많은 곳으로 알려진다. 한마디로 지중해의 여왕이다.

나는 이 도시 이곳저곳 두루 돌아보면서 모든 것이 균형 있게 꼭 제자리에 놓여 유대감 있는 아름다움을 과시하고 있는 것을 보게 된다. 쪽빛 바다 산언덕은 시시각각으로 변하는 하늘 따라 "예술"이 되어 주기도 한다. 이름 없는 한 치의 공간이라도 사람이 삐대고 간 곳은 어디고 간에 나름의 역사가 있음을 알기에 나는 이 도시의 뒤안길이 몹시 흥미롭기만 하다. 2500여 년 전부터 사람이 살았다고는 하지만 중세에 들어가면서 앞바다에 떠있는 쌩뜨 마그리뜨, 쌩 또 노라섬들과 인연을 가지게 된다. 기도하고 농사짓던 성직자들과 정어리, 멸치 잡던 낚시꾼들의 단조로운 일상이 반복되는 소박한 어촌으로 존재했다고 한다.

　기록에 남는 것들 중 특기할만한 것은 나폴레옹이 엘바 섬에서 귀향살이 중 배 7척에 1200명의 장병들을 끌고 상륙한 곳이 바로 6킬로미터 지점의 골프쥐앙 백사장이었고 그들은 깐느를 거쳐 파리로 갔기에 지금도 그들의 흔적의 길을 나폴레옹 도로라 하고 깐느 대성당 벽에 팻말을 붙여 놓았다.

　본격적으로 깐느가 세인의 관심을 끌기 시작한 것은 영국 귀족 엘레오노르^{Eleonore} 부녀가 이태리를 가는 도중 콜레라가 한창 전염병으로 돌고 있어 국경에서 되돌아 오는 중 우연히 깐느를 들리게 된다. 그들은 첫눈에 반하고 바닷가 언덕바지에 땅을 사고 아름다운 별장을 지었다고 한다. 그것이 동기부여가 되어 영국 상류사회에 입소문이 시작되고 점차 전 유럽에 겨울 휴양지로 각광을 받은 것으로 기록된다. 또 기억되는 한 사람은 사진작가 '쟝 질레따'이다. 이미 이 도시는 어촌에서 휴양지로 탈바꿈하기 시작했다. 해변에는 탈의장이 생기고 오리쯤 되는 해만을 따라 크루아제뜨라고 부르는 멋있는 대로가 생겼다.

거기에는 지금도 수려한 종려나무와 우산 소나무들이 열병하듯 늘어서서 이곳을 찾아오는 모든 사람들의 눈을 즐겁게 하고 환영하고 있다. 그리고 보행자들에게 두꺼운 그늘을 만들어주기도 한다. 또 파리에서 출발하는 철로도(1863) 개설되고 호텔도 건축되었다. 이런 변화를 이 사진작가가 처음으로 깐느를 찍기 시작했고 사진에 담긴 도시는 또 포스트 카드로 세상을 날아다니기 시작했다.

도시 이미지는 현대, 축제 분위기, 사교생활, 사치와 고급스러움 등이었다. 행운의 축포가 터진 깐느는 멈추지 않고 아름다워지는 노력을 한다. 드디어 20세기 초 보란 듯이 칼튼 호텔이 신작로 중앙에 우뚝 서게 된다. 나는 구두수선공의 아들이었다는 당대 유명한 건축가 샤를르 달마스라는 남자를 가끔 상상해 본다.

백 년이 넘은 건축물이지만 아직도 타의 추종을 불허한다. 품격 개성 조화 매력 모두를 다 갖추고 있다. 여름이면 아라비아 산유국 부호들과 왕족들이 몰려와 앞 바다에는 타고 온 요트를, 호텔 앞에는 수억 대 간다는 자동차들을 즐비하게 세워놓는다. 각국에서 휴가 온 사람들은 사진을 찍느라고 법석이다. 기껏 서울 어느 작은 한 구에 해당하는 도시에 5성급 호텔 6개를 비롯해서 호텔 방이 무려 8900개, 식당 수는 헤아릴 수 없을 정도로 많다. 이 모든 숫자의 발판은 깐느 국제영화제를 빼놓고는 상상할 수 없다. 이 기간 동안에는 레드 카펫을 밟고 다니는 명배우나 영화인들뿐만 아니라 모든 사람들이 축제를 즐기며 서로 보이며 봐주는 역을 맡고 있는 것 같다. 나도 개인적으로 이 축제에 관심이 많았다. 부산영화제가 처음 태어날 첫해부터 김동호 위원장님과 함께 10년간 정책자문 위원으로 참여한 적이 있어 한국인 공식 파트너들에게 주는 명패를 목에 걸고 표를 구하는 힘든 과정 없이 영화를 보고 파티에도 몇 군데 참석해 본 기억이 있다. 나에게는 참으로 새로운 경험이었다.

깐느 중앙 인도는 거의 세계 명품가게들로 포진되고 있다. 유행이 재빨리 도착하는 거리고 가장 감각이 예민한 사람들이 즐겨 찾는 거리다. 쇼윈도의 디스플레이 전문가들은 저마다 강한 개성으로 예술적으로 표현한다. 계절을 이삼 개월 쯤 앞 당겨 진열함으로 누구나 다가올 계절에 유행될 색, 옷기장, 천과 악세사리 등을 예상 할 수가 있다. 특히 여성들에게는 감미로운 상상의 공간이 되어 주기도 한다.

구매자들이 멀리 다닐 필요 없이 쉽게 쇼핑 할 수 있어 좋아들 하는 것 같다. 처음 쇼윈도의 가격표를 보고 괜찮은 값이라 생각했다가 다시 보니 공 하나를 빠트리고 읽어 나는 멋쩍게 발길을 돌린 적이 있다. 축제 빨레에는 영화와 관계되는 모든 공간이 한 건물에 다 몰려 있어 아주 편리하다고들 한다. 거기다가 모나코 수준의 카지노도 한 건물에 속해 있어 방문객들의 시간이 무료하지 않게 최선을 다해 세심하게 관리한다고 한다.

별 목적 없이 표정관리 같은 것에 신경 줄 빼고 발 내키는 대로 걸어다니는 것이 잘 어울리는 도시다. 아침이면 소금 공기를 마시며 잔잔한 파도가 일고 있는 푸른 바다를 끼고 깨끗하게 정리된 산책로를 걸어보라고 꼭 권하고 싶다. 이 길은 바로 앞에 보이는 섬과 함께 세계문화유산으로 프랑스가 유네스코에 신청하고 있다고 들었다. 구항에서 15분 가량 배를 타고 가면 듀마 소설에 등장하는 철가면의 죄수가 살았던 방이 있어 많은 관광객들이 꼭 둘러보는 곳이다.

배에서 돌아오는 길가엔 각국 부호들의 호화 요트가 저마다의 국기를 달고 물 위에 넘실거리고 있나 하면 선창가에서는 다국적 언어들이 굴러다니는 것이 들리기도 한다. 이 구항은 국제영화제 건물과 나란히 있어 매년 있는 여름바다 불꽃놀이 구경하기에는 특권 자리라고들 하기도 한다. 여기서 놓치지 말아야 할 곳은 '쉬께'라고 부르는 길 건너 언덕바지에 있는 오래된 동네를 살펴보고 바다와 깐느가 멋지게 어울려있는 풍경 앞에서 '아! 파노라마'하고 한번 외쳐야 한다.

다음날 아침에는 해변로 동쪽 끝자락에 숨겨진 아름다운 한 장미원이 있다는 것을 기억하고 잠시 일상과 나이와 관계없는 몽상을 하고 있으면 행복한 시간이 손짓하는 것 같다. 밤이면 산책로는 난간에서 꽃이 핀 듯 빨간 가로등이 화려하게 길을 밝혀주는가 하면 초대형 화분 수백 개가 남국 나무를 듬뿍 담고 정원을 방불케 한다.

귀족 한 사람의 '집 한 채 짓기' 시작으로 몰려온 영국인들과 돈을 물 쓰듯 하면서 찾아온 혁명 전후 러시아 귀족들의 방문이 부를 가져다주었다는 도시다. 쾌적한 기후, 안보, 여가선용을 위한 다양한 노인 프로그램, 국제교류 분위기…등이 파리를 비롯한 세계 은퇴자들이 높은 세금을 지불하고도 많이 모여든다고 한다. 그래서 노인 우선 도시가 되었다고 한다.

해변 모래가 물에 실려가 비치가 좁아지면 겨울 내내 모래를 다른 곳에서 실어 오고 식당이 너무 많아 모래사장이 좁아진다고 불평하면 많은 식당을 철거시켜 시민 수영 공간을 확보해 준다고 하니… 사철 거리마다 피고 있는 꽃들로 도시는 아름다운 정원이고 예술이 녹아 내려있다.

이곳 가까이 주소를 두었거나 별장을 가져 인연이 있는 명사들은 수도 없겠지만 몇 사람 추려 본다면 우선 피카소, 뻬아프, 장 꼭또. 크리천

디오르, 삐에르 까르뎅, 앙드레 빌리에, 올랑드 전 대통령 등이다.

이 도시의 이름값을 지금 까지 유지하게 뒷바라지하는 사람들은 주로 밤일을 한다고 한다. 국제회의에 필요한 천막치기, 임시 건축, 도로청소 그리고 조명등은 밤에 밖에 할 수 없는 것이 유명세를 내는 휴양도시의 어려움이라고 한다. 그래서 많은 북아프리카 사람들과 필리핀청소부 여성들이 눈에 뜨인다. 제발 야간작업하는 분들에게 후한 지불이 있었으면 좋겠다. 문득 삶의 음양 관계를 생각하면서 씁쓸하게 걷고 또 걸었다.

<불문/61/수필>

『톱니바퀴^{齒車}』

김 정 희

아쿠타가와 류노스케^{芥川龍之介}는 1927년 7월 24일 미명 다바타^{田端} 자택에서 수면제 복용으로 비장한 최후를 마쳤다. 전날은 쾌청한 날씨였지만, 사망 당일은 새벽부터 비가 쏟아졌다고 한다. 유고『톱니바퀴』는 같은 해 10월「문예춘추」에 발표되었다. 이 소설은「레인코트」,「복수」,「밤^夜」,「아직?」,「적광」,「비행기」의 6장으로 일관된 플롯 전개는 결여되어 있다. 각 장은 독립된 단편으로 전체를 일종의 연작으로 보는 것이 정확할 것이다. 대략 맥락은 다음과 같다.

'나'는 지인의 결혼 피로연에 참석하려고 집을 나와, 그대로 만찬이 행해진 호텔에 투숙, 소설을 쓰고 있다. 햇빛이 나를 괴롭혔다. 악마를 믿을 수 있어도 신은 믿을 수 없다. 지옥 같은 인생에 고뇌, 심한 불면증·발광의 공포에 떨고 있다.

「레인코트」— 나는 가는 곳마다 레인코트 입은 남자를 만났다. 호텔로 가는 시야에 회전하는 반투명한 톱니바퀴가 보였다. 톱니바퀴는 수가 불어나 반쯤 시야를 가렸지만 오래가지 않았다. 잠시 사라져 버리는 대신 이번에는 두통이 심했다. 안과의사는 이 착란 현상 때문에 자주 금연을 명했다. 그러나 톱니바퀴는 내가 담배를 피운 스무 살 전에도 보였다. 나는 왼쪽 눈 시력을 시험하기 위해 오른쪽 눈을 가리었다. 왼쪽은 좋지만 오른쪽 눈꺼풀에서는 톱니바퀴 몇 개가 돌고 있었다.

'나'라는 1인칭 주인공은 아쿠타가와가 분명하다. 그는 톱니바퀴의 환시가 실제 체험이었다고 사이토 모키치^{齊藤茂吉} 앞 편지(1927. 3. 28.)에 썼다. "요즈음 반투명한 톱니바퀴가 수없이 오른쪽 시야에서 회전하고 있습니다."

「복수」─ 매형은 자살 전에 방화 혐의를 받고 있었다. 집이 불타기 전 그는 집의 실제 가격보다 배가 넘는 화재보험에 가입했다. 또 위증죄로 집행유예 중이었다. 그러나 정작 나를 불안하게 한 것은 그의 자살보다 내가 도쿄 갈 때마다 화재를 목격한다는 것이었다. 나는 가끔 기차 안에서도 산불을 보았다.

호텔의 요리사 방에 들어갔다. 화덕 몇 개에 불길이 솟고 있었다. 나는 그곳을 나오면서 흰 모자를 쓴 요리사들이 나를 차갑게 볼 때, 내가 떨어진 지옥을 느꼈다. "신이여, 나를 벌하소서. 노하지 마소서. 아마 나는 멸망할지니"─ 이런 기도도 이 순간 저절로 나왔다. 나를 노리고 따라다니는 복수의 신을 느끼면서 ….

'나'는 아오야마 묘지 근처의 정신병원에 가기로 했다. 길을 잘못 들어 10년 전 나쓰메 소세키^{夏目漱石} 고별식(1916. 12. 9.)이 있던 아오야마 장례식장 앞에 왔다. 「소세키 산방」의 파초를 생각하면서 무언가 나의 일생도 일단락되었을 뿐만 아니라, 10년 만에 이 묘지로 나를 데리고 온 무언가를 느끼었다. 『코鼻』로 소세키에 의해 문단에 데뷔한 아쿠타가와가 10년 전 선생님 장례식을 떠올리며 『톱니바퀴』를 쓰게 된 것도 자기 문학의 '일단락'으로 느낀 것이다. 기괴한 우연의 일치가 반복돼, 운명을 조정하는 보이지 않는 손과 불안이 작품에 낮게 울린다.

「적광赤光」— '나'는 커튼을 내리고 낮에도 전등을 켠 채, 소설을 써 내려갔다. 지하실을 나와 어느 노인을 찾아갔다. 그는 성서 회사 지붕 밑 다락방에서 혼자 잔심부름을 하면서 기도나 독서에 정진하고 있었다. 우리는 벽에 걸린 십자가 밑에서 이야기했다. 왜 나의 어머니는 발광했는지? 왜 나의 아버지 사업은 실패했는지? 왜 나는 벌을 받았는지? —그런 비밀을 알고 있는 그는 묘하게 웃으며 내 말 상대가 되어 주었다. 나는 이 다락방의 은자를 존경하지 않을 수 없었다.

"어떠세요, 요즘은?"

"여전히 신경만 초조해하고 있습니다."

"그건 약으로 안 돼요. 신자가 될 생각은 없습니까?"

"나 같은 사람이"

"하나님을 믿고, 그리스도를 믿고 기적을 믿으면"

"악마는 믿을 수 있지만."

"왜 하나님은 믿지 않으세요? 그림자를 믿으면 빛도 믿을 수 있잖아요?"

"그러나 빛이 없는 어둠도 있겠지요."

"저기 있는 것은?"

"도스토옙스키 전집입니다. 『죄와 벌』은 읽었나요?"

나는 물론 10년 전에 네다섯 권의 도스토옙스키 책을 읽은 바 있다. 그런데 그가 『죄와 벌』이라고 한 말에 감동하여 이 책을 빌려 가기로 했다. 나는 라스콜리니코프를 떠올리며 몇 번이나 참회하고 싶은 욕망을 느꼈다.

내 방에 오자 곧 정신병원에 전화를 걸 생각이었다. 그런데 거기로 가는 것은 죽는 것이나 다름없었다. 나는 이 공포를 달래기 위해 『죄와 벌』을 읽기 시작했다. 우연히 펼친 쪽은 『카라마조프가의 형제』의 한 구절이었다. 혹시 책을 잘못 가져왔나 해서 나는 책표지를 다시 보았다. 『죄와 벌』이었다. 나는 제본소가 잘못 철한 쪽을 펼쳤다는 사실에 운명의 손을 느끼며 읽었다. 그러나 한 장도 읽기 전에 나는 온몸이 떨리었다. 그 부분은 악마에게 고통받는 이반을 그린 일절이었다.

여기에서 '어느 노인'의 모델은 무로가 후미타케^{室賀文武}이다. 그는 생후의 류노스케를 돌보다가 류노스케의 친부가 경영하는 경 목사에서 일했다. 기독교 사상가인 우치무라 간조^{內村鑑三}를 만나 신앙을 갖게 된 동시에 현세에서는 '신기한 생활'을 했다. 그는 비누나 치약을 파는 행상이었다. 그러나 후미타케씨는 밥이라도 먹게 되면 거의 행상을 하지 않았다. 대신 톨스토이를 읽거나, 부손구집^{句集}강의를 읽었고, 특히 성경을 필사했다. 어느 날, 후미타케 씨는 집 근처에 왔을 때, 말랑한 것을 밟았다. 달빛에 비쳐보니 두꺼비였다. "나쁜 짓을 했다."라고 생각한 후미타케 씨는 침상 앞에 무릎 꿇고, "하나님, 제발 두꺼비를 살려 주십시오." 10분간 열심히 기도했다. 다음 날 아침 우유배달이 병을 내밀면서 타케 씨에게 환하게 웃으면서 말했다. "지금 밟힌 두꺼비가 풀 쪽으로 갔어요. 타케 씨는 우유배달이 간 후, 감사 기도를 했다. ― 이것은 타케 씨가 직접 한 말이다. 나는 현세의 기적을 말하고 싶은 게 아니다. 현세에도 이런 인간이 있다는 것을 말하고 싶은 것이다. 그러나 나는 불행하게도 신을 믿을 수 없었다.(「소묘삼재素描三題」1927. 5. 6.)

무로가는 긴자의 미국 성서 협회에 입주, 류노스케와 기독교에 대해 대화를 했다. '나'는 노인에게『죄와 벌』을 빌려 어두운 길을 택하여 도둑처럼 걸어갔다.

라스콜리니코프는『죄와 벌』(1866년)의 주인공이다. 그는 법대를 중퇴한 찢어지게 가난한 청년이다. 근처의 전당포 노파는 빈민을 착취해 부를 축적했다. 초인론超人論에 경도된 라스콜리니코프는 노파를 살해한다. 현장에 온 노파의 여동생까지 살해한다. 양심의 가책과 불안에 휩싸인다. 그는 독실한 기독교 신자 소녀의 순수한 영혼에 접해 범행을 회개, 자수하여 시베리아 유형지로 이송된다.

류노스케는 一高 졸업 후 "『죄와 벌』을 읽고 매우 감복했다"라고 후지오카 조로쿠藤岡藏六 앞 서간에 썼다.(1913. 9. 5.) 류노스케도 라스콜리니코프를 떠올리며 참회의 유혹을 느껴 몇 번이나 멈칫거렸던 것이다.『카라마조프가의 형제』(1879~1880)에서 이반은 차남이다. 지성적인 이반의 '신이 없다면 모든 것이 허용 된다'는 이론에 동화된 서자는 친부를 살해한다. 그러나 돈 문제로 부친과 다툰 장남에게 혐의가 씌워져 유형을 떠나고, 이반은 발광한다. 류노스케는 이반의 무신론 · 악마와의 대화 · 환각 · 발광이 자신과 오버랩 되었을 때 전율을 느꼈을 것이다.

이반으로 인해 고통 받는 '나'를 구원할 수 있는 것은 오로지 잠뿐이었다.

『톱니바퀴』는 다음과 같은 문장으로 막을 내린다.

(중략)… 나는 2층 방에서 눈을 감고 누운 채, 두통이 심한데도 참고 있었다. 그때 누군가 나무 계단을 급히 올라오는가 싶더니 금방 또 종종

걸음으로 도로 내려갔다. 나는 그 사람이 누군지를 알고 깜짝 놀라 몸을 일으켜 거실로 얼굴을 내밀었다. 그러자 아내는 푹 엎드린 채 끊임없이 어깨를 들썩이고 있었다.

"왜 그래?"

"아니 아무것도 아니에요."

아내는 간신히 얼굴을 들고 애써 미소 지으며 말을 계속했다.

"그냥 어쩐지 당신이 죽어버릴 것 같은 기분이 들어서 ⋯."

그것은 나의 일생 중에서도 가장 무서운 경험이었다. ― 나는 이제 다음을 계속 써 내려갈 힘이 없다. 이런 기분에 사는 것은 뭐라고 할 수 없는 고통일 뿐이다. 누군가 내가 잠들어 있는 동안 가만히 목 졸라 죽여 줄 사람은 없을까?

아내가 남편의 죽음을 예감하고 무서워서 벌벌 떨고 있다.

아쿠타가와 류노스케는 인생의 적나라한 고백을 중시하는 자연주의를 부정하고 문단에 등장, 화려한 허구의 꽃을 피게 한 작가이다. 실생활의 고백을 버리고 허구의 삶을 택한 내면에는 일상을 초월하는 깨어난 자각이 있었다. "인생은 보들레르의 한 줄만도 못하다."라는 경구는 유명하다. 그러나 만년의 류노스케는 여러 가지 이유에서 이미 잘라 버린 현실의 무게를 온통 떠맡아 버린다. 현실에 휩쓸리는 그에게 문학관의 동요와 와해는 귀기가 감도는 『톱니바퀴』를 탄생시켰다. 자전적 작품 『톱니바퀴』는 죽음을 걸고 속죄한 광기의 심상 풍경이라고 할 수 있다.

<불문/63/번역>

용강 올꾼이

이 봉 주

옛날하고도 아주 오랜 옛날 평안남도 용강 마을에 올꾼이라는 머슴이 살았었다. 어느 날 주인은 올꾼이에게 '내일 아침 일찍 장에 다녀오너라' 하였다. 다음날 아침에 주인이 장에 가서 사 올 것들을 알려주기 위해 올꾼이를 찾았다. 그러나 집안을 다 둘러보아도 올꾼이는 보이지 않았다. 한참을 찾아도 올꾼이가 보이지 않자 화가 난 주인은 올꾼이가 들어 오기만을 씩씩대며 기다리고 있었다.

해가 중천을 넘어갈 무렵 올꾼이가 돌아왔다. 주인은 화를 내면서 '아침 일찍 장에 다녀오라고 했는데 넌 지금까지 어디 있다가 이제 들어왔느냐?' 하고 물었다. 그러자 올꾼이는 '어제 시키신 대로 아침 일찍 장에 갔다가 지금 오는 길입니다.' 하였다. 평안남도 용강군 사람이라면 누구나 다 아는 이야기다.

내가 초등학교를 들어갈 무렵 우리 동네 민둥산으로 시내에서 집을 잃은 철거민들이 들어와 집을 짓기 시작했다. 서울이었지만 한적했던 시골 동네가 사람들로, 차들로 번잡해지자 엄마 아빠는 그때까지 하시던 양계장을 정리하시고 집을 지을 때 필요한 목재를 파는 나뭇장을 하셨다. 난 학교가 끝나면 아빠의 나뭇장으로 달려가 나무를 켤 때 나오는 톱밥을 가지고 하루 종일 놀았다. 톱밥은 산처럼 쌓여 있었고 나뭇장 안은 담배 피우는 아저씨들로 항상 북적거렸다.

초저녁부터 잠들었던 나는 엄마의 큰 소리에 잠이 깼다. 눈을 떠보니 엄마랑 아빠가 다투고 계셨다. 라디오에서 '전설 따라 삼천리'가 방송되고 있었으니까 한밤중이었던 것 같다. 다툼의 내용인즉슨, 아빠는 나무 한 사이를 (나무 한 사이는 긴 목재 한 개를 뜻했다. '사이'는 아마도 일본말인 듯 하다.) 500원에 받아오셨다. 그런데 나무를 팔 때 손님이 가격을 깎으면서 400원에 달라고 하니까 원가가 500원인데 어떻게 400원에 파느냐고 말하셨단다. 아빠는 집 장사로 닳고 닳은 그 손님하고 한참 동안 실랑이를 한 끝에 결국 나무 한 사이를 원가인 500원씩에 파셨단다.

엄마는 원가가 500원이면 손님한테는 700원이라고 말하고 깎아 달라고 하면 밑진다고 하면서 600원에 팔아야지 곧이곧대로 500원이라고 말하고 500원에 팔면 뭐가 남느냐며 아빠에게 따지셨다. 아빠는 원가가 500원인데 어떻게 700원이라고 말하느냐면서 화를 내셨다. 잠시 조용하길래 나는 살짝 눈을 떠봤다. 엄마는 황당하다는 표정과 어이없다는 목소리로 '그러니까 당신이 올꾼이 소리를 듣는 거야' 하셨다.

난 다시 눈을 감은 체 자는 척 하면서 두 분이 다투시는 내용을 곰곰이 생각 해봤다. 500원인 원가를 500원이라고 말한 것이 뭐가 잘못된 것일까? 원가가 500원인걸 알면서도 400원에 달라고 한 그 아저씨가 잘못한 것 아닌가? 그 즈음에 찍은 내 사진을 보면 옷이 작아서 팔다리가 쑥 나와 있었다. 하나밖에 없는 딸의 옷이 작아져도 새 옷 한 벌 선 뜻 사주시지 못한걸 보면 그 후로도 아빠는 집 장사 아저씨들에게 원가가 700원이라는 말은 못하신 것 같다.

평안남도 용강군에서 태어나고 자랐지만 한국전쟁 때 혈혈단신, 땡전 한 푼 없이 이남에 정착하신 아빠가 안동 김씨 집안의 장손이셨던 외할아버지의 마음에 찰 리가 없었다. 장사에 영 재주가 없는 아빠를 뛰는 놈 위에 나는 놈도 있는데 걷지도 못한다며 보실 때마다 싫은 소리를 하셨다. 딸을 생각해서 하시는 걱정이었지만 엄마는 외할아버지가 아빠에 대해 싫은 소리를 하실 때마다 서운해 하셨다.

사람들이 모여들자 우리가 살던 동네의 땅값이 오르기 시작했다. 누구네는 땅을 팔아 큰돈을 벌어서 놀고먹는다는 둥, 누구네도 땅을 팔아서 사업을 시작했는데 돈을 가래로 긁는다는 둥 여러 가지 소문이 들려왔다. 우리 집에도 땅을 팔아서 돈을 투자하면 떼돈을 벌게 해주겠다는 아저씨들이 자주 드나들었다. 그러나 아빠는 땅을 팔면 식구들은 어디서 사냐며 땅을 안 파셨다. 아빠는 그 땅에 새집을 짓고 거기서 또 다른 장사를 하셨다. 가게 안은 나뭇장을 했을 때처럼 손님들로 북적거렸고 엄마는 늘 원가 타령을 하셨다. 나는 갖고 싶은 걸 다 가지지는 못했지만 별 부족함이 없이 잘 자랐다.

세월이 지나자 또 소문들이 들려왔다. 땅을 팔아 놀고먹던 누구네는 사기꾼을 만나서 돈을 몽땅 날렸다는 둥, 사업을 해서 떼돈을 벌던 누구네는 쫄딱 망해서 아저씨는 도망가고 나머지 식구들은 친척집에 얹혀 산다는 둥.

외할아버지께서 돌아가실 때쯤 엄마에게 '나는 놈만 한 몫 하는 줄 알았는데 기는 놈도 한 몫 하더라'며 돌려 돌려 아빠를 칭찬하셨단다. 엄마도 외할아버지에게 "용강 올꾼이가 답답하긴 해도 허튼짓은 안 해요"라고 말씀하셨단다. 외가 식구들 앞에서 처음으로 남편 자랑을 하고 외갓집을 나서는데 십 년 묵은 체증이 쑥 내려가는 것처럼 속이 후련하셨단다.

고등학교 가사 시간에 뜨개질을 배웠다. 지금도 덜렁대지만 그때는 별명이 '덜렁이'였다. 학교에 도착해서야 뜨개질 거리를 책상 위에 놓고 챙기지 않은 것이 생각났다. 쉬는 시간에 옆 반의 친한 친구에게 빌리려 했으나 그 친구 것은 벌써 딴 친구가 빌려 가 버렸다. 난 할 수 없이 별로 친하지 않은 친구에게 뜨개질 거리를 빌려달라고 했다. 그 친구는 뜨개질 거리를 빌려주는 대신 가져올 때 자기 짝꿍 것도 하나 빌려오라고 했다. 반에 돌아가서 그 짝꿍에게 빌려줄 뜨개질 거리를 찾았지만 나와 친한 친구들은 이미 다른 친구들에게 빌려주기로 했다는 것이다. 난 할 수 없이 빌려온 뜨개질 거리를 가사시간 전에 옆 반 친구에게 도로 가져다주면서 네 짝꿍 걸 빌릴 수가 없어서 그냥 가져왔다고 했다. 그 친구는 의아한 표정으로 뜨개질 거리를 주면서 "그냥 써도 돼" 하였다.

집에 돌아와 그 이야기를 엄마에게 했더니 한바탕 잔소리가 쏟아졌다. "넌 닮을게 없어서 하필 네 아빠 올꾼이 짓 하는걸 닮았느냐, 그렇게 융통성이 없으면 세상살기 힘들다, 집안에 큰 올꾼이 작은 올꾼이 아주 경사가 났네 경사가 났어!"

요즘도 가끔 식구들에게 용강 올꾼이 소리를 듣는다. 엄마 말마따나 올꾼이로 세상 사는 게 그리 쉽지는 않다. 그러나 어떡하겠는가? 태생이 그런 걸. 그냥 이대로 사는 수밖에.

<체육/69/수필>

지난날의 스케치

어느 날, 새벽녘이 되어오도록 잠이 오지 않기에 서재에서 이 노트 저 노트를 뒤적이다가 오래전에 써놓았던 일기를 발견하게 되었다.

"내게 이런 날들이 있었던가?" 할 정도로 그 일기는 내 삶에 있어 최악의 상태에서 쓰인 것이었다.

1969년, 7년여의 독일 유학으로 남편이 석·박사과정을 모두 마치고 귀국한 이듬해였다.

내게 독일 유학생활은 주독 한국 대사의 누이동생으로서 전혀 부족함이 없었다. 그러나 유학생이던 남편과의 결혼은 여러 가지로 부족하고 힘겨웠던 생활의 연속이었다. 그러나 우리는 미래에 대한 희망에 벅차서 모든 어려움과 괴로움을 달게 극복하여 나갈 수 있었다. 오로지 귀국하면 안정된 생활이 기다리고 있으리란 희망으로 벅찬 가슴을 안고 귀국했었다. 그러나 귀국 후 우리를 기다리고 있던 것은 한없이 불안정한 환경뿐이었다.

하루 속히 공부를 마치고 귀국하여 아버님의 염직사업을 맡으라던 아

242 /**내 마음이 연두로 물든 들**

버님이었는데…. 바로 그 무렵, 그 사업은 무리하게 확장하시다가 부도를 맞게 될 위기에 있었다.

처음 우리 가족은 60만 원 하는 세운상가 아파트에 전세를 들게 되었다. 그러나 6개월 후 그 전세마저 내놓고 하월곡동에 40만 원으로 초가 같은 전세로 내 몰리게 되었다. 20만 원의 차액을 남편은 내게 한마디의 상의도 없이 고스란히 아버님에게 넘겨 드렸던 것이다. 우리의 재정상태도 전혀 예측할 수없이 불안정한 시기였는데…. 그런 남편의 처사가 내게는 너무도 원망스러웠다.

그 당시는 전세 기한이 6개월이어서 우리는 이삿짐을 풀지도 못한 채 방 한 칸에 처넣어 두면서 이 집, 저 집으로 전셋집을 전전하며 불안정한 생활을 이어나가야 했다. 귀국 후의 생활은 한없이 고달프고 공허할 뿐이었다.

남편은 그동안에 만났던 불안한 생활에 실망하고 좌절한 채, 또 아버님의 사업 실패에 대한 뒤치다꺼리까지 하면서 정신없이 많은 어려움에 내몰리게 되자, 내 가정은 완전히 뒷전으로 제쳐 놓았던 것 같다. 그런 남편이 나는 한없이 실망스러웠다.

_일기 중에서

밤이 드새고 있다.
여러 가지 착잡한 상념들로 인해서 잠을 이루지 못하고 괴로움을 당해야 하는 것은 그럴 수 없는 큰 고통이다. 겹쳐대는 많은 일들로 그동안 수없이 겪어야만 했던 정신적 피로와 함께, 결혼 후 7년여의 누적되어온 심신의 피로와 긴장까지, 그것들이 가져다주는 나의 정신적인 방황의 생활, 아직도 생활은 고달프고 피로는 계속된다. 요즘은 '생활' 자체가 괴로울 뿐이다.
그는 변했다. 남다른 애처가이며 가정에 충실했던 그가 그토록 변해

가다니…. 아내의 슬픔이나 괴로움을 의식적으로 외면하려는 그, 누구로 인해서 겪어야 하는 생활의 "꿈"인데, 그토록도 무심하고 매정스러울 수 있을까?

요즘은 점점 그가 원망스러워 질뿐이다. 그를 위하여 내 몸조차 돌보지 않고 몸이 부서지도록 헌신 하였던 나의 젊음이 후회로울 뿐이었다. 무언가 보상받고 싶은 마음인데 받을 길이 없다. 그는 단순한 위로의 말이나 격려의 말 한마디를 아끼는 매정한 사람이 되어 버렸으니까….

집 같은 것은 아무래도 좋다. 남에게서 받는 괴로움이나 생활의 불안정, 경제적 고통 등은 아무래도 좋다. 단지 그의 따뜻한 손길과 마음씨로 나의 가슴이 위로받을 수만 있다면 나는 모든 고통을 극복할 수 있는 힘을 얻을 수 있을 것만 같다.

요즘은 참으로 생활이 고역스럽고 모든 것이 권태롭다. 남편이나 아이, 그 외 모든 인과관계가 나에게 그 어떤 위로를 주기에 앞서 오히려 부담으로 다가온다. 멀리 혼자 떠나가서 조용히 쉬고 싶은 마음뿐이다. 안정된 생활이 어머니의 품처럼 그립기만 하다. 아아 이 떠돌이 생활, 쫓기는 생활엔 이젠 지칠 대로 지쳐버렸다. 이루어질 수 없는 현실을 갈망하는 것은 그럴 수 없이 큰 불행이다.

그의 잠든 무정스런 얼굴을 내려다본다. 암석처럼 표정 없는 얼굴. 그래도 언젠가는 그렇게도 인정스럽고 다정한 아빠이고 남편이었는데…. 그로 인하여 이렇게도 변해버린 내 성격과 같이 그도 환경과 일에 부대끼어 저렇게 변해간 것이겠지.

내가 바라는 아늑한 삶은 언제나 이루어질 것인가? 그때가 되면 그동안의 노고로 일그러지고 지쳐버린 "나"는 이미 명랑하고 순수하던 옛 "나"가 아닐 것이며 사랑스럽던 나의 바탕은 되찾을 길이 없겠지? 슬픈 애기들이 나를 울린다. 길고 괴로운 밤이다."

1969. 8. 24. 새벽 4시

아아! 나에게 이렇게도 힘겨웠던 시절이 있었던가? 머나먼 안갯속을 헤매듯 나는 까맣게 잊었던 그 옛날을 회상하게 되었다. 내가 어떻게 그 어려움을 딛고 여기까지 와서 안착하게 되었던가? 나는 내가 그동안에 걸어왔던 그 힘겨웠던 시절을 다시금 뼈아프게 느껴볼 수 있었다. 그 모든 고통스러움을 어떻게 극복하여 나갈 수 있었을까? 그 어려운 시절을 잘 견디며 극복해 온 나 자신이 대견하고 고마울 뿐이다.

법정스님은 "아름다운 마무리는 삶에 대해 감사하게 여긴다. 내가 걸어온 길 말고는 다른 길이 없었음을 깨닫고 그 길이 나를 성장시켜 주었음을 긍정한다."라고 하였다. 정말 그렇다. 이제 다시 내 지난날을 돌이켜보면 이 말씀이 진리인 것 같다. 그 어려운 시절을 긍정적으로 잘 견뎌내지 않았다면 오늘의 내가 있을 수 없었을 것이다.

내게는 내가 아끼고 사랑하는 시편 23편이 있다.

그것은 내 삶에 있어서 언제나 내게 희망을 주어왔었다.

"여호와는 나의 목자시니 내가 부족함이 없으리로다.
그가 나를 푸른 초장에 누이시며 쉴만한
물가로 인도하시는 도다
내가 사망의 음침한 골짜기로 다닐지라도
해를 두려워하지 않을 것은 주께서 나와 함께 하심이라
주의 지팡이와 막대기가 나를 안위하시나이다."

이 성경을 묵상하면 어려움을 헤쳐나갈 수 있는 용기가 되살아나곤 하였다. 이제 와서 생각해 보면 이 모든 시련이 나를 성장시켰고 이렇게 씩씩하게 오늘을 살아 갈수 있는 나를 있게 해 준 것이 아닐까 싶어 하나님께 감사할 뿐이다.

〈국문/60/수필〉

노매도 老梅圖

구 자 숙

　평소에 나는 좋아하는 꽃을 한두 송이 컵에 꽂거나 큰 그릇에 야생화
를 듬뿍 담아놓고 집안일 하기를 좋아한다. 꽃이 곁에 있으면 마음이 밝
아지고 즐거워서이다. 나는 병 속에 나뭇가지를 고정시키는 방법을 배
우고 싶어 꽃꽂이 수업에 입문하게 되었다.

　그러나 1년이 지나도 선생님은 계속 수반 꽃꽂이 수업만 할 뿐, 병에
나뭇가지나 꽃줄기를 세우는 병 꽃꽂이는 뒤로 미루고 있었다. 잎은 결
대로 만져 멋을 내고, 줄기는 휘어서 모양을 내며 가지는 가지치기를 하
고 꽃은 꽃의 얼굴을 앞뒤로 찾아 표정을 잡는다. 나뭇가지와 꽃줄기는
그릇의 구도에 맞추어 길고 짧게 잘라서 수반 꽃꽂이의 주지와 종지를
꽂는 연습으로 세월을 보내고 있었다. 나는 꽃꽂이에 입문하면서 필요한
것만 배우고 싶었는데 스승은 정신수양을 위한 수련과정만 계속하고 있
어 그 나날들이 불만스러워 수업을 그만두려고까지 했던 기억이 난다.

　지금 생각해 보면, 꽃은 분명히 그 자체로도 아름다운 것을 더욱 아름

답게 담아내야 하는 꽃꽂이의 세계는 각양각색의 연출이 필요하다. 그러나 그것은 기교의 표현에서가 아니라 애정에서 기초되는 것을 나는 모르고 있었다. 그 애정이란 하루아침에 생겨나는 것이 아니고 그 꽃들의 얼굴을 무수히 대하면서 쌓아지는 정이다. 나무의 가지를 쳐내는 작업은 그 나무를 죽이기 위해서가 아니라 불필요한 부분을 과감히 잘라내서 건강한 가지를 더욱 잘 살리게 하는 것처럼, 아름다운 선의 조화를 이룬다는 것을 그때는 왜 그렇게도 몰랐던지…. 지금은 그때의 수련 경험을 두고 두고 고맙게 생각하고 있다.

사소한 일에도 나름의 성숙과정이 필요하듯이 나도 흐르는 시간 따라 병풍이나 붓 통에 그려진 그림을 난잎과 고목으로 조화시키는 과정을 연습하면서 차츰 전통 병 꽃꽂이에 매료되어갔다.

우리 꽃꽂이의 틀은 문인화文人畵에 그려진 나뭇가지처럼 선을 중심으로 하고, 꽃을 곁들이는 것이다. 백자 항아리에 가득히 물을 채우고 소나무 한 가지를 고정시켜 놓은 후 약간의 풀잎만 세워도 멋진 선과 곡선이 살아나 마치 산이 내 곁으로 다가오는 듯했다.

그러던 중 우연히 나는 한 폭의 동양화를 만나게 되었다. 큼직한 매화나무 등걸, 잔가지에 화사하게 매화꽃이 피어있는 김홍도의 <노매도>였다. 한참 꽃꽂이의 열정에 빠져있던 나는 순간 그 모습을 그대로 재현해 보고 싶다는 충동을 느꼈다. 굵고 거칠며 검은빛이 나는 매화나무 등걸과 안개처럼 피어있는 매화꽃잎들이 내겐 너무나도 인상적이었다.

그때부터 나는 매화꽃으로 유명한 하동과 구례, 광양지역을 돌아다니며 매화 등걸을 수집했다. 지역에 따라 꽃의 모양이 조금씩 다르고 빛깔도 차이가 나는 것을 보면서 등걸에 피어있던 꽃들의 모습을 사진으로 담고 메모도 꼼꼼히 하였다. 작품을 구상하고 소재를 준비하는 기간동안 나는 환희에 들떠 가슴이 벅차오르는 듯했다.

1979년 전시회에서 나는 그동안 수집한 소재와 구상으로 드디어 <노매도>를 선보이게 되었다. 검은빛이 감도는 크고 굵은 매화 등걸을 사람 '人'자로 세워 군자다운 선비의 인품을 상징적으로 설정해 놓고, 그 중심에 홍매화, 백매화를 꽂은 후 산유화 같은 은은한 작은 꽃들을 안개처럼 피어오르게 곁들였다. 그것은 우리 조선조 선비들의 기개와 내면의 고결함에 대한 깊이를 표현하기에 손색이 없었다. <노매도>를 끝낸 후, 나는 '꽃 홍역', '꽃 앓이'를 하였지만 그것은 나의 꽃과의 인연 중 가장 값지고도 잊을 수 없는 경험이며 추억으로 남아있다.

지금은 비록 계속해서 열정적으로 꽃꽂이를 하고 있지는 않지만, 꽃과의 인연은 여전히 이어나가고 있다. 2003년 '꽃 예술전' 에는 내 작품과 함께 300여 작품들이 출품되었으나 정작 전통 꽃꽂이는 몇 작품이 되지 않았다. 급변하는 세계의 소용돌이 속에서 길을 잃지 않으려면 우리의 것을 지켜나가야 하겠으나 외국 디자인을 모방한 다수의 작품들이 전시되어 있는 것을 보고 한편 서운하기도 했다. 특별하고 새로운 것이면 더욱 가치 있고 진기한 것으로 부각시키는 풍토가 가져다준 결과라고 생각하니 마음 한구석이 아려오는 듯 하다.

꽃꽂이 역사는 인도에서 중국을 거처 우리나라에 전래됐다. 고조선의 벽화를 보듯이 삼국시대 이전부터 유래되었다. 신라시대에는 초대 화랑인 원화 여인이 꽃묶음으로 마음의 표현을 전달했다는 기록이 있고 고려 때 귀족들은 연회에 나갈 때 옷에 꽃을 달기도 하고, 연회장을 꽃으로 장식하기도 했다.

이후 많은 청자 그릇이 제작되면서 그릇에 어울리는 꽃을 꽂게 되었다는 글이 〈고려사〉와 〈고려사절요〉에 기록되어 있는 것을 보면 우리 민족은 꽃과 함께 살아온 민족임을 알 수 있다. 조선시대 강희안의 〈양화수록〉과 홍만선의 〈산림경제〉에서 보면 조선시대 사대부 계층에서 정신수양으로 꽃꽂이와 분재를 권장했음을 볼 수 있다.

그러나 한국의 전통 꽃꽂이가 존폐의 지경에까지 이른 적이 있다. 일제 36년 동안에 일본은 우리 전통문화 말살 정책의 일환으로 일본식 꽃꽂이를 우리나라에 뿌리내리려고 했다. 다행히 광복을 맞아 우리 전통 꽃꽂이는 조금씩 되살아나기 시작하였다. 1957년 전통 꽃꽂이를 널리 보급하자는 취지에서 '전통 생화 전시회'가 열렸다. 이것이 계기가 되어 우리 꽃꽂이가 1990년까지 전성기를 이루었다. 그러나 2000년 이후 꽃 전문인과 꽃꽂이 단체가 많아지면서 서구적인 방향으로 흐르고 있어 우리의 고유 꽃꽂이 예술을 잃어 나가고 있는 것 만 같아 안타깝다.

1978년, 그래도 내가 출품했던 나의 작품, 〈노매도〉가 우리의 꽃꽂이 전통을 이어 나가는데 있어 다소의 보탬이라도 되지 않았나 싶어 나 자신이 자부심을 느끼게 된다.

〈국문/60/수필〉

수영이와 성수를 보내고

신 수 희

한 달 전 서른여덟 살이 될 때까지 한 번도 떨어지지 않고 한집에서 살아온 딸아이가 만학 공부를 하겠다고 캐나다로 떠났다. 엄마를 혼자 두고는 시집가서 다른 집에 살지 않겠다던 딸은 삼대독자인 사위와 결혼까지 하고도 둘만이 살지 않고 나하고 이집에서 8가지의 조건아래 6년이나 같이 살았다.

첫째 엄마한테 말대꾸 하지 말고 이기지 말자.

둘째 식구가 되려면 하루 중 한 끼는 같이 밥을 먹기.

셋째 집을 나갈 때나 들어올 때 꼭 전화하자.

넷째 자기가 먹었던 그릇은 항상 씻어서 제자리에 두기.

다섯째 공동으로 쓰는 물건은 마음대로 사가지고 오지 말고 의논하여 살 것. 엄마가 화가라 색깔이 중요하니까.

여섯째 나갈 때는 자기 방의 이불이나 침대보는 정확하게 바로하기.

일곱째는 신발은 언제나 신발장에 넣기.

여덟째 아침과 저녁 중 한번은 기브 앤 테이크Give and take를 하자하고 내 나름대로 많은 조건을 내세웠지만 둘은 개의치 않았고 신기하게도 습관처럼 이어져 나갔다.

근 일 년 동안이나 인터넷을 통해 학교도 알아보고 학비도 검색하고 가고 싶은 과목도 정하더니 3개월 전부터 캐나다 보낼 옷가지랑 소지품들을 챙기기 시작했는데 비싼 항공편으로 물건을 보내느니 배편이 싸다면서 조금씩 조금씩 챙길 때는 아예 그러려니하고 예사롭게 넘겼다. 1~2개월이 지나고 12월이 다가왔을 때 다음해 6월에 가겠다던 학교의 일정이 사위의 외국어 수업 때문에 6개월이나 앞당겨지기 시작했고 내년과 올해라는 안일한 시간의 간격을 두고 있었던 내 마음은 한 번도 떨어져 살지 않았던 수영이와의 헤어짐이 갑자기 코앞에 다가왔다고 생각하니 당황하다 못해 안절부절 마음의 여유를 찾지 못하고 있었다.

일 년 동안 전개해온 그들의 노력을 해체시킬 수 없는 나의 무능함과 붙잡을 수 없는 시간은 12월의 중반이 되자 딸은 두 번째의 유학을 가기 위해 내 곁을 떠나는 괜히 슬픈 날이 다가오고 있었다. 어릴 때 조기 유학을 하기 위해 하와이로 떠날 때는 엄마라는 존재가 늘 딸의 곁에서 중요한 역할을 하고 있었는데 이젠 나의 모습은 흔적조차 온데간데 없어지고 이젠 남편과 아내가 된 딸과 사위가 주빈이 되어 공항을 가기 위해 택시를 타고 혼자 남겨진 엄마에게 손을 흔드는 그들의 뒷 모습은 언제 올 줄 모르는 연인을 기다리는 사람같이 왠지 쓸쓸함이 밀물처럼 몰려오는 것 같았다.

가방 몇 개를 들고 현관문을 나서려는 딸을 보자 학교 졸업식 때나 결혼식 때 말고는 특별히 추억이 될 만한 사진을 찍은 기억이 별로 나지 않아 부랴부랴 바쁘게 떠나는 두 사람을 붙들고는 캐나다로 떠나는 기념으로 얼굴을 맞대고 다정한 채 사진 3장을 찍었으나 놀란 장닭 모양, 세 사람의 얼굴은 떠나는 사람이나 남아있는 사람이나 모두 다 밝지 못하고 구름 낀 하늘 모양 우중충하고 슬프게 보였다. 딸을 태울 택시가 기다리고 있는 아파트 관리실까지는 겨우 스무 발자국도 되지 않는 짧은 거리인데도 금방이라도 떠나버릴 것 같은 딸과 사위의 헤어짐의 강박감은 도살장에 끌려가는 소처럼 뒷걸음만 걷는 것 같았다.

혼자 남겨두고 딸이 타고 간 시커먼 택시가 보이지 않고 사라져가자 갑자기 보물을 뺏긴 사람처럼 무감각하게 정신 나간 사람처럼 서 있다가 허허벌판에 풀 한 포기 없는 빈집에 들어섰다. 아직도 딸의 숨소리가 들리는지 확인하고 싶어서인지 까닭 없이 방문을 열어보았다. 차곡차곡 채워져 있던 딸과 사위의 가득 채워져 있던 소지품들이 누가 훔쳐 가기라도 한 듯 없어지고 먼지 하나 없이 깨끗이 치워둔 서러운 방, 옷가지 하나는 두고 갈 것이지 완전하리만큼 성글한 외로움과 고독이 스스럼없이 가라앉는 노을 속에 숨어드는 것 같았다.

오늘 아침만큼은 비행기 시간에 맞춰 공항 가기도 바쁠 텐데 그들에게 못하고 살았던 나의 죄책감이 가슴 깊은 곳에서 끝없이 한숨을 쉬고 있었다. 나와 함께 살면서 엄마가 좋아하던 하와이의 마카다미아 콩이며 심심할 때 꺼내 먹던 초콜릿, 작은 병에 채워둔 몇 달 치의 물, 냉장고 속에 가득 채워진 생선, 갑자기 딸과 사위의 향내와 그리움. 내가 못해줬던 아쉬움 지난날의 슬픔과 기쁨이 홍수처럼 밀려와서 딸의 빈방에서 눈물 범벅이 된 자화상을 그리면서 하루 종일 뻐꾸기가 되어보았다.

오직 나 혼자 만이 아파야 했던 슬픈 오후 딸이 떠난다는 사실을 기억해 낸 친구한테 전화가 왔다. 누가 그렇게 말해 줄 건가… 수십 년 동안 대학교수로 지낸 친구가 구세주처럼 고마웠다.

"딸은 오늘 캐나다로 갔지?
수희야 힘들어도 참아라.
무너지면 안 된다.
어떤 곳에도 무너지지 않던 네가 왜 딸한테는 무너져야 돼.
이젠 혼자야.
혼자라는 것을 잊어버리면 안 돼.
혼자서 이겨내는 연습을 해봐.
혼자서 즐겨야 돼.
결국 지나고 보면 누구나 떠나는 거다."
하루 밤새 남편을 잃고 혼자가 되었던 친구가 건 낸 말은 가슴 한가운데서 스며있던 그런 이야기였다.

"그래도 너는 딸하고 지금까지 많이 살았잖니. 네 곁에 있어준 딸한테 고맙다고 생각해야 돼."

떨어져서는 안 되는, 혼자가 되어서도 안 되는 자식과 부모의 도덕적인 관계를 고수해온 나만의 고집과 이론이 친구의 말 한마디에 순간적으로 와르르 무너지면서 고독을 동반한 폭풍이 가슴을 에이는 아쉬운 순간이었다.

<정외/63/수필>

내 생애 첫 번째 세계여행

강 추 자

1984년 5월. 우리 부부는 생애 첫 번째 세계여행에 나섰었다. 그때까지 남편은 회사출장으로 여행은 몇 번 갔었지만, 부부가 같이 여행을 한다는 것은 생각도 못 할 때였다.

그 당시에는 국외여행이 엄격히 제한되어 있을 때였고, 혼자 하는 여행조차도 많은 제약을 받는 때였다. 하물며 부부여행이라니? 모두가 놀랐었다.

그에 얽힌 사연은 남들이 보기에는 좀 황당하고, 나로서는 밖으로 말하기에는 조금 민망하기도 하고 부끄러운 일이었다. 왜냐하면 아들을 낳아 종갓집 가문의 대를 잇게 해주었다는 포상의 의미가 있었기 때문이다.

남편은 창녕 조^曹씨 8대 종손이다. 고창^{高敞}에서는 알아주는 학자 집안으로, 동오^{東塢} 조의곤^{曹毅坤} 할아버지는 장성의 노사^{盧沙} 기정진^{奇正鎭} 선생에게 수업했고 당대의 거유로 사림^{士林}간에 명성이 자자했다한다.

고산 서원에 배향되어 있어 행사가 있을 때마다 아직도 연락이 온다.

흠제欽齊 조덕승曹惠承 할아버지 또한 <흠제문집> 3권을 남기셨다.

면암勉庵 최익현崔益鉉 선생에게 사사하여 학문이 깊었으며 항일정신이 뚜렷하여 을사조약이 체결되자 면암이 이끄는 항일의병으로 순창까지 가서 싸웠다고 했다.

흠제 할아버지는 조상을 섬기는 마음 또한 깊어, 동오 할아버지를 기려 아담하고 아름다운 정각을 지었었다. 그 정각 이름은 동오정東塢亭. 그곳에는 아주 작은 연못까지 있었고 연꽃도 피어 있었다. 1968년 결혼식을 치르고 그곳을 처음 방문했을 때 인공으로 만든 폭포 옆 돌다리를 건너 약간 높은 곳에 위치한 그곳은 은행나무 등 귀목들이 가득 차서 학자들의 낙원인 듯 고즈넉하고 아름다웠다. 그러나 안타깝게도 그 정자는 몇 년 전 골프장 개발로 없어져 버렸다. 정말 애석한 일이다.

월초月樵 조병렬曺秉烈 그분은 내게 시아버지 되시는 분이시다.

어려서부터 "천재" 평판을 들으셨으나 할아버지의 강렬한 항일 의지로 일본으로 몰래 유학 가려다 잡혀 오신 후에 일재 정홍채 선생에게 사사하다가 스스로 독공하여 경전, 사서를 두루 섭렵하면서 사학에 심취. 조선역사朝鮮歷史 3권을 남기시고 전북중학교, 전주사범에서 역사를 강의했으나 40대 초반에 지병으로 일찍 돌아가시었다.

할아버지, 아버님은 돌아가시었지만 그들이 지은, 백 년이 넘는 고풍스럽고 넓다란 종가는 여러 번의 수리를 반복하며 아직도 남아 있다. 그 집의 이름은 경운장耕雲莊. 한없이 낭만적이고 아름다운 이름이다. 집안의 시제時祭를 그곳에서 지낸다. 그러나 이제는 그 모든 것들을 보존해 나가야 한다는 게 현실적인 문제로 내가 감당하기 힘든 일일뿐이다.

종손하고 결혼을 하고 보니 결혼하고 나서 10년 동안은 한 해에 제사를 13번씩 지냈었다. 그러나 시어머니가 돌아가시면서 지금은 정리가 되었다. 이런 집안 분위기에서 연년생으로 딸 셋을 낳고 보니 집안에서는 걱정이 많았다. 그 기회를 이용해 하지도 않은 단산 수술을 해서 아이를 더 이상 낳을 수 없으니 다른 여자를 들여야 한다는 등 떠벌리고 다니는 밉상 친척이 생기는가 하면 은근히 자기 아들을 양자로 들이면 어떻겠나 하는식으로 참으로 감내하기 힘든 일들이 한두가지가 아니었다.

그러다가 1981년 큰 누나와는 12살, 막내 누나와는 9살차이가 나는 아들이 태어난 것이다. 조씨 집안에 대 경사가 일어난 것이다. 평소에 농담반 진담반으로 '아들 낳으면 세계일주하자'던 남편이 그 약속을 지키겠다고 나선 것이다.

남편은 그때 D 신문사에 다녔었는데 신문사 특집으로 유럽 출장을 가게 되어 그 기회에 부부여행을 계획한 것이다. 그의 말에 따르자면 부부라서 따로 방 구할 일도 없고, 숟가락 하나만 더 필요한 여행이라며…

어쨌든 여행 계획은 남편이 밀어붙이는 대로 진행되었다. 집안일은 도와주는 처녀가 있었고, 친정어머니가 한 달 동안 오시기로 했으니 해결되었으나 당장 필요한 것들이 너무 많았다.

첫 번째로 여행가방부터 사야 했다. 더구나 입고 갈 옷이 하나도 없었다. 나에게는 네 아이들과의 전쟁을 치르느라 너덜거리는 일복 밖에 없었으니….

남편의 고향 선배로 외환은행에 계시면서 일찌감치 유럽은행으로 나가 계시던 분이 여행은 계획을 짜서 움직여야 실패를 안 한다고 자진해서 도우미를 자청하셔서 미리 예약할 것은 예약하고, 그 외 일정을 대충 알려주셨는데 비엔나에서는 로린 마젤이 지휘하는 음악회도 가야 한다고 했다. 그런 곳에는 물론 드레스를 입어야 한다는 것이다. 난감했다. 유럽이라는 가보지 않은 미지의 세계. 약간 화려해야 할 것 같기도 하고 하니 점잖은 정장도 있어야 하지 않나? 갈팡질팡하다가 우선 까만 바탕에 흰 물방울무늬가 있는 약간 화려하면서도 실용적인, 세탁도 쉬운 옷감으로 만들어진 세미 후레아 스커트에 하얀 블라우스를 샀다. 대학 다닐 때 흰 바탕에 까만 물방울무늬가 있는 면으로 옷을 만들어 입었었는데 은근히 효과가 있었다. 갑자기 그 생각이 떠오른 것이다.

그다음은 음악회에 입고 갈 붉은색에 갈색무늬가 들어간 실크 원피스는 신평화시장에서 샀다. 왠지 계속 입을 것 같지 않아 화려하지만 비용이 조금 저렴한 것을 샀다. 정장으로는, 이제 고인이 되었지만 옷집을 하던 배우 윤소정씨가 옅은 갈색 인조 세무로 어깨에 얇은 진짜 가죽을 덧대어 세련된 옷을 만들어 주어 정말 요긴하게 잘 입었다. 물방울무늬 스커트와 인조 세무 투피스는 추억의 옷으로 지금도 보존하고 있다.

그다음은 여권을 만들었다. 여행의 행선지로 유럽 이외에 미국과 일본도 들어 있었기 때문에 비자를 받아야 하는 등 정말 어려운 일들이 많았다. 다행히도 미 문화원에서 문협 출장으로 허가를 받아낼 수 있었다. 사람들이 그 어려운 미국 비자를 어떻게 받았느냐고 신기해했다. 대한항공을 타고 두바이로 가서 그곳에서 비행기를 갈아타고 카이로로 향했다. 사진으로만 보던 스핑크스를 보고, 그 배경으로 낙타를 타고 사진도 한 장 찍고, 카이로 박물관에서 인류의 위대함도 만끽하면서 대망의 룩소로 향했다.

룩소. 나일강변에 엄청난 크기와 규모를 자랑하는 고대 이집트의 수도였다는 사실에 걸맞게 진흙빛 카르나크신전의 위용은 대단했다. 어마어마하게 큰 거대한 석상들, 모두가 상상을 초월하는 크기이다. 출렁거리며 태고의 신비를 품고 있는 나일강, 왕의 계곡에 있는 무덤들, 처음부터 불어닥친 문화의 충격은 대단했다.

우리에게 꼭 봐야 한다고 여행 첫 방문지로 룩소를 택하게 해준 그 선배님의 안목에 거듭 감사하며 다음 행선지 그리스로 향했다. 아테네의 파르테논 신전, 수니온 곶에 서 있던 해신 포세이돈 신전의 대리석 원주기둥 등. 다음 행선지는 프랑스 파리 에펠탑, 루브르 박물관. 비엔나와 음악회, 잘츠부르크 모짜르트 베토벤의 집, 그다음은 네델란드 암스테르담 꽃 시장, 폴투갈 리스본 항구, 스웨덴의 스톡홀름 시청, 노벨상을 수여한다는 건물, 바이킹 배 박물관, 바이킹 식당.

유럽여행은 끝나고 드디어 미국을 향하여 떠났다.

미국, 자유의 여신상, 911테러로 사라진 110층 세계무역센터, 뉴욕 유엔본부 등등을 보고 친구들이 있는 로스앤젤레스를 들러 마지막 여정으로 일본. 후기 인상파 그림들을 많이 소장하고 있는 우에노 미술관을 보고, 집에 전화를 해봤더니 아들놈이 엄마가 없어졌다고 울고 있다는 말에 우리 부부도 같이 울었다. 그래서 당장 서울로 돌아오면서 좌충우돌 여행은 그것으로 끝이 났다.

<국문/66/희곡>

신비의 섬,
갈라파고스 제도에 가다

박 숙 희

에콰도르의 수도 "키토"의 어스름한 새벽길을 떠나 고속도로를 달린
다. 갈라파고스행 비행기를 타기 위해 공항에 왔다. 공항에서 한국 여
행객 네 명을 만났다. 알고 지내던 사람들처럼 우리 일행은 반갑게 인
사를 나누며 그간의 여행지에 대한 이야기로 꽃을 피웠다. 길지 않은 두
시간 정도의 비행 끝에 갈라파고스 제도의 섬 중 하나인 "남시모어" 섬
에 내린다. 갈라파고스 제도에는 발트라 섬 가까이에 있는 남시모어 비
행장과 산트리스토발 섬 비행장 두 개의 비행장이 있는데 우리 일행은
남시모어 비행장에 내린 것이다.

갈라파고스 제도는 모든 곳이 국립공원이므로 섬의 입장료가 우선
120불을 내야 한다. 이제부터 크루즈로 이 곳의 여행을 계획했기에 비
용이 많이 들고 모든 물가가 비싸다는 느낌이다. 가슴 설레며 상상 했던

것 보다는 평범한 섬이라는 첫 인상이다. 아무것도 없는 바다 한 가운데 길게 늘어져 있는 19개의 섬으로 큰 섬, 작은 섬, 높고 낮은 섬, 이런 모습들의 모든 섬이 국립공원인 갈라파고스 제도이다.

앞으로 다가 올 신비의 세상을 첫 날은 상상도 못했다. 어떤 표현으로도 그 신비스러운 땅을 말하기는 어렵다. 섬 곳곳에 키가 큰 선인장과 무성한 마른 풀, 물개와 이구아나 무리들, 바다사자, 상어, 홍학 떼 하늘을 나르는 온갖 새들과 갈매기 떼 소리가 갈라파고스에 온 것을 실감나게 한다. 섬은 너무도 조용하고 아름답고 평화롭기만 하다. 적도에 걸쳐있는 나라 임에도 불구하고 겨울이기에 시원한 바람이 불어오고 출렁이는 푸른 태평양 바다의 파도와 햇살이 강하지만 무덥지는 않다. 또한 갈라파고스제도는 에콰도르령 임에도 불구하고 거의 독자적인 나라처럼 운영이 된다고 한다. 까다롭게 여권 심사도 하고 비자도 다시 받아야 한다.

이곳에서 이틀을 머물며 많은 새들과 물개의 무리와 이름 모를 새들의 지저귐을 들으며 점점 낙원같은 신비의 세계로 빠져든다. 다음으로 발트라 섬으로 이동한다. 발트라 섬은 곳곳에 선인장이 많은데 이곳 선인장은 키가 사람 키 보다 크다. 사람이 살지 않는 섬에서 이국의 향취를 느끼며 나는 점차 신비에 취한다. 여러 다른 섬으로 가기 위해서는이제 부터 배를 타야 한다. 갈라파고스에서 가장 큰 배이고 호텔의 역할과 식당의 역할 등을 하는 '레전드'호를 탄다.

각자에게 주의 사항을 강조하며 구명조끼를 입게 한다. 작은 배로 이동할 때는 꼭 입어야 한다. 사일 동안 '레전드'호에서 먹고 자며 작은 통통배를 타고 주변 다른 섬으로 이동해서 팀마다 구경하다가 저녁이면 다시 레전드호에 와서 식사와 휴식 그리고 자유 시간을 가진다. '레전드'호는 총 5층으로 되어 있으며 우리 일행의 방은 4층 Moon Deck이다. 발코니까지 있는 달과 별을 볼 수 있는 우리의 방은 이 배에서 몇 번째로 좋은 아름다운 방이다.

더블 침대와 화장실, 샤워실까지 모두 설치된 방에 우리 네명은 한 방을 쓰고 친구 남편 두분이 같은 방을 쓰기로 했다. 조금 미안 했지만 리더 격인 L 박사는 기다리던 딴 방 쓰라면서 유쾌하게 웃으신다. 레전드호에는 팔백여 명 가량이 탑승 한다고 한다. 이번 일정에는 우리 일행을 포함 공항에서 만났던 네 명까지 열 명의 한국 여행객이 탑승한 것이다. 우리나라 사람을 만나니 공연히 마음이 든든하다. 배 안에는 식당, 편의점, 넓은 강당도 있고 영어와 스페인어로 지켜야 할 규칙 같은 것을 교육도 시킨다. 이를테면 어떤 자연의 흔적도 가지고 가면 절대 안 되고 특히 동물은 손을 대면 절대 안 된다는 말을 여러 번 강조한다. 단 선인장이라든가 꽃, 풀 등 식물은 만져도 무방하다고 한다.

갈라파고스 제도는 한마디로 생태계의 낙원이다. 크고 작은 19개의 섬과 수많은 암초로 이루어져 있으며 놀라운 것은 천미터가 넘는 높은 산도 있다고 한다 .1535년 '베를랑가'라는 탐험가가 발견 했는데 그 당시 거북이가 하도 많이 살고 있어서 스페인 언어로 갈라파고스 즉 '거북이'라는 이름이 붙여졌다고 한다. 정말 크고 작은 거북이가 많기도 하다. 이구아나와 물개의 천국이다. 이곳에서 인간은 이방인이다. 무리지어 바위 위에서 움직임도 없이 잠자는 가 하면 바닷물 속에서 무리 지어 헤엄치기도 한다. 물개는 바위나 육지에서는 느리지만 바다 속에서는 무척 빠르게 움직인다. 암초 같은 바위에도 희귀한 무엇인가 기어 다니고 있다.

신비한 동·식물만을 보며 이틀을 지내니 내 가슴 속에는 전보다 뚜렷하게 지구 위에 생태계의 다양함에 놀라고 모든 생명체들의 소중함을 느끼며 무엇인가 알 수 없는 감동이 넘친다. 생명있는 작은 벌레를 보는 마음이 달라진다. '발트라섬' 구경을 마치고 다시 통통배를 타고 큰 배인 우리의 숙소 '레전드호'로 간다. 통통배를 타고 내릴 때마다 멀미 증세가 나올까봐 친구들과 나는 조심 또 조심하며 준비한 여러가지 홍삼도 먹고 생강편도 먹어본다. 숙소인 방에 들어 가니 붉게 물든 태평양 바다의 석양이 감성을 주체 할 수 없게 만든다. 이 먼 나라 에콰도르 갈라파고스까지 올 수 있는 것은 오직 하나님의 은혜라 생각하니 감사와 감동으로 가슴이 벅차오른다. 밤하늘의 수많은 별들이 보석처럼 빛이 난다.

'산타크루즈섬'으로 간다. 다시 구명 조끼를 입고 작은 통통 배로 옮겨 탄다. 바다 위에서 불어오는 바람이 쌀쌀한 수준이다. 이곳은 우리나라와 반대인 겨울이기 때문이다. '산타크루즈섬'은 약간의 사람이 살고 있는 섬이다. 사람 보다 많은 희귀한 생명체들이 산다. 이름 모를 처음 보는 낯선 꽃들이 아름답다. 푸른 바다와 바위 그 위에 이름도 모르는 생명체들이 신비롭기만 하다 . 현지 가이드는 열심히 설명하지만 스페인어를 알아듣지 못하는 우리는 답답하다. 이곳에서도 이구아나 무리가 요동도 없이 바위 위에 누워서 일광욕을 하고 있다. 이 곳에서 사람은 그저 그들처럼 생명을 가진 하나의 생명체에 불과했고 그들에게는 이방인일 뿐이다. 이름 모를 몸이 작고 원색적인 털과 부리를 가진 새들이 지저 귄다. 새들 또한 천국이다. 우리나라에서 보았던 새들과 달리 몸 색갈도 부리도 다리까지 원색으로 파랑 빨강 노랑 등의 색이다. 누군가는 말한다. 오염되지 않은 땅에서 사는 동물들의 원래의 참 모습이라고 말한다.

'에스파뇰라섬' 으로 간다. 갈라파고스제도 중에서 가장 남단에 위치한 섬이라 한다. 이 섬은 이전에 본 섬들 보다 물개의 무리도 이구아나의 무리도 파랑발부비새 무리도 더 많아서 저절로 탄성이 나온다. 상상을 할 수 없는 생명체들의 무리들 꽃들과 새들 속에 사람의 존재는 미미하다. 인간이 살지 않는 전혀 다른 세상에 온 듯해서 조용히 내 손을 꼬집어 본다. 지상의 낙원이란 생각이 든다. 전설 속의 새라 불리는 '알바트로스' 새를 본다. 상상한 것 만큼 크거나 웅장하지는 않다. 보통 새와 크게 다른게 없는 것 같다. 날씬한 검정색 몸과 길고 딱딱한 노란색 부리를 가졌다. 에스파뇰라 섬은 다른 섬 보다 녹음이 더 푸르게 울창하고 기이한 절벽이 많아 아름다움의 극치다. '북시모어 섬' 으로 이동한다.

이곳에서는 몇 명씩 그룹을 지어 가이드를 따라가며 설명을 듣는다. 가다가 'Stop'이라는 표시만 보이면 더 이상 가면 안 된다 . 에메랄드빛 바다가 시리게 아름답다. 이곳에도 물개와 이구아나 갈매기들은 천국이고 빨갛고 까만 게들이 무수히 기어 다닌다. 섬을 걸어 다닐 때는 구명조끼를 벗는다. 몸이 한결 가볍고 시원하다. 맑고 신선한 공기가 정말 좋다. 가는 곳마다 물개와 이구아나 갈매기 거북이 등이 무수히 많은데 아름다운 천국 처럼 느껴지는 것은 이 곳이 신비의 섬 갈라파고스이기 때문인 것 같다.

마지막 섬인 '산크리스토발섬'으로 간다. 갈라파고스 제도에서 가장 큰 섬이고 유일한 대학교도 있고 공항도 있는 섬이다. 오랜만에 예쁜 집들이 보이기 시작한다. 일주일 동안 바다와 동물 식물만 보다가 사람이 사는 마을에 오니 이제까지 다닌 갈라파고스 섬들과 달라서 혼돈스럽고 기분이 이상하다. 이곳에서 유명한 '거북이 센타'를 방문한다. 다윈의 진화론이 탄생한 '갈라파고스 다윈센타'를 찾는다. 지금 이 곳의 거북이 들은 대부분 50~70살이라 한다. 온순한 몸짓과 달리 가까이서 얼굴을 보니 굉장히 무섭게 생겼다. 거북이의 수명은 이백년 정도이고 땅거북과 바다거북이 등 종류가 수십종 이나 된다고 한다. 갈라파고스의 많은 희귀한 자연생태를 연구하며 보존하며 인공 부화까지 연구하는 건물로 안내를 받는다. 적도의 한 작은 땅에서 이런 일들을 연구하는 과학자들이 숭고하게 느껴진다. 건물 뜰에는 170~180세나 되는 거북이들이 풀을 뜯고 있다. 아까 보았던 50~60세 거북이는 갑자기 아기 거북이로 보인다. 많은 관광객들이 이곳에 다 모인 듯이 복잡하다. 현지에 살고 있는 꼬마들은 웃통을 벗고 물속에서 물개와 노는 모습이 참 자유롭고 천진해 보인다.

오랜만에 예쁜 마을에 오니 그 동안 멀미로 긴장하며 보냈던 여러 날 동안의 피로가 풀린다. 그늘진 긴 벤치 위에 관광객들이 앉거나 누워서 쉬고 있다. 나도 벤취 위에 누우니 잠이 솔솔 온다. 일주일이 넘도록 우리 일행은 갈라파고스의 19개의 섬 중에서 15개의 섬을 보았다. '산크리스토발섬'에 오니 어제까지의 갈라파고스에 신비와 전혀 딴 세상에 온 듯한 분위기의 느낌이다. 마치 유럽의 도시 어느 바닷가 휴양지에 온 듯한 착각으로 변한다. 역시 사람이 모여 사는 도시는 비슷하다.

이제 갈라파고스의 투어가 끝나고 우리 일행은 공항으로 출발한다.

다시는 오지 못할 지상의 낙원인 신비의 섬 갈라파고스를 떠나는 것이 너무도 아쉬움으로 가득하다. 공항에서 탑승 시간을 기다리며 우리는 작은 소리로 함께 기도하며 저마다 주체할 수 없는 큰 감동으로 눈을 감는다. 비록 소리는 작았지만 가슴 속 울림은 얼마나 크게 다가오는지 꼭 잡은 서로의 손끝에서 그 느낌을 전달 받는다. 한 사람도 심하게 멀미하지 않고 모두 건강하게 아무 사고도 없이 큰 은혜 받으며 갈라파고스 제도 투어를 끝낼 수 있음에 감사의 기도를 드린다. 돌아가는 비행기를 타기 위해 다시 에콰도르의 수도인 '키토'로 향한다.

에콰도르의 날씨는 한국의 가을 날씨처럼 선선하여 여행하기에 알맞은 날씨이다. 연일 한국은 유례없는 폭염이라는 소식을 들으며 우리 일행은 내 조국의 번영과 평화를 위해 기도한다. 키토의 한 식당에서 오랜만에 된장찌개와 쌀밥을 먹으며, 식당에 걸렸던 태극기를 보며 대한민국 국민임을 자랑스럽게 여긴다는 식당 주인의 말씀에 콧등이 시큰하다. 이 먼 곳에서 식당을 경영하는 강인함에 감탄하며 돌아갈 조국이 있고 고향이 있다는 사실이 감사하다. 갑자기 서울이 가고 싶고 사랑하는 가족과 친구들이 그리워진다.

참 오랜만에 예약했던 좋은 호텔에서 꿀잠을 자며 사우나까지 하니 몸이 날아갈 듯 가볍다. 이제 남반구와 북반구를 가로 지르는 적도의 나라 에콰도르와 안녕을 할 때가 온 것이다. 떠나기 전 키토에서 유명한 '성모 마리아 상'을 찾아간다. 곳곳에 잉카 문명의 유적을 보며 가슴이 뜨거워진다. 유적지 계단 위에서 저마다 그런대로 말끔해진 모습으로 인증샷을 찍으며 모두 활짝 웃는다. 안데스 산맥으로 둘러싸인 넓은 도시 '키토'는 오랫동안 잊지 못할 추억의 도시가 될 것이다.

<교육/70/수필>

*2018년 여름 중남미 여행 중 갈라파고스 제도를 다녀와서 쓰다.

제5부

한복은 수필이다

변두리 길을 걸어오다

임 인 진

  함께 정을 나누던 이들의 빈자리가 휑하니 늘어날수록 지난날을 되돌아보게 된다. 아등바등 애쓰며 살아온 흔적도 없고 신통하고 자랑스럽게 느껴지는 일도 별로 없다. 하기야 어리벙벙한 자세로 허청허청 변두리길 걸어온 발자국이 제대로 남아있을 리 없다.

  문학의 길로 접어들어 한 평생 그 길을 밟아오긴 했으나 튼실한 자국 하나 남기지 못해 아쉬움과 부끄럼이 앞선다. 어리석고 게으른 탓이기도 하지만 외길 아닌 갈래 길을 이리저리 넘나들었기 때문인지도 모른다.

  한마디로 고독과 그리움과 아쉬움의 나날이었다. 언제나 다른 사람의 뒷전에 서 있었다. 스스로 움츠리고 낮추며 살았다. 엄격한 유교 가정에서 자랐기 때문이다. 6·25 전란 중에 논밭과 산을 헐값에 팔아 딸 대학 보낸다고 손가락질 받던 어머니였지만 가정교육은 시종일관 유교적 전통에 따른 것이었다.

  내가 나고 자란 곳은 청정한 솔밭과 산으로 둘러싸인 강원도 평창의

산골 마을이다. 숲속에서 날아오르는 새소리 들으며 숲에서 피고 지는 꽃들을 바라보면서 아름답고 신비로운 자연에 사로잡히듯 어린 시절을 보냈다.

홀로 집 가까운 산에 올라 노래를 부르며 일기를 쓰고 편지도 썼다. 책을 읽다가는 가끔씩 먼 하늘 바라보며 울었다. 산이 떠나가라 외마디 소리로 외치기도 했다. 그 소리에 놀란 산이 되돌려주는 메아리 소리, 그 소리는 울다 울다 그만 목울대가 잠겨버린 부엉이 울음소리처럼 나를 슬프게 했다.

대관령 너머 강릉에서 중 · 고등학교에 다녔다. 영서와 영동지역의 말투와 인습은 많이 달랐다. 어수룩한 내 안에서 자란 그리움과 외로움의 농도는 날이 갈수록 짙어졌다. 밤마다 대관령 아흔아홉 굽이를 감돌아가는 자동차 불빛을 바라보면서 자아낸 향수의 글발 시 한 편이 교내 문예 경연 대회에 당선되었다. 그것이 내가 걸어온 길의 이정표가 된 셈이다.

동부전선에선 연달아 포성이 울리고 하늘에선 전투기의 굉음이 끝일 새 없는데도 강릉지역 문학의 열기는 식을 줄 몰랐다. 황금찬, 최인희 함혜련 등의 시 동인지 「青葡萄」의 영향을 입은 고등학생 5명이 「山草園」이란 이름으로 모여 저마다 특색 있는 시를 썼다. 나도 그들 가운데 서 나름대로 향토성 짙은 서정시를 쓰려고 노력했다.

대학에서 공부하면서도 시내 각 대학 문학 지망생들의 모임 「청년문학회」의 일원으로 순회 문학 발표회와 문학의 밤 등에 참여했다. 문학 동아리 활동을 함께 하던 동료들 몇몇은 신문사 현상문에 당선되고 더러는 문예지 추천을 받기도 하며 문단 등용문을 통과해 이름을 빛내고 있었다.

남들이 그럴 때 나는 결혼을 하고 아이를 낳았다. 아이 넷을 낳아 기르다 보니 다른 일은 생각할 여유조차 없었다. 낮엔 가족들의 온갖 뒤치다꺼리, 밤엔 아이들과 함께 책 읽는 것을 일과로 하루하루를 보냈다. 그 무렵엔 아이들에게 읽힐 책도 많지 않았다. 계몽사에서 간행한 어린이 세계문학전집 50권을 다 읽은 아이들을 위해 아동문학서적을 찾아다녔다.

그때 중학교 초년생이던 큰 딸아이가 나에게 "엄마가 동화를 쓰면 좋겠다."라고 했다. 단 한 번이라도 써서 보여주면 좋겠다고 조르듯 말했다. 때문인지 나도 모르게 아동문학 쪽으로 눈을 돌려 동화와 동시를 쓰게 되었다.

내 안에 숨어 있던 사유思惟의 불을 지폈다. 어렴풋이 되살아나는 환영을 여물리고 색색의 물감을 풀어 고운 옷을 입히느라 밤을 홀딱 새웠다. 한 줄 한 줄씩 쓰고 지우고 다시 쓰기를 반복했다.

중앙일보사에서 간행하던 『여성中央』지에 동화 「칠석날」이 당선되었을 때다. 심사를 맡았던 아동문학가 이원수 선생은 시상식장에서 "동화라기보다는 장편의 서사시를 읽었다."라고 했다. 그 뒤에도 몇 번인가 나에게 "시의 끈을 놓지 말라."라고 당부까지 하셨다.

토속과 전설에 잇닿은 이야깃거리가 질펀히 숨 쉬는 고향의 모든 것이 나에게는 우선순위의 글감이었다. 빛과 소리와 향기 그윽한 자연의 텃밭에서 나는 시와 동시, 동화와 소년소설, 산문을 내 멋대로 마구 건져 올렸다. 여기저기서 청탁서가 오는 대로 분야를 가리지 않고 밤을 새우며 글을 써서 보냈다.

나는 그런 기간을 오래 버티지 못했다. 병상에 누워계시던 시모님이 계셨고 남편과 자라나는 아이들의 뒤치다꺼리가 우선적인 나의 임무였기 때문이다. 방마다 연탄아궁이가 따로 있어 하루에 두세 번 갈아 넣어야 하고, 새벽마다 도시락 몇 개씩을 준비하는 나의 몸과 마음은 추스르기 힘들 정도로 지쳐있었다.

뒤늦게 지핀 사유의 불길이 희미해지면서 나는 비실비실 뒷전으로 물러서게 되었다. 소속단체와 여러 모임에 이름이 올라 있어도 제대로 나갈 기회가 없었다. 한두 번 만나본 사람도 선뜻 다가서지 못하는 나에게 드문드문 청탁서를 보내는 고마운 이가 있었다.

시간이 갈수록 모든 것은 제멋대로 흘러가는데 나는 내 안에 꿈쩍 않고 박혀있는 향토적 서정에 사로잡혀 그 끈을 붙들고 놓지 못했다. 청탁서를 받을 때마다 나는 내 안에 서리서리 감아뒀던 실꾸리를 풀어놓고 바늘에 실을 꿰어 홈질 시침질 박음질로 한 땀 한 땀씩 바느질을 하듯이 글을 써서 보내곤 했다.

발표한 글들을 분야 별로 모아 자비로 펴낸 책은 모두 다섯 권이다. 주변머리 없는 나는 그 책들을 골고루 펴 돌리지도 못했다. 게으름과 무능을 보다 못해 딱하게 여겼는지 남편은 또다시 발표한 글들을 찾아 모으라고 했다. 책을 펴내자던 남편이 갑작스럽게 떠난 뒤 나는 그 일에 대한 의욕도 필요성도 못 느낀다. 영문학을 전공한 남편의 저서와 그가 애써 모은 책들이 주인 없는 서가에서 누렇게 빛바래고 사그라지는데 말이다. 남편이 내 책 출간을 독려한 것은 나에게 미안한 생각을 갖고 있었기 때문이다.

결혼을 하고 나서 얼마 뒤에 일이다. 문예지에 시 추천을 받기 위해

시 몇 편을 골라서 남편에게 보여주며 마지막 정리를 하려던 나를 향해 남편은 화를 내며 반대했다. 서두르지 말고 서서히 좋은 시를 써 모아 자비로 책을 내자면서 극구 말렸다.

남편은 자비로 출판하고 독자들의 평가를 받는 외국의 예를 들며 우리나라 문예지 추천제도의 부당성과 폐습을 일일이 지적했다. 심지어 "찻집에 죽치고 앉아있는 그 누구의 눈치를 보며 비위를 맞출 자신이 있느냐?" 며 화를 내기도 했다. '그래! 날 꼭 붙잡아 앉혀놓고 꼼짝달싹 못하게 하려는 속셈이구나!' 생각하면서도 나름대로의 자신감이 없으니 고집부릴 수도 밀고 나갈 수도 없었다.

내가 평생을 쫓던 문학의 길, 그 초입의 문이 이제는 넓어지고 보편화되었다. 예서제서 우후죽순 격으로 생겨난 월간과 계간의 문예지들이 함량미달의 문인을 함부로 배출해 문단을 어지럽힌다는 평가를 받기도 한다.

문학은 한 시점에서 반짝이는 빛이 아니다. 오랜 수련과 경륜과정에서 얻어지는 열매라고 생각한다. 그러므로 문학의 길은 쉴 새 없이 자아를 돌아보고 다그치며 깨닫는 길이다. 오묘한 자연의 질서 안에서 그 질서를 지켜야할 인간의 본분을 지키며 깨닫는 엄숙한 과제를 떠안고 가야하는 멀고도 험한 길이다.

<국문/58/아동문학>

서랍장 속의 귀이개와 바늘겨레

채 정 운

살다보면 우리는 무슨 때마다 선물을 주고받는다. 출생과 백일 돌잔치를 거치면서 무병장수와 부귀영화를 염원하는 무명 실타래부터 은수저, 금반지를 선물했다.

세월이 지나면서 지금은 쓰임이 편한 현금을 축하금이 우선한다. 여러 해 전 백화점에 들렀다가 인도네시아산 티크목 전시회에서 시선이 멈췄다. 판매원의 머지않아 티크목이 품질 될 것이라는 세일에 현옥 되어서 나무 걸상과 서랍장을 들여놨다. 단아한 서랍장은 머리맡에 놓고 약장으로 쓰기에 안성맞춤이라 망설이지 않고 우선 구입했다.

마침 막내딸과 동행했는데 그 애와 나는 가구를 고르면서 어지간히 수선을 떨었나 보다. 점원은 물건을 이것 저것 추천했고 덤으로 피라미드식 서랍장도 선사했다. 세일이 꽤 지난 지금도 그때 구입한 가구는 길이 잘 들었고 요긴하게 사용하고 있다. 그 중에서 피라미드식 서랍장은 키가 보꾹까지 닿고 나름대로 쓸모가 있다. 자주 사용하지 않는 소품들은 크기별로 아랫단과 위층에 넣어놓고 중간층에는 소소한 일용품과 소도구를 넣어 두고 필요할 때 본능적으로 서랍을 열고 찾아서 쓴다. 그 중에서 가장 유용하게 사용하는 물건이 귀이개와 바늘겨레이다.

근래 들어 귀가 어둡고 자주 거북스럽다. 누군가 내 말을 하는 것일까 고개를 갸우뚱하고 대나무 귀이개를 찾아든다. 아주 오래된 친구가 대만 여행을 하고 돌아와서 준 선물이다.

내 어렸을 때는 귀이개가 매우 귀중한 보물이었다. 은으로 조재된 귀이개는 어머니 쪽머리에 장식품처럼 꽂혀있었고 집식구들의 구급의료기 구실을 착실하게 할 적도 있었다. 급체를 했을 때 사관을 틀 때도 쓰이고 잔칫상을 고일 때 호두 속껍질을 벗길 때도 요긴하게 사용됐다.

그럭저럭 수십 년이 지나간 오늘도 그 귀이개는 사용할 때마다 옛 친구의 젊은 날의 모습이 삼삼하다. 서랍장 손닿는 서랍 속에는 이 대나무 귀이개와 바늘 겨레가 나와 함께 나이를 먹고 있다. 바늘 겨레선물은 한참동안 유행한 적이 있었다. 가는 바늘, 중바늘, 대바늘을 곁들였으며 바늘귀 꿰는 도구와 색실이 엮어서 들어 있는 수첩 모양의 바늘겨레는 한 때 핸드백 속의 필수품이 되었다.

근래 들어 나는 키가 더 작아졌다. 바짓단을 한단씩 줄여서 입는 나는 바짓단을 한단 잘라내고 새발뜨기로 마무리해서 입는다. 수선 집에 맡기면 오천 원에 쉽게 해결할 수 있을 터인데 나는 한 땀 한 땀씩 새발뜨기를 하면서 지난 세월을 반추한다.

<국문/59/소설>

한 마리 학처럼

박 순 자

　부산에서 여고 재학 중 일 때 우연히 이화여대 김활란 총장님이 제자와 함께 이화동산에서 찍은 사진을 보게 되었다. 흰색 바탕에 이화여대 로고인 연초록색의 배꽃 무늬가 들어간 한복을 곱게 입으신 총장님이 제자와 함께 담소하며 찍은 단아한 모습에서 나는 그대로 총장님을 짝 사랑 하기에 이르렀다.

　그 뒤부터 대학 선택에 한 치의 망설임도 없이 이화여대를 점찍은 나를 두고 주위 친척들의 반대가 극심했다. 그때가 50년대 중반이고 6·25 전란 직후로 사회 전체가 몹시 불안했고 특히 여고를 졸업만 해도 대단했었던 때였다. 이화여대는 사치스럽고 교만한 대학으로 알려져 주위 친척들이 이곳 부산에서도 국·공립 사립대학이 다 있으니 그리로 권하며 내 마음을 바꿔 보라고 어르며 나를 종용했다. 당연히 어머니의 마음도 같으실 텐데 어머니는 한동안 조용히 나를 지켜보고 계시더니 내 마음이 이미 변함없음을 감지하시고는 드디어 그때부터 작심

하신 듯 내 편이 되어주시고 주위의 많은 힐난을 일축해 주셨다.

어머니는 17살에 아버지와 결혼해서 나를 가운데로 5남매를 두셨으나 일제 치하에서 치료 한번 제대로 못 받고 무려 셋이나 8개월, 5살, 6살에 형제들을 잃었고 아버지 역시 파란만장한 일생을 사시다 중년에 돌아가시어 우리는 오빠와 둘만 남게 되었다.

틀림없이 어머니는 우리 남매를 오래도록 품안에 두고 싶어 하셨을 텐데 철없고 옹졸한 내가 무조건 이화여대만 가겠다고 하니 나의 속내를 아시고는 결국 내손을 들어주시면서 나에게 다짐을 받으셨다. "네가 그토록 그 대학만을 고집하니 이 어미는 달라 빚을 내더라도 너를 졸업시킬 테니 너는 엉뚱한 일 저질러 중퇴하는 불상사가 없도록 하라"는 약속을 받으셨다.

합격통지서를 받자 화통하신 어머니는 모든 외롭고 힘든 괴로움을 숨기고 오로지 나를 위한 준비에만 몰입하며 챙겨주셨다. 그때는 기성복 자체가 전혀 없고 오직 모든 옷을 양장점에서 맞춰 입던 시절이었다. 어머니는 서울생활에서 기죽지 말라면서 여러 디자인으로 몇 벌을 준비해 주셨고 그 외에 필요한 것들을 세심하게 준비해 주셨다. 나는 무거운 가방을 가볍게 들고 서울행 열차를 탔다. 칙칙 폭폭 검은 연기를 계속 내뿜으며 밤새 달려 서울역에 도착했을 때는 멋지게 차려 입은 양장 옷에 검은 석탄가루가 여러 곳 묻어 있었으며 내 얼굴 여기저기에도 석탄가루가 묻어 있었다.

학교에 가보니 총장님은 한결 같이 예의 그 배꽃무늬의 한복으로 다니셔서 우리 재학생들도 한동안 비슷한 한복으로 과목마다 여러 강의실을 누빌 때라 비싸게 맞춘 양장 옷은 가끔 외출할 때나 이용할 뿐이었다.

해마다 5월 31일 학교 창립기념일에는 대강당에서 1부 집회가 끝난 후 2부 행사로 전교생이 이화동산에서 예의 그 한복차림으로 매스게임을 했다. 학이 춤추듯 수많은 아이들이 동그랗게 작은 원을 만들며 움추려 있다가 교가가 울려 퍼지면 맞추어 태양 한 가운데서 만물이 깨어나는 형상으로 움추렸던 어깨를 펴고 훨~훨 사방으로 더 높게 더 넓게 날아오르는 그 순간의 모습은 가히 환상적이었다. 그럴 때는 이화동산을 가득채운 하객들 모두가 기립박수로 오랫동안 화답을 했다.

살다보면 빠르게 휘몰아치듯 돌아가는 내 삶을 지금 이 순간 되돌아보며 생각해본다. 나는 분명 젊고 아리따운 20대 초반의 멋스러운 한 마리의 학이었다.

<국문/60/수필>

향원익청香遠益淸의 연꽃 이야기

임 완 숙

여름의 꽃은 단연 연꽃이 으뜸이다. 7월 초부터 9월 초까지 한 여름을 아름답게 수놓는 연꽃. 지글거리는 뙤약볕 아래 넓고 푸른 잎을 시원스레 펼치고 그 위로 곧게 대를 뻗어 합장한 듯 맺힌 꽃봉오리는 속계를 벗어난 청아한 아름다움이 있고, 꽃잎이 열리면 먼 듯 가까운 듯 방향을 가늠할 수 없는 맑고 은은한 향기는 무엇에도 비유할 수없이 신비롭기 그지없다.

그러기에 송나라 유학儒學의 비조鼻祖로 불리는 대 유학자儒學者 주돈이는 '애련설愛蓮說'을 지어 그 덕을 찬미했고, 조선 영·정조시대의 시, 서, 화 삼절三絶로 일컫는 강세황은 주돈이의 '애련설'을 기려 '향원익청香遠益淸'의 화제畵題로 저 유명한 연꽃그림을 남겼으며 오늘날까지 수많은 시인 묵객들이 연꽃을 기꺼이 작품에 담고 있는 게 아닐까.

주돈이는 '애련설'에서 연꽃의 특성을 드러내며 속 깊은 사랑을 밝히고 있는데 향원익청香遠益淸 즉 '연꽃향기는 멀리 갈수록 맑은 향기를 더

한다.'는 절창을 낳고 있다. '유독 연꽃이 더러운 진흙에서 나오지만 그 것에 오염되지 않으며, 맑은 물에 씻기지만 요염하지 않으며, 줄기 안은 비어있지만 밖은 곧으며, 줄기가 넝쿨지지도 않고 가지가 뻗어가지 않으며, 향기는 멀리 퍼져나가면 나갈수록 더욱 맑고 당당하고 고결하게 서 있으며, 가히 멀리서 바라볼 수는 있지만 가지고 놀거나 희롱할 수 없다. 국화는 꽃 중의 은자隱者와 같고 목단은 꽃 중의 부귀富貴한 자와 같으며 연꽃은 꽃 중의 군자君子라고 하겠다.'라고 했으니 연꽃에 대한 적확한 최고의 찬미다.

그런가 하면 세조 때의 강희안은 『양화소록養花小錄』에서 꽃과 나무의 품계를 구품九品으로 나누어 기록했는데 그 최상의 1품 자리에 매화 국화 연꽃, 대나무를 올리고 있다. 그리고 계절을 상징하는 꽃으로 봄 작약, 여름 연, 가을 국화, 겨울 매화를 꼽고 선비들이 이 꽃들을 보며 선비의 곧은 절개와 아름다운 계절의 풍취를 느낀다고 했다. 꽃을 단순히 꽃으로만 본 게 아니고 선비의 정신과 연계시켜 수양의 매개체로 삼았던 것이니 인격도야를 위해 쉼 없이 정진하는 선인先人들의 자세가 사뭇 경이롭다.

그런데 내가 연꽃을 좋아하게 된 것은 대학 일학년 때 읽게 된 『부생육기浮生六記』의 가슴 먹먹한 아름다운 사랑에서였다. 청나라 건륭 가경 연간에 살았던 화가이며 수필가였던 심복沈復의 자서전 부생육기에서 만난 운芸이란 젊은 여인은 가난한 남편에게 좋은 차를 바치고 싶어 저녁에 연꽃이 꽃봉오리를 오므리기 직전 비단 주머니에 싼 차를 꽃 속에 넣는다. 밤새도록 별빛과 이슬을 머금은 꽃이 아침에 다시 꽃잎을 반쯤 벌릴 때면 배를 저어가서 차 주머니를 꺼내 와서는 새벽 첫 샘물로 정성스레 차를 다려 세상에 둘도 없는 향기로운 차를 남편에게 바친다. 아내의 사랑과 지혜가 우러난 연꽃차를 마시며 행복해 하는 가난한 부부의 그림 같은 사랑에 취해서 나는 그 여름 창경궁 연지蓮池의 연꽃을 만나러 갔던 기억이 있다.

그리고 이듬해 '애련설'에서 저 '향원익청'의 빼어난 구절을 접했을 때의 감동도 잊히지 않는다. 더구나 그때 우리 치기어린 문학 동인들의 아지트가 종로 1가 <향원>다방이었기에 느낌이 예사롭지 않았다. 4층에는 음악감상실 <르네상스>가 있었고, 2층에는 우리의 <향원>이 있었다. 경복궁 안의 향원지와 향원각, 전국의 정자와 누각 이름의 '향원정'이 모두 '향원익청'에서 왔음을 알았을 때 연꽃향기가 온 세상에 두루 퍼지는 상상을 하며 즐거워 했었다.

이제 '모기도 입이 비뚤어진다.'는 처서가 지났다. 그처럼 극성스럽던 더위도 한 풀 꺾여 아침저녁으로는 제법 서늘한 기운이 돈다. 여름의 끝자락 마지막 연꽃향내를 맡으러 내일아침 절골 연꽃단지로 산책을 가야겠다. 그리고 팍팍한 우리 사회에 '향원익청'의 맑은 바람이 불기를 기도해야겠다.

<국문/68/시>

한여름 밤의 동네 음악회

이 진 화

1박 2일로 여행을 다녀왔다. 중학교 때부터 지금까지 동행하는 오랜 친구 다섯 명은 이년 전부터 계절마다 짧은 여행을 하기로 약속을 했다. 나는 프리랜서지만 친구들이 아직까지 직장에 다니거나 개인 사업을 하고 있기에 금요일 오후부터 토요일까지 주말을 이용해서 만나 식사하고 놀고 하룻밤을 지새우며 이야기를 나눈다. 그런 시간이 한 계절을 살아갈 힘을 준다고 친구들은 입을 모아 말한다. 마침 이번에는 내 생일 즈음이라 친구들의 축하를 받았다.

여름 여행은 안성에 전원주택을 짓고 아래윗집에 사는 두 친구가 동네 오케스트라에 출연하여 첼로와 플루트를 연주한다기에 공연을 축하할 겸 내려가는 길이었다. 나는 오전에 대학생 그룹코칭을 마치고, 전철과 시외버스를 이용해서 안성까지 가서 친구들과 합류했다. 35도를 넘어서는 뜨거운 날씨 속에도 초목은 싱싱하게 물이 올라 생명력이 최고조에 달한다. 장마가 지난 후 내리쬐는 강력한 햇볕은 그렇게 알곡과 열매가 엉그는 에너지다. 대도시에서는 보기 어려운 풍경에 넋을 잃고 창밖 풍경을 내다보았다. 농부의 발자국 소리를 듣고 자란다는 농작물은 찌는 듯한 더위 중에서도 주인이 정성껏 가꾼 만큼 가지런하게 줄을 맞춰 자라고 있었다.

동네 오케스트라 공연이 열리는 곳은 안성 외곽의 농촌에 있는 작은 교회였다. 오십 명 정도가 예배를 드릴 수 있는 아담한 공간에 삼십 명이나 되는 오케스트라 단원들이 모여 바이올린, 플루트, 첼로, 클라리넷을 연주했다. 시작한 지 1년이 되었다는 동네 오케스트라는 초등학생부터 칠십대 중반의 노인까지 단원들의 연령층이 다양했다. 레슨을 맡아서 해주는 분들은 인근 대학의 음악대학교 학생들, 지휘자는 성악을 전공한 선생님이었다. 평생 바이올린 연주가 꿈이었다는 할머니는 큰 수술을 하는 어려운 여건 속에서도 일주일에 두 시간씩 연습 시간에 참여하고 개인적인 연습을 했다고 한다. 입단한 지 얼마 되지 않아 '고향의 봄' 연주만 따라 할 수 있는 초등학생 일학년 여자아이는 처음부터 끝까지 당당하게 가운데 자리를 지키고 앉아있었다. 영화 타이타닉의 주제가인 'My heart will go on' 독주, 이중주, 앙상블, 오케스트라가 전문가들의 연주회 못지않은 순서로 진행되었고, 복음성가 '하나님은 너를 지키시는 분'을 앙코르곡으로 연주회는 막을 내렸다.

대학병원 의사이며 교수인 친구는 마치 고등학교 시절 문학의 밤에 출연할 때처럼 단정한 자세로 서서 플루트를 연주했고, 은행 지점장을 하다 개인 사업을 하는 친구는 평소 여유 있는 분위기에 어울리는 첼로를 안고 활을 그었다. 아직도 현직에 있으면서 짬을 내서 동네 오케스트라에 참여한 일이나, 평생 도시에 살다가 인생후반기를 전원생활을 하기로 한 결정이나 그들의 용기가 참 대단하다. 음악회가 끝난 농촌의 밤은 서울과 달리 캄캄하고 논과 밭 주변에는 개망초와 강아지풀이 흐드러지게 피어 있었다. 꺾여서 꽃다발이 되어 시드는 꽃보다 환한 달빛 아래 춤추는 들풀의 군무가 친구들의 역동적인 인생 2막에 더 어울렸다.

음악은 나이와 신분에 관계없이 마음을 어루만지고 쓰다듬는다. 얼마 전에는 다문화 청소년을 위한 오케스트라 단원들을 위해 진로 코칭 프로그램을 진행했는데 사랑의 열매 공동 모금회를 통해 기업에서 후원하는 사회공헌 사업이다. 베네주엘라의 빈민 청소년들에게 마약과 총 대신 악기를 들려주어 기적을 일으킨 '엘 시스테마' 프로젝트를 벤치마킹한 소나기 오케스트라 사업은 3년 후에 국내외의 공연을 목표로 악기 수업을 하고 있다. 안성의 동네 오케스트라도 한 분의 독지가가 악기를 기증하고 뮤직샘 음악연구소를 설립함으로써 시작된 일인데 교인 30명의 작은 교회에서 장소를 제공하면서 정기적으로 지출해야 하는 일정액의 예산을 감당하기에는 어려움이 있었다. 이때 조용히 나선 사람이 기업을 운영하는 우리의 친구다. 자신이 다니는 교회에서도 음악전공자를 위해 오랫동안 장학금을 준 친구가 참여한 동네 오케스트라가 계속될 수 있도록 묵묵히 후원을 하고 있다.

삼복더위 중에 차분하게 사색을 하는 것은 어울리거나 쉬운 일이 아니지만 생일 앞뒤로 며칠 동안은 그동안 살아온 길과 지난 일 년을 돌아보는 시간을 갖는다. 나는 어디서 왔으며 어디로 가는지, 생명의 근원이 무엇인지 스스로 질문을 한다. 내가 생각해낼 수 있는 것은 현재의 위치에서 10의 22제곱을 하면 은하계 밖 우주에 이른다는 것, 10의 마이너스 16제곱을 해서 내 몸의 안으로 들어가면 DNA 깊숙이 양성자가 운동을 하고 있다는 것 정도다. 그러나 눈에 보이는 내 삶의 핵심은 유전자^{gene}를 공유하는 가족들과의 오케스트라, 비유전적인 문화유전자^{meme}를 공유하는 친구들과의 살아있는 인생 오중주, 그리고 누군가의 연출에 의해 역사가 만들어지는 인생의 대하드라마다.

<특수교육/78/수필>

아둔하고 가난한 마음은*

한 혜 경

이 나이쯤 되면 어지간한 일들은 해결이 될 줄 알았다.

번민은 청춘에게나 해당되는 줄 알았으며, 지금쯤은 지혜와 연륜이 묻어나는 어른이 되어 있을 줄 알았다.

자식들은 짝을 찾아 가정을 이루고 학과에서는 준원로 교수로 느긋하게 지내겠지, 툭하면 곤두서던 신경도 좀 무뎌지고 갈팡질팡하는 젊은이에게는 적절한 조언도 해줄 수 있겠지, 우리 사회도 우여곡절을 겪으며 조금은 나아지겠지, 생각했다.

그런데 예상과는 달리, 훨씬 복잡해진 세상 속에서 난 여전히 헤매는 중에 있다. 사회문제든 개인문제든 해결되기 어렵고 명쾌하게 답할 수 없는 게 여전히 많으니, 답답했다가 비탄스러웠다가 화가 솟구쳤다가, 감정이 롤러코스터를 타는 일이 비일비재하다.

요즘 우리 사회를 보면 5~60년대 가난했던 시절이 있었나 싶게 풍족

---

* 김수영의 시 「봄밤」에 나오는 구절. "아둔하고 가난한 마음은 서둘지 말라"

해진 것을 느낀다.

　과학기술이 발달해 생활은 나날이 편리해지고, 거리에 나서면 화려한 빌딩과 쇼핑몰, 가게들이 즐비하다. 영화의 한 장면처럼 멋진 자동차에 세련된 차림으로 유명 셰프의 식당에서 담소를 나눈다. 주말엔 쇼핑이나 취미생활을 하고 외국의 휴양지에서 휴가를 보내는 것이 낯설지 않다.

　문제는 이 반대편에 드리운 그늘이 짙다는 점이다. 빈부격차가 심해지면서 가난과 질병으로 고통 받는 이들이 늘어나고 있다. 개천에서 용이 나오는 시대는 끝났기에 일찌감치 냉혹한 삶의 현장에 던져진 아이들은 자라서도 그 환경에서 벗어나지 못한다. 폭력과 차별이 일상인 이들, 노력해도 나아지지 않는 삶에 절망하는 이들이 우리 사회 한 켠에 살고 있는 것이다.

　안정적이라고 여겼던 삶의 기반이 어느 날 갑자기 무너지기도 한다. 예기치 못한 사건 사고로 그동안 공들여 쌓아올린 탑이 허물어지는 것이다. 원하는 대학에 들어갔으니까, 취직했으니까, 결혼했으니까, 내 집을 마련했으니까, 이만하면 중심은 아니라도 밀려난 건 아니겠지, 안도하고 있다가 뒤통수를 호되게 얻어맞는 것이다. 비로소 내 자리가 견고한 성이 아니었음을, 영원히 견고한 것은 존재하지 않는다는 것을 절감하기에 이른다.

　내가 딛고 선 이 땅은 단단한 것일까, 안전한 곳에 제대로 정착한 것일까, 의심이 스물 스물 기어오르고, 믿고 기댈 수 있는 것은 존재하는 걸까, 의문에 그렇다고 명확하게 말할 수 없다. 60년 조금 못되는 시간을 살아온 이력으로 그럴 듯한 답을 가늠할 수가 없는 것이다. 불가해한 것들은 더 힘이 세지고 그 앞에서 나는 더 왜소해진 것을 확인하게 될 뿐.

그래서일까, 자꾸 조급해지고 서두르게 된다. 아름다운 장면을 보면서도 편안하지가 않고 답답한 상황에선 화부터 난다. 특히 청년들 문제를 다룬 프로그램이나 글을 보면 더 그렇다. 취업난에 핑기 없이 학원과 독서실만을 오가는 청년들을 보면 안타까운 마음 한편으로 화가 솟는다.

최근 한 TV프로그램에서 오로지 취업 준비에만 몰두하기 위해 인간관계를 포기했다는 청년을 보았다. 대학 대신 미용실에서 기술을 익히고 있는 20대 초반 미용사, 넉넉하지 않은 형편이라 아르바이트를 하면서 5년째 승무원에 도전하고 있는 30대 초반 여성, 긴 연휴에 노량진에서 공부하기에 여념 없는 공시족들을 보았다.

부모와 가족 외 전화번호를 모두 지워 달랑 5개의 전화번호만 남아 있는 청년의 핸드폰을 화면 가득 클로즈업해 보여준다. 130만원 급여가 모자라지 않느냐는 제작진의 질문에 어린 미용사는 쑥스럽게 웃으며 일하다 보면 돈 쓸 시간이 없어서 괜찮다고 말한다. 5년째 낙방의 고배를 마셨지만 지금도 노력중이라는 여성은 이야기하면서 결국 눈물을 보인다.

하나같이 착한 인상에, 억울하다고 화를 내지도 않고, "더 열심히 해야죠, 뭐." 하며 모든 책임이 공부를 덜 열심히 한 자신에게 있는 듯이 말하는 청년들을 보고 있노라니 참담했다. 자신의 처지에 분노를 터뜨릴 만도 한데 그저 열심히 하겠다는 순한 청년들만 보여주는 제작진이 괘씸하기도 했다.

낭만과 꿈, 사랑, 호연지기… 예전에 '청춘'에서 떠올리던 말들은 이제 취업난, 백수, N포세대 같은 말들로 바뀌었다. 대학을 졸업하고 성실하게 살면 어느 정도 수준에 오를 수 있던 세대였던 내가 이들에게 무슨 말을 해줄 수 있을까? 열심히 하면 성공할 수 있다는 말은 무책임한 거 아닐까? 좋아질 거라고 위로하는 건 기만이 아닐까?

아둔함에 답답하던 중 만난 김수영의 시는 "서둘지 말라"고 나직하게 말해준다.

> 애타도록 마음에 서둘지 말라
> 강물 위에 떨어진 불빛처럼
> 혁혁한 업적을 바라지 말라
> 개가 울고 종이 들리고 달이 떠도
> 너는 조금도 당황하지 말라
> (중략)
> 아둔하고 가난한 마음은 서둘지 말라
> 애타도록 마음에 서둘지 말라

바라는 것은 많은데 이룬 것은 없으니 당황스럽겠지만 당황하지 말고 서둘지 말라. 시인의 말은 무력감과 분노와 도피하고 싶은 심정과 변명이 뒤엉킨 마음을 위로해준다.

60이 가까운 나이란 혜안을 얻는 나이가 아니라 여기저기 고장 나는 나이임을 받아들이고 여전히 알 수 없는 게 많으니 어른노릇을 하리라는 기대는 접어두기. 바라지는 말고 할 수 있는 만큼 노력하기. 아둔하지만 서두르지 말고 나아가다 보면 조금은 나아지지 않을까 다독여본다.

<영문/81/수필>

무스카리의 기적

신 필 주

　겨울밤이다. 한밤중에 북창에 북풍이 스쳐간다. 세찬 바람소리에 잠을 깬다. 자정이 넘었다. 잠들기 전에 쓴 일기장을 꼬옥 덮어두고, 곁에 놓인 라디오를 켠다. 부산에 사는 친구가 이태 전에 다녀가며 음악 많이 들으라고 선물로 주고 간 라디오는 자줏빛 원반 모양의 어여쁜 라디오다. 친구는 자주 만나지 못해도 라디오가 친구 대신 늘 나와 함께 있어준다.

　나는 옛날부터 잠이 적다. 낮잠도 거의 자는 법이 없고, 밤잠도 서너 시간만 자도 충분하다. 독일의 철학자 칸트는 말했다. "인간이 성공하려면 잠을 3시간 이상 자서는 아니 된다."라고 내가 잠을 적게 자는 것은 성공하기 위한 의도가 아니고, 나의 단순한 체질이며 습관인 것 같다. 고요한 밤 시간에 생각을 모우고, 책을 읽고, 공부하는 일은 오랜 세월 내가 익혀온 하나의 계율 같은 것이다. 잠을 길게 자도 건강을 상하는 법도 없다. 나의 이런 체질에 나는 감사한다.

기나긴 겨울밤 낮에 못다 한 공부를 충분히 할 수 있다. 내 친구 중에 잠을 아주 적게 자는 사람이 한 명 있었다. 그 친구는 내가 그녀의 집에 가서 며칠을 지내도 며칠 동안 내내 밤을 꼬박 새워 공부를 했다. 나는 손님인데도 잠을 실컷 잤고, 그녀는 새벽까지 책상에 앉아 밤참을 먹어가며 리포트나 슬라이드 작업에 열중했다.

동짓달 긴 긴 밤, 라디오의 음악을 들으며 한두 편의 작품을 써놓고, 문득 소지품을 정리하는 시간이 되었다. 최근에 나는 잠 아니 오는 밤중에 자잘한 소지품을 정리하는 습관이 생겼다. 나이가 든 탓일까? 아니면 혼자만의 시간이 많아서일까? 문득 방안에 놓인 커다란 상자에 눈이 간다. 저 상자를 방안에 들여놓은 지 몇 달이 지났는데, 저 속에 무엇이 들어있을까? 하는 궁금증에 문득 상자를 열어보게 되었다. 판도라의 상자를 열 듯 나는 조심스럽게 상자의 뚜껑을 열고 안을 살폈다. 방안의 희미한 등불 아래 나타난 상자 속은 물건이 절반쯤 차 있었다.

그런데 그 상자는 과연 판도라의 상자였다. 놀랄 일이 생긴 것이다. 내 눈에 무언가 초록빛의 가냘픈 것이 보였다. 불빛을 돋우고 머리를 숙여 자세히 살펴보니 그것은 풀잎이었다. 가늘고 긴 줄기가 부서질까봐 조심스럽게 들어내었다. 그것은 바로 무스카리 꽃나무였다. 아! 내가 그렇게도 찾던 무스카리가 바로 여기에 숨어있었구나 이미 내가 내다버리고 잊었다 생각했던 꽃나무가 용하게도 몰래 살아있었구나, 빛도 바람도 없는 암흑지대에서 오직 살고 싶다는 일념만으로 살아남았구나. 나는 무스카리를 조심스레 들어내어 곁의 탁자 위에 놓고, 감사기도를 드렸다. '하느님! 무스카리를 다시 만나게 해주셔서 감사합니다.' 그리고 잠시 생존의 존엄성에 대해 생각했다.

무스카리를 처음 동네의 꽃집 여자에게서 받아안고 길을 걸어올 때 나는 한 가지 노래 가사를 떠올렸다. <무스 무스 무스카 널 사랑해요.> 청춘 시절 허밍으로 곧잘 흥얼거리던 외국 노래의 가사의 한 소절이다. 아마도 <무스카>라는 여자는 아주 매력적인 가수나 무희가 아니었을까, 봄이 거리에 훈풍을 몰고 오던 그날, 내 가슴에 안긴 보랏빛 무스카리 꽃은 이미 다른 꽃보다 더 뜨거운 인연을 맺었던 것은 아닐까? 얼마 전에 종교 신문을 읽다가 어느 목사님이 무스카리 꽃에 대해 설명한 내용을 읽었다. 무스카리는 종교적 색채가 짙은 꽃으로 그날 이후 꽃을 볼 때마다 무척 성스러운 느낌이 들었다.

답답한 상자로부터 해방된 가느다란 풀잎 줄기들은 물을 줄 때마다 용감하게 위로 쑥쑥 자라 올랐다. 여리지만 생명력 넘치는 푸른 꽃줄기는 내 정성을 받기에 충분히 아름다웠으며, 꽃줄기를 만질 때마다 꽃 이파리를 향한 나의 사랑은 샘솟듯 맑게 솟아났다. 사랑이 깊을수록 꽃이 피기를 기다리는 마음도 설레었다. 한 줄기의 꽃대에 사마귀만한 보랏빛 꽃송이가 올망졸망 피어올라, 머리맡에 놓고 보았을 때 얼마나 보기에 좋았던지, 봄에 활짝 피었던 꽃이 여름에 다 지고 이윽고 꽃씨가 영글었을 때 어느 날 밤 라디오의 음악을 들으며 나는 꽃씨를 받았다. 쭈욱 훑어서 손바닥에 놓고 비비니 꼭 채송화 꽃씨 같이 아주 작은 미립자 씨앗이 손바닥에 남겨졌다. 꽃씨를 받으며 한 사람의 수도자를 생각했다. '그래 그 분에게 선물로 꽃씨를 갖다드리자. 아마도 굉장히 기뻐하시고 반드시 꽃을 피우실 것이다' 꽃씨를 조심스럽게 한지에 싸서 다시 셀로판지로 싸서 흰 봉투에 넣고 겉봉에다 꽃 이름을 썼다. 긴 겨울밤, 자정이 지나고 새벽이 다가오는 시간, 내가 아끼는 옛 친구 같은 라디오에서는 아나운서의 멘트가 끝나고 대학시절에 즐겨듣던 팝뮤직이 흘러 나온다.

나는 이런 호젓한 밤이 좋다. 내가 생각하고 싶은 것을 마음껏 생각하고 긴 손 편지도 쓸 수 있는 기나긴 겨울밤을 나는 사랑한다. 상자 속 무스카리는 분명 기적으로 나에게 다가왔고, 기적은 모든 인간에게 희망을 안겨준다. 마치 양치기가 잃어버린 한 마리 양을 다시 찾아 품에 안고 넓고 푸르른 풀밭을 기쁨에 차서 걸어오듯이 오랜 상실 끝에 찾아오는 만남은 인간에게 가장 큰 기적인 것이다. 이런 기적이 절망적인 사람에게 많이 찾아와주기를 바라면서 지나가는 계절에 감사한다.

겨울의 한 가운데 어느 날, 나는 갑자기 이사를 하게 되었다. 정든 마을, 정든 이웃을 떠나기 싫었지만 어느 봉사 기관에서 그 동안 봉사활동을 많이 하면서도 가난하게 살아온 내 처지를 이해하여 좋은 거처를 마련해준 것이다. 어려운 결심 끝에 추운 겨울 날씨를 무릅쓰고 서둘러 이사를 했다. 연 사흘에 걸쳐 크고 작은 짐을 다 꾸려놓고 나서 맨 나중에 무스카리를 들고 쇼핑 가방에 조심스레 넣었다. 위쪽이 개방된 가방은 크기도 높이도 꽃나무가 상하지 않고 옮겨가기에 안성맞춤이었다. 이사 가는 동네는 거리가 가까운 곳이었지만, 나는 혹여나 무스카리가 상할까봐 가슴에 꼭 안고 트럭에 올랐다. 운전기사는 나의 이런 모습을 보고 사람 좋은 웃음을 웃었다. 이사 온 집에서 책꽂이에 책들을 모두 정리해 꽂아놓고 책장 위에다 화분을 올려놓았다.

기운을 잃은 잎사귀가 안타까워 얼른 수돗물을 받아 화초에 부었다. 한 십분 쯤 지나니 초록의 이파리들이 기운을 차리고 푸들푸들 위로 살아 올랐다. 새로운 집에서 주인과 함께 시간을 나누며 새 기분으로 살겠다고 약속하는 무스카리를 가까이 바라보며 나는 사랑의 말을 나누었다.

'무스카리! 소생해주어 고마워, 앞으로 우리 삶을 기뻐하며 함께 생명을 아끼며 살아가자.'

머잖아 봄이 오면 어여쁜 보랏빛 꽃송이를 피우겠지. 꽃이나 사람이나 사랑을 주고 사랑을 받으며 생애의 아름다움을 만끽하는 것이다. 세월 갈수록 이별을 많이 겪게 되는 나이에 그래도 내 곁에 사랑할 대상이 건강한 숨을 쉬며 함께 하니, 이 겨울은 더욱 더 따뜻한 겨울이 되는 것 같다.

<국문/73/시>

소피 Z. 적 슬픔

한 기 정

월리엄 스타이런의 '소피의 선택'에서 반유대 지지사상을 지닌 교수의 딸, 소피 자비스토프스카는 체포되어 아우츠비츠로 보내진다. 이념적으로 그들에 동조하는 아버지가 있음에도 불구하고 운명은 그녀를 시험대에 올린다. 그 과정에서 딸과 아들 중 하나만을 선택하라고 강요받는다. 어떤 이유에서인지는 불확실하지만 딸을 포기한다. 소피는 거대한 운명의 흐름 속에서 '개인의 의지 혹은 자율의지가 허용된 듯 위장된 운명'에 자책한다. 결국 자신을 비난할 하등의 이유 없음에도 죄의식과 후회는 평이한 삶 뿐 아니라 원초적 삶 자체를 포기하도록 종용한다.

소피 Z. 적 선택을 강요받은 사람은 그 사건이 종료된 듯 보이는 시점에서도 비합리적 죄의식에서 벗어나기 어렵다. 개인이 운명 앞에서 무력할 수밖에 없는 당위성에 대해 설명하고 설득해도 스스로 납득하지 않는 한 절대로 변하지 못한다. 납득한다는 것 자체가 불가능한지도 모른다. 이미 자신이 결정해 놓은 불행의 근간을 흔드는 것 자체가 두려워

납득 당하는 것을 거부하는지도 모른다. 머릿속에서 죄의식을 몰아내면 행복해져야 하는데 내몰린 운명의 경험이 삶에 다시 불을 지필 자신감을 절멸시켰는지도 모른다. 예기치 못한 암석을 만난 그 때 이미 평온한 삶은 좌초했는지도 모른다.

딸은 열일곱 봄, 집을 나서던 광경을 망막에서 지울 수가 없다. 1947년 3월 27일 아침.

딸은 동네 마실가듯 집에서 입은 채로 나섰고 아버지는 대문 안 정원석에 걸터앉아 떠나는 딸을 보며 한없이 고개만 끄덕인다. 무사히 가거라, 가 있으면 곧 뒤 따라 가마, 몸조심 하거라. 언어화할 수 없는 숱한 말과 미래에 대한 가늠하기조차 어려운 불안을 내포했으리라. 눈가림을 하려고 원산역을 피해 갈마역에서 기차에 오르는데 따라 온 엄마는 동행이 아닌 양 화장실에 숨어 작은 창으로 딸을 지켜보며 흐느낀다.

딸은 아무리 되짚어 생각해도 제대로 된 작별조차 허용되지 않은 것이 견디기 어렵다. 자신이 부모를 뿌리치고 왔다는 착각에서 벗어나기 어렵다. 철부지 어린 나이 마음속 한 구석에 부모에게서 떨어져 나오는 것에서 오는 작은 해방감, 미지의 세계에 대한 막연한 기대감을 가지게 되었던 것이 뼈저리게 후회되는 걸까. 그것이 자신을 용서하지 못하는 말 못할 속내인가.

그 봄날의 그 시간은 칠십년을 하루같이 되돌아보는 장면이다. 외로워서도 슬퍼서도 기뻐서도.

자신이 원하지 않는 결혼을 한 것도, 남편과 화목하지 못한 것도, 시집식구들의 질투와 음해도, 아들의 소원함도 모두 부모를 버리고 온 자신의 탓이라며 자책한다. 역사의 바퀴 속에서 필연적으로 이루어질 수

밖에 없었던 보편적 슬픔으로 해석하기 보다는 자신을 인생의 능동적 주체로 보고 나무라며 옥죈다. 스스로 제 등에 회초리질을 하며 완벽한 불행자의 역할을 자초한다. 행여 잊을까 두려운 듯이.

딸의 딸은 틈만 나면 설득하고 위로한다.

부모님도 남쪽으로 올 생각이었지만 사정이 여의치 않았고, 남쪽에 같이 있던 외숙모가 내쫓다시피 했을 때 거두어 준 것이 남편이고, 제대로 된 가락지 하나 가져 보려고 돈을 모은 것이 물질의 어려움을 피하는 계기가 되고, 길거리에서 아이들이 '헬로!' 라고 인사하는 생김새 덕분에 시어머니의 질투를 받았고, 자식 밖에는 피붙이가 없어 매달린 것이 병이 되어 아들을 진저리치게 한 것이라고 이른다.

그때뿐, 곧 잊고 또 '내가 엄마 아버지를 버려서'라고 노래하며 자진해서 운명이라고 이름지운 늪에 몸을 담근다. 자신의 불행과 슬픔의 당위성이 훼손되는 것을 두려워하는 것처럼 보이기도 한다. 자신의 슬픔에 정당성이 부여되어야 하기 때문으로 보인다.

전쟁은 그 시대 누구에게나 어떠한 형태로든지 사연을 남길 수밖에 없고, 그것에서 온전히 자유로울 수 있는 사람은 별로 없다고, 당신만 특별한 것은 아니라고, 척박한 그 시절 해군함에서 군악대의 연주 속에 결혼식을 올린 사람이 몇이나 되겠느냐고, 험한 일을 해서 아이들 가르치고 남편 섬기고 가세를 일으켜야했던 여자들이 늘비하던 시절임에도 그런 적은 없지 않느냐고, 딸이 혀가 닳도록 하는 위로는 공허하다. 한낮의 메아리에 불과하며 한치 앞으로 나아가지 않는다. 항상 원위치로 돌아온다.

딸은, 합리적 설명으로 메울 수 없는 아픔에 매달려 되뇌이면서 서글

퍼야만 하는 존재로 자신을 내몬다. 이런 취급을 받을 내가 아니라고, 그냥 북쪽에 살았다면 이렇게 가슴 아프진 않았을 거라고, 하라는 대로 당 간부에게 시집을 갔다면 엄마 아버지를 살릴 수도 있지 않았겠느냐고, 먹고 살만해지니 더욱 그립고 또 그립다고.

딸의 딸은, 돈 있고 많이 배우고 독실한 종교인 가족이 북에서 살아남는 길은 굴욕뿐이었을 것이며, 그 소용돌이에 물려 함께 고초를 겪었다면 회한은 없었을지 모르지만 그에 못지않은 다른 형태의 고통이 있었을 것이고, 이미 그들의 관리대상인 아버지가 남은 어린 자녀 둘을 데리고 몰래 탈출하기에는 감시의 눈이 너무 많았을 것이라며, 고장 난 녹음기처럼 이르고 또 이른다.

받아들이지 않는다. 받아들이면 자신이 무너진다고 여기는지 자신이 불행해야할 이유로 무장하고 완강히 버틴다. 심지어는 불행하므로 안도하는 것처럼 보이기도 한다. 불행의 타당성을 확보하기 위한 것으로 죄의식을 택한 것 같다. 빠져 나오려는 시도를 하지 않으니 누구도 거들 수가 없다.

소피가 된 어머니를 지켜보는 딸은 쉬지 않는 그 노래에 지쳐간다.

<특수교육/75/수필>

어머니가 지어주신
모본단 저고리

김 은 자

옷은 단순히 그것을 입는 이의 몸을 보호해주는 일뿐만 아니라 신분이나 나이 등 그밖에 여러 가지 정보를 표상해주는 주요한 수단인 만큼 직물의 종류나 질 그리고 색깔이나 문양 등에 이르기까지 세심하게 신경을 쓸 수밖에 없는 생존과 생활의 필수품 중에 하나다. 그렇다 보니 일생 동안 대중의 통념에 크게 거슬리지 않는 옷을 입으려고 하고, 어떤 어려움이 있어도 남에게 헐벗고 사는 꼴을 보이지 않으려고 저마다 나름대로 애를 쓰고 있다. 그렇게 하지 않으면 크고 작은 집합공간 안에서 정상적인 삶을 영위할 수가 없어서다.

이렇게 불쑥 옷에 관한 얘기를 꺼낸 것은 나이가 든 이후에도 젊었을 때 입었던 옷들 중 기억에 남아있는 몇 벌의 옷이 있어 그것들을 가슴 한쪽에 걸어놓고 차례차례 지금의 내 마음에 입혀보고 싶어서인데, 그런 옷들 중 첫 번째 것은 모본단模本緞으로 만들어진 저고리다. 올이 영킨 양태가 정밀하고 윤이나 무늬가 선명해 좀처럼 어른들의 물건에 관심을 보이지 않던 내 눈에도 아름답게 보여 무심코

"고것 참 예쁘네!"

했더니, 어머니가 의외로

"그럼, 이걸로 네 옷을 지어 줄게 집에 있을 때 입으랴?"

하셔서 싫진 않아 고개를 끄덕였더니 손수 저고리를 만들어 주셨다.

집에 있을 때나 근처 가까운 데로 잠깐 외출을 할 때 재래의 옷고름 대신 브리지를 꽂아 편하게 입고 지내다 방학이 끝나 상경할 때 가지고 올라와 신촌 하숙집에서도 입었었다. 우리가 대학을 다니던 50년대에는 여대생들의 경우, 졸업식 때 학사 가운 안에 치마저고리를 입곤 했었기에 그때 입으면 어떨까, 하고 생각까지 했던 옷이 바로 그 추억 속에 모본단 저고리였다.

이 옷은 특히 어머니의 체취가 짙게 서려 있어 지금도 그분이 유난히 더 그리운 날이면 그 옷을 머릿속에 떠올려보곤 한다. 한복 중 저고리의 경우엔 지금처럼 섶도 길고 동정이 넓었으나 차츰 세련되어 왔고 특히 치마를 재단할 때 보면 별스러운 옷이 나올 것 같지 않지만 해 입은 것을 보면 다른 어떤 옷 보다 우아할 뿐만 아니라 체형에 관계없이 누구나 입을 수 있는 융통성이 많은 옷이라 새삼 놀라곤 했는데 우리들 좌식 문화와 품격이 느껴지는 우아함 때문일 것이다.

어느 것도 변하지 않는 것은 없어 모양뿐만이 아니라 옷의 빛깔이나 무늬 등이 다양해지기는 했지만 한복의 색깔은 흰색이나 회색 등 주로 연한 색의 옷감을 소재로 해서 옷을 만들어 입곤 했었다.

흰색은 격이 있는 천연의 향기가 그대로 배어있는 빛깔이라 연한 옥

색이나 회색 아니면 황토색 등 명도가 높은 색들이 잘 어울렸다.

　이처럼 옷은 다 그 나름의 메시지를 담고 있어 향수를 자극하곤 한다.

　이런 옷들 중에서 특히 잊히지 않아 입고 싶은 것은 대학 재학 중 이화여고에 교생실습을 나갔을 때 입었던 꽃자주색의 투피스다. 그 옷을 입고 학생들 앞에 서서 고전 교과의 기초에 해당하는 '훈민정음^{訓民正音}'의 창제의의 등을 밝혀놓은 '나랏말쓰미…'라고 먼저 읽히고 설명을 하기도 했던 그 병아리 선생의 몸을 적시던 땀을 그 옷이 닦아주고 감춰주기도 했을 테니 지금 생각해도 그 옷에게 미안하면서도 한편 고맙기까지 하다. 강단 강의 경험이 처음인 나를 향해 "선생님!"이라고 불러주었던 그때 그 소녀 들의 목소리가 아직도 그 옷에 묻어 있을 테니 그 기억 속의 옷은 영원히 마음 한쪽에 걸어 두려고 한다.

　이 밖에도 홍콩 양단이나 마카오 양복지로 만든 옷 그리고 뉴똥이나 벨벳으로 지은 옷 등이 나의 젊은 날과 추운 계절을 따뜻하게 했으며 한산모시와 같이 속이 훤히 비칠 정도의 얇은 천으로 만든 하절기^{夏節期}의 옷들이 내 몸을 감싸 안아 주었기에 이 나이까지 건강을 유지하고 있는 것이 아니겠는가! 6 · 25를 막 지낸 데다 국가 경제도 어려운 때라 누구나 뭐하나 넉넉한 것이 없던 현실에서도 이런 옷들이 내 소유의 것들로 그때의 나와 동행해주곤 했었다. 이용하던 전차^{電車}가 문화방송국 있던 자리를 지나 서대문까지밖에 운행을 하지 않아 차에서 내려 눈이 쌓여 있는 아현동 고개를 넘어 신촌까지 걸어야 할 때 동행해준 친구이자 보호자였던 기억 속의 그 옷들.

　옷은 피복^{被服}으로서만이 아닌 그 시대나 문화의 척도를 이해하고 유추케 하는 상징물이기도 하다. 비록 파티에 참석할 때 입곤 하는 드레스와 같이 화려한 것은 아니라고 해도 소매의 끝이나 저고리의 깃 그리고 치마의 아랫단에 금이나 은박을 수놓아 일반의 일상복 같지 않았던 그 옷들.

기억 속의 옷들과 함께 그 아름다운 추억들이 숲을 이루고 있는 시간 속을 날아올라 그네들과 함께 즐거워할 바람만은 결코 내려놓지 않고 싶다. 오래오래 그 옷들과 함께 할 수 있기 위해.

<국문/60/수필>

신혼 때 입은 옷과 선물

김 소 엽

　내가 그 사람을 만나게 된 것은 순전한 하나님의 은혜였다.

　데이트 시절이 지나고 결혼이 결정되자 그가 나를 대하는 예우는 마냥 달라졌다. 음식점도 더 품위 있고 고급인 곳을 택했고 당장 명동에 있는 옷 가게에 나를 데리고 가서 옷을 고르게 했다. 그 시절만 해도 명동의 유명한 옷 가게에서 옷을 사기란 봉급쟁이로서는 쉽지 않은 일이었다. 그런데 나는 두 벌의 옷을 골라 입어보고는 둘 다 마음에 들어 하나를 고르기가 어려웠다. 이런 나의 마음을 읽기라도 한 듯 그는 둘 다 사주겠다는 것이었다. 나는 난생처음으로 남성으로부터 받는 선물인데 너무 넘쳐서 마음이 너무나 충만했고 행복했다.

　그는 좀생이가 아니었다. 돈을 쓸 때 쓸 줄도 아는 사람이라는 게 너무 좋았다. 또한 데이트 때보다 결혼이 결정되니 더 신경을 써 주는 것도 그 사람의 진실 됨을 보여주는 것 같아서 나는 너무 좋았다. 그렇지 않아도 나는 이미 그 사람에게 반해서 가슴 설레며 내가 먼저 다가간 사람인데 과연 그는 내가 처음 본 인상처럼 바다같이 깊은 사랑과 산 같은 신뢰를 가질만한 사람이었다. 외모도 그레고리펙 보다 더 잘생겼고 내가 좋아하는 분위기를 가진 사람이니 나에게는 하늘이 내려준 사람임에 틀림 없었다.

나는 결혼 후에도 그가 사 준 두 가지 컬러의 원피스를 무척 좋아했다. 하나는 내가 좋아하는 초록빛 문양의 귀여운 원피스고 다른 하나는 반대로 핑크색의 작은 꽃무늬가 있는 우아한 원피스다.

결혼 후 그는 학교에서 회식이나 친구를 만났던 식당의 음식이 괜찮으면 그 주일이 지나기 전 나와 딸 서윤이를 불러내어 데이트를 신청했고 꼭 음식을 나누었다. 그럴 때 그 원피스를 즐겨 입고 나갔던 기억이 난다. 그와는 결혼을 하고 연애를 하는 기분이었다. 어느 날 나는 그에게 물었다. "다른 사람들은 결혼 전 데이트 시절에는 엄청 잘하다가 결혼하면 그런 것들이 다 없어진다는데 당신은 왜 거꾸로요?" 하고 물으니 그의 대답이 걸작이다.

"내 사람이 될지 안 될지도 모르는데 잘해주면 뭣하겠소? 그리고 결혼 전에 잘해주다 결혼하고 못하면 실망할 텐데 당신은 그런 게 좋소?" 나는 아니라고 사례를 치며 정색을 했다.

그는 늘 남자는 아무거나 걸치고 다녀도 되지만 여자는 곱게 우아하게 차려입고 다녀야 한다고 하면서 한 달에 한 벌씩은 내 옷을 사도록 종용했다. 나는 칠 남매 막내로 태어나서 귀염을 독차지하고 자랐기 때문에 내 중심적이고 유아적이어서 남을 배려할 줄도 모르는 미성숙아로 결혼을 했기 때문에 나는 그이 말대로 내 옷만 샀다. 그렇게 몇 년을 살다 보니 내 옷만 옷장에 가득하고 그 사람 옷은 초라했던 것이 보였다. 첫아이를 낳고 몇 년을 지나고 이사를 하려고 보니 나와 아기 옷만 가득했던 게 눈에 뜨였다. 그 사람 옷은 몇 벌이 안 되었다. 나는 그때야 미안한 생각이 들면서 출근하는 사람을 잘 입혀 보내야지 하는 생각을 하게 되었다.

그로부터 나는 남자 넥타이를 사기 시작했다. 남자는 넥타이만 바꾸어 메면 퍽 분위기가 달라 보이고 패션이 다르게 보이기 때문이다. 나는 내 옷 대신 매달 넥타이를 눈에 들어오는 것들을 골라 사서 몇 년 되니 넥타이가 백 개도 넘게 되었다. 부자가 된 느낌이었다. 그리고 남편이 그랬듯이 남편을 조선호텔 뒤 잘한다는 양품점에 데리고 가서 싫다는 옷을 맞추어 입히기 시작했다. 남편은 워낙 멋진 데다가 내가 선택한 옷들은 뭐든 잘 소화해서 멋진 패션을 만들어 냈다. 촌스럽던 양반이 스마트한 모습으로 바뀌니 내가 옷을 사서 입을 때 보다 더 자랑스럽고 더 기분이 좋았다. 남편도 처음에는 사양하더니 점점 내가 하는 대로 익숙해져서 흰 와이셔츠만 고집하던 분이 칼라가 있는 와이셔츠로 바뀌고 넥타이도 대담하게 컬러풀한 것을 메게 되어 가장 옷을 멋지게 입는 교수로 정평이 나게 되었다.

그렇게 된 것도 다 마누라 말 잘 들어서 그런 것이라고 나는 큰 소리를 쳤다. 그러면 그는 빙그레 웃으며 "그렇소, 당신 말이 맞아요. 내가 다 마누라 잘 둔 덕이요"라고 흡족해 했다.

우리는 행복했다. 나는 기분 좋은 날이거나 특별한 날에는 언제나 그가 사준 원피스를 입고 나갔다. 그러면 내 마음도 결혼 전으로 돌아 간 듯 내 마음이 설레곤 했다.

그러나 하나님이 질투하셨던가. 이런 우리들의 행복을 오래 지켜보고 계시지 않았다. 그가 학생들로부터 존경과 동료로부터 고임과 선후배의 신망을 한 몸에 받고 학교의 여러 가지 책임을 맡으면서 일은 가중되었고 대학의 차기 총장으로 인지도가 가장 높게 나올 무렵, 그는 그만 순직하고 말았다. 하늘이 무너지고 땅이 꺼지는 순간이었다. 날벼락이었다. 하나님도 무심하시지 어떻게 그렇게도 건강했던 사람에게 갑자기 이런 일이 일어날 수 있단 말인가. 나는 하나님을 원망하며 땅을 치고 통곡했다.

그러나 하나님께서 하신 일을 내가 어떻게 막을 수 있겠는가. 그로부터 나는 오로지 하나님과 시를 붙잡고 외로운 사막 길을 홀로 걸어왔다. 그래서 그 고통과 아픔의 강물 속에서 시가 길어져 올라왔는지 모른다.

나는 아픔의 여정에서 인생의 굽이굽이마다 하나님의 놀라운 은혜를 체험하며 살았다. 극동방송에서 간판 프로였던 〈하나되게 하소서〉와 기독교 방송에서 〈새롭게 하소서〉를 진행하면서 나는 신앙의 많은 선배들을 만나서 나의 아픔을 치유받고 호서대학에 조교수로 임용되면서 부교수를 거쳐 정교수로 은퇴해서 현재 대전대 문창과에 석좌교수로 재임하기까지 하나님의 은혜가 아니면 살아올 수 없었음을 고백한다.

그런데 나는 어려운 때마다 신혼 전 남편이 사 준 옷을 입고 나가면 이상하게도 일이 잘 풀리거나 문제가 해결되었다. 마치 남편이 하늘나라에서 나를 도와주는 징크스 같은 것을 체험하게 되었다. 나는 호서대학에서 교수 채용할 때에도 이 옷을 입고 나갔다. 마침 겨울을 벗어나서 산천초목이 싱그러운 봄을 알리듯 초록의 물감을 풀어 놓은 듯하였다. 나는 초록색 그 원피스를 입고 나갔다. 그래서인지 나는 임용이 되었다. 또한 나는 신혼 때에는 핑크 무드를 조성하기 위해 핑크 원피스를 입었다. 그리고 십오 년인가 지나서 한국일보에 있는 우계숙 기자가 '명사들의 패션 나들이'라는 칼럼에서 인터뷰와 함께 가장 아끼고 싶은 옷을 입고 나오라는 말을 듣고 또한 그 핑크 원피스를 입고 나갔다. 그때 찍은 사진을 아직도 나는 보관하고 있다.

이 어려운 과정에서 나의 딸은 미국에 어린 나이에 건너가서 아빠의 뒤를 이어 교수가 되겠다는 꿈을 가지고 갔는데 미시간 대학에서 박사학위를 받고 지금 연구교수로 있으니 너무나도 감사한 일이 아닐 수 없다.

나는 이 딸에게 아빠가 주신 가장 귀한 선물을 주었다.

아빠는 가시고 없지만 내 옷 장 속에서 55년을 기다려 온 두 벌의 옷을 나는 아빠가 주신 가장 귀중한 옷으로 딸 결혼 선물로 했다. 나는 딸이 그 옷을 입은 모습을 보며 55년 전 나의 모습을 떠올려 본다. 또한 딸이 그 옷을 입고 있는 모습을 하늘나라에서 내려다 보시고 빙그레 웃는 모습도 보인다. 나를 사랑의 눈빛으로 넌즛이 바라보았던 그 눈빛 보다 더 깊은 사랑의 눈길로 딸을 바라보는 눈빛이 나에게는 보인다. 부디 그 옷을 입고 우리 딸이 아빠의 체취를 느끼며 엄마가 그랬듯이 좋은 일만 가득하길 기원한다.

<영문/65/시>

한자락 웃음 가꾸기

정 부 영

인생의 황금기는 느껴지는 때에 따라 달라서 내겐 철이 좀 든 중년 이후가 무언가 깊이를 느끼기 시작한 때인 것 같다.

이와 맞물려서 옷맵시에도 관심을 갖기 시작했나 보다. 어느 날 문득 거울 속 나 자신을 객관적으로 보게 되면서 깨달았다. 무언가로 나를 보완해 나가야 하지 않을까. 그것들 중의 하나가 '옷맵시 있게 입고 다니기'였다.

그러면서 디자이너의 멋진 의상도 눈에 들어왔다. 많은 디자이너들은 여성의 감성과 상상을 덧입히고 오려 붙여 갈무리를 잘한 의상을 내보인다. 그런 의상을 입는 사람은 같은 것을 느끼고 공감하며 꿈꿀 수도 있지만 자기만의 감성 세계를 지니며 일상이 더 풍요로울 수도 있지 않을까 한다. 그 후 여러 디자이너의 옷을 비교해가며 옷에 대한 취향과 안목도 넓어져갔다.

한국 여성의 의상은 1980년대 들어 본격적인 기성복 시대로 들어섰다.

디자이너 브랜드는 우후죽순으로 생겨났고 점차 다양하고 세련되게 패션산업이 번창하였다. 88 올림픽 이후에는 경제 성장의 동력으로 패션도 한몫 하게 된다. 이때는 강남 개발이 이루어져 상권은 강북 중심지에서 강남의 신흥 상권으로 많이 이전되었고 고급 패션 거리가 여기저기 생겨났다. 번화가였던 명동에서 맞춤 의상실을 하던 1세대 디자이너들은 큰 백화점이나 강남 곳곳에서 고급 기성복으로 패션 산업을 이끌어간다.

　그러면서 젊은 여성을 겨냥한 수많은 브랜드가 신기루처럼 나왔다 사라지며 패션사를 꾸며갔고 한편으론 세계적인 명품 브랜드가 우리를 유혹하기도 한다. 패션산업의 저변 확대는 빠르게 이루어져 동대문, 남대문 등 시장 패션이 숨가쁘게 변화 발전해가고, 인터넷과 홈쇼핑에서도 패기 있는 디자이너의 작품이 실현되어 쇼핑의 묘미를 더해준다.

　패션이 국력으로 자리매김하고 문화 사업으로 발전하려면 브랜드의 가치가 세대를 넘어서 지속적으로 유지돼야 할 것 같다. 해외 명품 브랜드처럼... 여기에는 디자이너의 창의성과 개성과 철학이 담겨야겠지만 이를 뒷받침해주는 장인들의 꾸준한 활약과 정신이 합쳐져야 할 것 같다. 그래서 우리의 의상을 오래도록 살아남는 명품 브랜드로 키워나갔으면 하고 바라본다.

　나를 매혹하는 옷은 미니멀리즘의 단순하고 깔끔한 디자인보다 선을 분할하고 배색을 하고 장식단추를 달고 수까지 놓는 어쩌면 손이 많이 가는 옷들이다. 그 옷 속에는 우주를 결집하고 작은 얘기가 곁들여 있고 시가 있기 때문이다. 종이를 오려서 이 조각 저 조각을 오묘하게 이어 붙이기도 하고, 잘 접어서 마치 하나의 종이접기처럼 펼치기도 한다. 그러면서 작은 즐거움이 펼쳐지고 스트레스는 훌훌 날아가 버린다.

어느 날 무료한 오후쯤에는 장롱 속 오래된 옷들을 꺼내 이너웨어로 매치시켜보고 겹쳐도 입어보고 다른 짝과도 이리저리 맞춰본다. 혼자만의 패션쇼가 끝날 때쯤이면 내 안의 감정도 얼마큼 씻겨나간다. 그래서 '나의 옷 입기'는 결집된 작은 응어리들의 풀림과도 같다. 점점 남에게 잘 내보이는데서 벗어나 나를 표현하고 정화시키는 데까지 간다고 할까.

내 취향의 옷들은 디자인 속에 애기가 들어있는 만큼 은근한 멋을 풍기리라. 초라해 보이지 않으려는 내 처음의 의도는 패션에 관심을 갖게 되었고 구입 요령을 익혀 멋을 알게 되었다. 개성을 살려주는 나의 프라이드로까지 가지 않았나 싶다. 의상은 나를 나타내는 소개장이 되기도 한다.

패션에 대한 나의 미감은 일상 속에 리듬을 넣어주기도 한다. 그래서 나는 옷들을 아끼고 사랑한다. 긴 코트는 유행에 맞춰 자르기도 하고 작아진 것은 늘리고 넓은 바지는 좁게 줄인다. 서툴지만 수선을 해본다. 그러면서 시간이 점점 더해지면 옷과는 친밀감이 쌓이면서 내 일부가 된 것 같다.

옷과 함께 추억도 쌓여간다. 기쁜 일이 있을 때 입고 간 옷, 슬플 때같이 했던 옷에는 지나간 기억들이 들어있다. 40대 초반 처음 떠났던 유럽 여행에서는 나라 별로 의상을 바꿔 입는 센스도 부려봤다. 그 후 가끔 앨범을 열어볼 때면 그때 옷만 보고도 어느 나라인지 어디 유적지인지 구별해내기도 한다. 그러면 그 옷을 보며 그때의 시간과 추억의 여행을 떠날 때가 많다.

지금은 무언가 많은 것들을 버리고 비우고 더 이상 채울 필요가 없을지 모르지만 그래도 나의 옷 사랑은 오래가지 않을까 싶다.

<가정관리/69/수필>

한복은 수필이다

문 복 희

한복은 수필이다.

한복은 수필과 같아서 입는 사람의 개성과 기분에 따라 향기가 난다. 피천득의 글 <수필>에서 '수필은 청자(靑瓷) 연적이요, 난(蘭)이요. 학(鶴)'이라고 표현한 것처럼 청초하고 몸맵시 날렵한 옷이 한복이다. 한복은 우리 고유의 민족의상이다. 우리의 기후와 생활양식에 알맞게 정착된 옷으로 직선과 곡선이 조화를 이루어 우아하고 아름다운 멋을 보여주는 옷이다. 또한 옷의 품이 넉넉하여 활동성과 기능성을 가지기도 한다. 특히 전통 한복은 천연 재료를 원료로 하여 옷감을 만들고, 자연 원료로 염색을 하여 질감이 좋을 뿐 아니라 몸에 조이지 않아 여유가 있어 건강에 좋다.

한복의 이러한 장점 때문에 나는 한복을 좋아한다. 그러나 이 장점 외에도 여름이면 내가 한복을 즐겨 입는 까닭이 있다. 지금은 돌아가신지 4년이 되었지만 시어머니께서 직접 만들어주신 한산 세모시 한복이 내가 가지고 있는 옷 중에 가장 소중한 보물 1호이기 때문이다. 섬세하고 청아하며 가볍고 깔깔하고 산뜻한 맛 때문에 모시옷을 좋아하기도 하지만 여름이면 모시옷만큼 시원한 옷이 없다.

얼마 전 8월 중순에 시인이신 선배님을 만나 점심을 함께 하며 담소를 나누었는데 그때 나는 한산 세모시 한복을 입고 있었다. 선배님은 아주 시원해 보인다고 하면서 어디서 구입했냐고 묻기에 시어머님이 해주셨다고 대답을 했다. 그 순간 어머님에 대한 그리움이 밀려오면서 그동안 놓치고 살았던 어머님의 사랑을 다시 생각하게 되었고, 화려하지 않으면서도 찬란한 이 모시옷이 어머님께로 가는 통로가 되었다. 우리 어머님은 전주 분이시며 음식 솜씨와 바느질 솜씨가 훌륭하셨다. 당신이 맏며느리가 아니라 둘째 며느리이신데 시집오면서부터 시부모님을 모셨다.

맏며느리가 부모님을 모실 수 없는 피치 못할 사정이 있는 것도 아닌데 모시지 않겠다고 하여 우리 어머님이 평생을 모시게 되었다. 우리 어머님은 워낙 말씀이 적으시고 남에게 베풀기를 좋아하시는 후덕한 분으로 정평이 나있었다. 불평 한마디 없이 돌아가실 때까지 시부모님을 지극 정성으로 모셨기에 그 지방에서 효부孝婦로 이름이 알려져 있었다. 3남 2녀 5남매를 키우시면서 남편과 부모님의 옷을 손수 만드셨을 뿐 아니라 며느리인 내 모시옷까지 만들어주셨다.

내가 시집온 지 10년 되던 해에 생일 선물로 시어머님이 직접 만들어주신 이 모시옷은 해마다 여름철이면 꼭 꺼내 입는 소중하고 보배로운 옷이다. 1년에 한철 입을 때마다 여름을 시원하게 보낼 수 있도록 선물해주신 어머니께 감사하는 마음을 갖게 되었다. 지금은 이 세상에 계시지 않지만 어머니의 향취와 여운이 숨어 있는 이 모시옷을 나는 사랑한다. 모시 한복은 문학의 유형에 비유한다면 수필과 닮았다. 수필처럼 단아하면서 우아優雅하며 산뜻한 옷이 모시옷이다. 나의 삶도 이 모시옷처럼 정갈하면서도 단아하고, 화려하지 않으면서도 우아한 모습으로 남을 수는 없을까….

<국대원/85/시>

나를 위장시켜주었던 옷들

김 용 희

사진이 흔하던 시절이 아니라 그랬을까 어렸을 때 사진이 별로 없다. 그나마 다섯 살 추석 때 색동저고리에 긴 치마를 입고 똑같은 한복을 입은 3살 아래인 여동생과 함께 찍은 사진이 제일 오래된 것이다. 사방 5센티나 될까 한 작은 사진에서 동생은 사진을 찍기 위해 억지로 의자에 앉힌 것을 몹시 불만스러워하는 표정이 역력했다. 어린 동생의 어깨를 감싸고 제법 의젓하게 서서 찍은 사진이었지만 내가 색동 치마저고리를 입었던 기억은 흐릿하다. 오히려 옆집 아주머니가 고운 비단으로 만든 색동저고리를 입고 있던 모습이 선명하게 기억에 남는다. 색동저고리는 아이들이 입는 옷이라고 생각해서였을까?

초등학교에서 고등학교를 졸업할 때까지 우리 세대가 입었던 옷은 교복이었다. 하복은 하얀색 블라우스에 감색의 스커트를 입었고, 동복은 같은 색의 양복 윗도리에 빳빳하게 풀을 먹인 하얀 칼라를 바꿔가며 입었다. 어떤 학교에서는 같은 옷감으로 만든 밴드로 허리를 졸라매는 옷

을 입기도 하고 어떤 학교에서는 잘록하게 허리선을 살린 상의를 입기
도 했지만 같은 색의 제복임에는 분명했다. 똑같은 제복 안에서도 다른
친구들에 비해 기장을 짧게 하거나 허리선을 강조하는 방법 등으로 모
양을 내던 친구들은 있었다. 내가 다니던 학교는 심한 규제 속에서도 더
블 버튼의 상의 목선 부분은 자유를 주었다. 흰 칼라 안쪽의 좁은 부분
에 다양한 색상으로 드러낼 수 있는 자유가 개성의 표현이었던 것으로
기억된다. 외모에 신경을 쓰던 친구들은 칼라 부분을 상당히 깊이 파서
볼륨이 있게 보이도록 하였다. 초등학교 때부터 고등학교를 졸업할 때
까지 제복을 입고 다녔으니 우리의 생각이 경직된 것이 아닌가 하는 생
각을 하게 된다. 그래도 교복 입을 때가 좋았다. 교복이 좋은 것이 아니
라 그 시간이 좋은 것이다.

  대학에 다닐 때는 동대문 시장에서 옷감을 사다 동네 양장점에 가지
고 가면 치수를 재서 맞춤복을 해줬다. 시장을 몇 바퀴인가 돌아서 산
옷감으로 맞춘 옷은 정확하게 치수를 재서 만든 것이라 꽤 잘 입을 수
있었다. 맞춤복과 기성복이라는 말이 오래도록 사용되었다. 시장에서
산 옷감으로 동네 양장점에서 해주는 옷을 입다 결혼을 할 때가 되면 명
동으로 진출하여 고가의 옷을 한두 벌 해 입거나 신랑 측으로부터 받아
입는 경우가 많았다. 미니스커트 열풍이 불었던 때도 우리 세대였다.
영국의 튀기^{Twiggy Fashion}라는 모델이 입고 나온 짧은 스커트는 길게 부
친 눈썹과 짧은 숏커트의 머리와 함께 우리가 보기에도 인형처럼 예뻤
다. 우리나라에서도 여대생들은 과감하게 미니스커트를 입었고 경찰
들까지 줄자를 들고 다니며 규제를 가했지만 가장 모욕적인 말은 그 통
통한 다리에 구부러진 무릎을 하고 미니스커트를 입는 용기는 어디서
나는 거냐는 외국 유학파 교수들의 비아냥이었다. 서양 여자들만큼 쭉

쭉 뻗은 다리를 가진 여자들만이 미니스커트를 입을 수 있다는 그분들의 사고가 마땅치 않았지만 그런 일에 저항하기에는 용기가 없었을 것이다. 미니스커트 시대에 판탈롱 바지라는 것이 있었다. 바지통이 웬만한 여자의 허리보다도 훨씬 넓은 판탈롱 바지는 기장은 구두를 덮을 만큼 길었다. 기장이 발끝까지 닿는 맥시는 한동안 유행을 했는데 어른들로부터 온 서울 시내를 길고 넓은 바지로 청소하고 다닌다는 말을 들었다. 자신 없는 신체를 노출시키기보다는 감추기에 급급했던 나는 판탈롱 바지를 애용했다.

대학생이 된 후 아르바이트를 해서 받은 돈으로 엄마에게는 한복 한 벌을, 아버지에게는 모자 하나를 사드렸던 기억이 있다. 하얀 바탕에 초록색 꽃무늬가 잔잔하게 깔린 지지미라는 옷감으로 만든 한복을 엄마는 아주 좋아하셨다. 아버지도 신사복 정장에 쓰는 중절모자를 '진짜 영제'라며 몹시 좋아하셨다. 아무래도 중절모자는 우리나라의 패션이 아니어서도 그랬겠지만 국산은 살 수가 없었다. 하기는 70년대의 외제 열풍은 대단해서 비누, 치즈 나부랭이부터 시작해서 그릇이며 다리미, 밥솥 등이 시장 지하상가에서 몰래몰래 거래되었다. 그런 외제 물건들 사이에 아버지의 중절모자도 있었다. 고맙게도 엄마는 그 치마 저고리를 나들이를 할 때마다 잘 입어주셨고, 아버지도 가을이 시작할 때부터 늦은 봄까지 그 모자를 애용하셨다. 난방용으로 또는 이른 나이부터 나오기 시작한 백발을 감추기 위해서 그러셨을 지도 모른다.

참으로 긴 지나간 시간에 내가 입었던 옷들은 가능한 한 내 신체적 결점을 감추어 보려는 의도였다. 유행을 따라가고 여자들이 가질 수 있는 허영심을 충족시키려는 의도와는 거리가 있었다. 가난과 절약이 우리를 늘 따라다녔고, 의복은 실용적인 욕구를 충족시키는 것에서 만족해야 한다는 것이 우리 세대의 철학이었다. 내 주변에 있던 친구들도 동료들도 모두 그러했기 때문에 크게 불만스러워하지 않고 지냈다. 학교를 다니며 입었던 제복이 우리를 일정 정도 규격화시켰듯이 내핍과 검소함으로 무장된 우리의 의상은 소박하기 그지없었다.

소박함으로 익숙한 의복 습관은 아주 가끔 예복이라는 것을 입어야할 때에 제대로 균형을 찾지 못하는 것 같았다. 대수롭지 않은 시상식 같은 장소에서 새로 맞춰 입고 간 의상이 너무 화려한 듯해서 시상식 내내 부끄러웠던 기억이 난다. 학교를 졸업하고 직장을 다니며 외국 대사관에서 주최하는 파티라며 한복을 입고 오는 것이 좋겠다는 상사의 말을 그대로 따랐다가 민망했던 기억도 지워지지 않는다. 소매 부리며 치맛단 여기저기에 매화꽃이 수북하게 깔린 분홍색 한복은 나를 쥐구멍이라도 있으면 숨고 싶게 만들었다. 단정한 정장 차림의 남자들 사이에 분홍색 한복이라니. 물론 한복을 입은 다른 여자도 두어 명 더 있었지만 그렇다고 민망함이 감해지는 건 아니었다.

40여 년 전 신랑이 결코 서른 살을 넘길 수 없다고 해서 우리는 섣달그믐에 결혼식을 올렸다. 결혼식장은 명동에 있었고, 신부화장과 머리를 다듬어주는 미장원도 명동에 있었지만 길을 건너 200미터는 족히 되는 곳에 있었다. 눈 내리고 바람 부는 겨울날 웨딩드레스를 움켜잡고 뒤에서 한 친구는 베일을 붙잡고 맹렬하게 뛰었던 날도 기억에 생생하다. 무엇보다 가부기 배우처럼 두껍게 바른 얼굴의 화장이 부서질까 봐 불안해했다. 한 번도 그렇게 해본 적이 없는 화장이었으니. 그래도 키 작은 신랑을 위해 드레스 속에서 무릎을 구부리는 여유는 있었다.

<국문/71/소설>

내 모습은 그리움으로
남을 수 있을까?

주 문 희

내가 초등학교 4학년 때(1955년) 나일론 옷감이 처음 나왔다.

그때 우리 반에서 나일론 원피스를 입은 사람은 나와 내 친한 친구 영희였다. 여름방학이 끝나고 첫날 우리 둘이 나일론 원피스를 입고 교실에 나타나자 반 아이들의 환호가 지금도 훤히 떠오른다.

내 원피스는 얇으면서 오톨도톨 짤짤이 모양의 흰색 바탕에 녹색과 갈색의 우물정자 무늬가 있는 세일러 칼라 원피스였고 친구 영희는 훤히 비추는 잠자리 날개 같은 얇은 빨간색에 깨알 같은 흰 점이 알알이 도톨도톨 박혀있고 프릴이 치맛단과 목을 둘러싼 원피스였다.

모든 아이들이 내 옷 보다 빨간 영희의 옷을 더 좋아하고 부러워하며 만져보고 해서 난 머쓱해졌던 기억이 난다. 나도 내 옷보다 영희 옷이 더 예뻐 보였다.

그런데 노는 시간에 선생님께서 내 옷을 만지시며 "어머니께서 참 예쁜 옷을 해주셨구나, 너무 예쁘다"하셔서 하마터면 안 입었을 뻔한 그 옷을 즐겨 입으면서 선생님을 좋아했던 기억이 난다.

아이들 옷은 어른이 보기에 좀 촌스럽더라도 아이들이 좋아하는 옷을 입히는 것이 좋겠다는 생각이 든다. 지금 돌이켜 보면 어머니께서 너무 예쁜, 세련된 원피스를 내 수준에 맞지 않게 해주셨구나 하는 생각을 하며 세상만사가 다 그 수준이 있구나 하고 느낀다. 중·고등학교 때는 학교 가거나 외출 시 의례 교복을 입고 다녔다. 멋에 일찍 눈뜬 친구들은 외출 시 금지되었던 사복을 입고 몰래 영화관도 가고 남자친구도 사귀면서 점심시간에 앞에 나와서 영화 줄거리와 배우들 이야기, 데이트한 이야기를 재밌게 했었다. 고지식했던 나는 그 친구들이 별나라에서 온 것 같았다. 지금 와서 보니 그들이 결혼도 더 잘하고 의복도 세련되게 잘 입는다. 경험을 통한 학습효과인 것 같다.

대학 들어와서는 순모의 붉은 자주색 투피스와 구두를 해주셔서 입고 다녔는데 이 옷도 학생 신분으로는 너무 고급스러운 옷이었다. 그렇다고 우리 집이 부유한 집안은 아니었다. 오직 맏딸이라고 최고의 것을 해주신 어머니의 과분한 정성이었다. 그런데 갑상선 질환을 앓고 있던 나는 더위와 추위에 약해서 강의실 옮겨 다닐 때 4월인데도 몰아치는 바람이 너무 추웠고 발이 너무 아파서 비싼 옷을 입고도 행복하지 못했다. 어느 시인처럼 나에게도 4월은 잔인한 달이었다. 그땐 왜 그렇게 건물과 건물 사이에 바람이 몰아쳤는지~

요즘도 그때 사진을 보면 바지와 스웨터 입고 운동화 신은 친구들이 너무 부럽다. 난 대학 들어가서도 어머니가 해주시는 것 외에 내 스스로 옷 사러 다니고 고르는 것을 할 줄 몰랐다. 예과 2학년 때 친구가 옷 사러 가는데 같이 가자 해서 따라가 본 것이 처음이다. 그 후 시장, 양품점, 백화점 등에서 옷을 사기 시작했으나 상인들은 내가 옷을 제대로 살줄 모르는 걸 금방 파악해서 날 힘들게 했다.

이런 경험으로 내 아이들에게는 옷 사러 갈 때 데리고 가서 본인들이 고르게 하고 옷값을 지불하는 훈련을 시켜야 하는데 그렇게 하지 않았다. 어느 순간 돌이켜 보니까 어머니가 하셨던 방식을 나도 그대로 되풀이하고 있었다.

이런 내 버릇은 의과대학을 졸업하고 의사로서의 생활 내내 계속되었다. 늘 가운 속에서 살아서 옷에 더욱 관심과 욕심이 없었다. 나에겐 공부는 반복된 훈련이고 습관이었지만 옷 구입은 훈련과 학습이 잘 안되어 있어서 스트레스고 귀찮은 일이었다. 백화점서 세일할 때 사는 것이 그나마 마음 편한 구입 방법이었다.

그러다 병원 개업을 시작하면서 같은 건물서 개업하는 선배와 점심식사 후 1시간 정도 아이쇼핑도 하고 물건도 사는 습관이 몇 년간 계속되었다. 그러자 옷 고르는 안목이 생기고 가성비도 따지게 되었고 심리적 만족감을 주는 플라시보 소비도 하게 되었다. 이런 과정을 거치면서 느낀 것은 의복(액세서리, 가방, 구두, 모자 등)을 선택하고 사는 것이야말로 어릴 때부터의 훈련이 필요하구나 하는 생각을 많이 한다. 요즘 젊은 아이들을 보면 인터넷을 통해서 정말 값싸면서도 세련되고 예쁜 옷을 잘 고른다. 텔레비전이나 홈쇼핑 등을 통해 어릴 때부터 의복에 대한 정보도 풍부하고 학습효과도 많기 때문이다.

이제는 의복을 좋아해서 꼭 사지 않더라도 시대에 떨어지지 않고 유행 경향을 알기 위해, 또한 디자이너들의 예술에 가까운 아름다운 옷을 감상하기 위해 자주 백화점에 가서 구경한다. 또한 복식 전시회가 열리면 꼭 가서 관람하며 그 옷을 입었던 사람들과 그 시대의 모습을 생각한다. 외국에 나가서도 박물관에서 의복과 장신구 관람에 열중한다. 문화적 차이, 시대적 차이를 느끼며 "모든 사라지는 것들은 그리움을 남긴다"라는 누군가의 말처럼 그때의 모습을 상상 속에서 그리워한다.

어떤 분이 한 말이 생각난다.

아무리 귀한 사주팔자를 타고 나도 본인이 거적을 걸치면 천한 사람이 되고 천한 신분의 사주팔자를 타고 나도 좋은 비단 옷을 걸치면 귀인이 된다고 했는데 정말 그 말이 맞는 것 같다. 눈썰미 있고 자신의 분위기에 맞게 세련된 옷을 입는 사람들은 정말 귀한 사람으로 보인다. 거기에 인물도 받쳐주고 몸매도 받쳐주고 얼굴 표정까지 좋으면 귀티를 풍기면서 주위 사람들도 즐겁게 해준다. 게다가 부까지 있으면 금상첨화가 아닐까?

몸이 아프거나 우울해서 만사에 흥미가 없거나 의욕이 없으면 옷을 아무렇게나 걸친다. 가치관이 옷에 없는 사람도 옷을 아무렇게 걸치고 다닌다. 내가 잘 아는 한 교수님은 늘 입버릇처럼 하시는 말씀이 자신은 학문적인 지식이나 사회적인 현상에 대해서는 흥미가 많으나 의복에 대한 흥미는 없어서 좋은 옷을 걸친 사람들이 하나도 부럽지 않다는 말을 자주 하셨다. 과거의 내 모습이다. 그럴때마다 나는 그분의 학문적 업적이나 사회적 활동보다 신분에 어울리지 않는 옷차림을 먼저 떠올린다. 시각적 기억이 지적 기억보다 우리에겐 더 어필한다. 사람은 자신의 일에 만족하며 사는 것도 중요하나 타인들이 즐기는 것도 관심을 가지고 끊임없이 배워야 예전에 몰랐던 다양한 기쁨을 누리며 살 수 있을 것 같다.

또 병원에서 진료하다 보면 나에게 진료받는 분이 진료실에 들어오는 순간 그분의 표정, 화장 유무, 옷차림을 보고 그분의 병의 정도를 바로 파악하게 된다. 정신적으로나 육체적으로 건강하지 못할 때는 옷에 흥미가 없어서 아무렇게나 입는다. 옷뿐 아니라 머리나 화장도 대충 한다. 더욱이 심한 조현병이나 치매인 경우는 불결한 옷, 계절에 맞지 않는 옷, 나이에 어울리지 않는 옷을 걸치고 다니다가 어느 정도 회복되면 얼굴 표정도 부드러워지고 예뻐지고 화장도 하고 무엇보다 옷차림이 단아하고 아름다워져서 "성형외과 수술비를 나한테 내세요"라고 내가 농담을 할 정도다. 이들을 보며 정말 정신과 영혼이 맑고 건강해야 옷이 날개가 된다는 것을 느낀다. 우리들은 내 정신과 영혼에 어떤 날개를 달아주며 살고 있을까?

쉼보르스카의 시 "두 번은 없다"중에 "너는 존재한다. 그러므로 너는 사라질 것이다. 너는 사라진다. 그러므로 아름답다"라는 시구가 생각난다. 모든 아름다운 것은 사라진다. 그리고 그리움으로 남는다. 그리움은 사랑이니까--

내 모습은 그리움으로 남을 수 있을까?

<의과/70/수필>

세모시 치마저고리의 멋

이 정 자

나는 지난 한때 한복을 즐겨 입고 출근하고 학생들 앞에 선 적이 있다. '씨실과 날실'에서 나온 개량한복이다. 개량한복은 뭣보다 치마가 편리하다. 통치마에 길이도 적당하다. 예쁘게 수도 놓여 졌고 고급스럽고 품위 있게 디자인되었다. '씨실과 날실' 제품은 일반적으로 시장에 나와 있는 기성 개량 한복과는 차별화되어 있음을 알 수 있다. 디자인, 재질, 공정 과정 등에서 그렇다. 봄, 여름, 가을, 겨울용까지 지금도 장롱에 자리하고 있다. 봄에 입는 것은 실크 옥색 치마에 남색 저고리이고 여름엔 하얀 세모시 치마저고리이고 가을엔 자색이고 겨울엔 옐로우 계통이다.

긴 방학을 제외하면 학기 계절이 계절인 만큼 춘추복을 즐겨 입은 기억이 난다. 모두들 보기에 좋다고도 했다. 그간 잘 입지 않았는데 금년 가을엔 그 한복 실크 치마저고리를 입고 외출을 해야겠다는 생각이 문득 난다. 옷도 장롱에 한철도 아닌 여러 해 동안 갇혀 있어 답답할 테고 바깥세상도 구경하고 싶을 게다. 9월이면 그 옷을 입고 모임에 가야겠다.

지금까지 꾸준히 즐겨 입는 옷은 여름 용이다. 하얀 세모시 치마저고리를 입고 나가면 대부분 한번 눈길을 주는 것을 느낀다. 이 옷을 입으면 나 자신부터 조신해지는 것을 알 수 있다. 언행에서부터 자연적으로 그렇게 된다. 옷이 언행까지 좌우지하는 격이다. 자연적으로 귀부인이 된다. 타인의 시선을 받게 마련이다.

지난 어느 해는 여름에 귀한 집 자제분 약혼식이 있었다. 그래서 세모시 치마저고리를 갖추어 입고 간 적이 있다. 마침 상대편 자리에도 나처럼 초대받아 온 또 다른 분이 나와 같은 세모시 치마 저고리를 갖추어 입고 온 분이 계셨다. 그래서 그 자리가 자연스레 더 친근감이 갔다. 물론 화려하게 갖추어 입은 고운 한복 차림의 주인공과 주빈들도 있었지만 그보다 은은한 멋을 풍기는 세모시 치마 저고리가 한결 돋보인다고들 했다. 역시 옷이 고운 날개이고 분위기를 품위 있고 아름답게 한다.

연륜이 더해가면서 더욱 타인의 시선을 별로 좋아하지 않는 성격 탓에 지금은 주로 부부 함께 초대받아 갈 때만 치마저고리 한 벌을 갖추어 입는다. 보통 대중교통을 이용하여 외출할 때는 일반 주름치마에 하얀 세모시 저고리만 받쳐 입는다. 이것이 내가 즐겨 입는 여름용 외출복 중의 하나이다. 그 하얀 세모시치마저고리도 치마는 잘 입지 않아 아직도 새것인데 저고리는 거의 낡아간다. 그래서 명년쯤에는 새것으로 하나 더 장만해야 될 것 같다.

요즈음은 시원한 인견이 다양한 디자인과 칼라로 많이 나와서 이 또한 여름용 옷으로 안성맞춤이다. 그래서 몇 년 전부터는 시원한 칼라의 인견 원피스에 하얀 세모시 저고리를 즐겨 입는다. 느낌부터 산뜻하고 시원하다. 치마만 바꾸어 입으면 모시 저고리 하나로 몇 벌의 옷을 대용하는 편이다. 뭣보다 모시는 산뜻하고 시원해서 좋다.

모시 중에도 한산모시가 으뜸이다. 충남 서천군 한산면에서 만드는 한산모시는 여름 전통 옷감으로 역사적 가치가 높다. 한산모시의 재배 과정, 제사製絲 과정, 제직製織의 기능을 통하여 만드는 장인匠人을 '한산모시 짜기'란 명칭으로 1967년에 중요무형문화재 14호로 지정하였으며 그 후 2011년 인도네시아 발리에서 열린 제6차 유네스코 무형유산위원회에서 유네스코 인류무형 유산으로 등재되기도 했다.

이러한 모시의 만들어지는 과정을 알아보면 눈물겹도록 가슴이 저리다. 어느 시인은 어머니의 그 수고로 자식 공부시켜 오늘의 자기가 된 것에 대한 '사모의 시'를 절절히 읊기도 했다. 그 시인이 정년퇴임 기념 논문집을 준비할 때 그 시집에 대한 작품론을 내가 쓰기도 하였다. 그런 인연이 있기도 하여 한산모시하면 특별한 애정을 느낀다.

나도 어릴 때 큰댁에서 모시를 하는 것을 보기는 봤다. 어두컴컴한 방에서 누에가 뽕잎을 먹는 것과 잠자는 것과 누에고치에서 실을 뽑는 것과 실을 가늘게 손톱으로 뜯고 앞니로 곱게 뽑고 무릎에 문질러 꼬아서 가늘게 만드는 것 등을 그냥 신기하게 보기만 했다. 그분들의 수고는 아랑곳하지 않았다. 그냥 부인네들의 일과로만 생각했다. 그때엔―.

모시는 보통 7세에서 15세까지 있는데 10세 이상을 세모시라 한다. 곧 숫자가 높을수록 최상품이다. 세모시는 나라에 바치는 공물 중의 하나이기도 했다. 우리의 가곡 중에 〈그네〉가 있다. 김말봉 작사 금수현 작곡이다. 고등학교 시절 음악 교과서에서 배운 노래이다. 즐겨 부르곤 했다. 그 가사에 '세모시'가 나온다. 옮겨보면 다음과 같다.

세모시 옥색치마 금박물린 저 댕기가
창공을 차고나가 구름 속에 나부낀다
제비도 놀란 양 나래 쉬고 보더라

한 번 구르니 나무 끝에 아련하고
두 번을 거듭 차니 사바가 발아래라
마음의 일만 근심은 바람이 실어가네,

이를 읽어보면 바로 시조라는 것을 알게 된다. 특히 2절은 종장까지 잘 갖추어진 시조 형식임을 알 수 있다. 김말봉 선생님은 소설가 (1901~1962)이지만 이렇게 훌륭한 작사가로도 이름을 남겼다. 1932년 ≪중앙일보≫ 신춘문예에 단편 <망명녀亡命女>가 당선되어 등단하였다. 주로 인간의 애욕 문제를 다루었으며 작품에 <밀림>, <찔레꽃>… 등이 있다. <찔레꽃>은 영화로도 상영되었다.

가만히 살펴보면 노랫말에 시조가 많다. 지금도 시조 형식을 빌려서 노랫말을 많이 짓는 것을 볼 수 있다. 우리가 잘 아는 이은상의 <성불사의 밤> <가고파>… 등은 시조가 노랫말이 된 것이다. 애창하지만 그 가사 형식이 시조인 줄도 모르는 사람들이 많다. 이렇게 우리의 시조 또한 알게 모르게 우리의 정서에 젖어 노래 가사로 애용되는 것을 볼 수 있다.

소설가 김말봉 선생님이 저리 멋있는 노래 가사를 남기셨듯이, 노산 이은상 선생께서 저 훌륭한 노랫말들을 많이 남기셨듯이 우리도 장르를 초월하여 우리 고유의 정형시인 시조 한 수쯤 읊으며 우리가 즐겨 입는 옷으로 나만의 노랫말 한두 편쯤 남겼으면 하는 바람을 이 순간 가져본다.

<기독/66/시조>

내 마음이
연두로 물든 들

초판 1쇄 인쇄일	2018년 11월 06일
초판 1쇄 발행일	2018년 11월 15일

지은이	이화여자대학교 동창문인회
펴낸이	정진이
편집장	김효은
편집/디자인	우정민 박재원
마케팅	정찬용 정구형
영업관리	한선희 이성국
책임편집	우민지
펴낸곳	국학자료원 새미 (주)
	등록일 2005 03 15 제251002005000008호
	경기도 파주시 소라지로 228-2
	Tel 4424623 Fax 64993082
	www.kookhak.co.kr
	kookhak2001@hanmail.net

ISBN	979-11-88499-70-0 *03800
가격	15,000원